我
COGITO
思

诗论

朱光潜 著

GUANGXI NORMAL UNIVERSITY PRESS
广西师范大学出版社
·桂林·

诗论
SHILUN

策　　划：我思工作室
责任编辑：张玉琴
装帧设计：何　萌
内文制作：王璐怡

图书在版编目（CIP）数据

诗论 / 朱光潜著. —桂林：广西师范大学出版社，2021.3
（我思学园）
ISBN 978-7-5598-3566-6

Ⅰ. ①诗… Ⅱ. ①朱… Ⅲ. ①诗歌理论 Ⅳ. ①I052

中国版本图书馆 CIP 数据核字（2021）第 005497 号

广西师范大学出版社出版发行
（广西桂林市五里店路 9 号　邮政编码：541004
网址：http://www.bbtpress.com）
出版人：黄轩庄
全国新华书店经销
北京汇林印务有限公司印刷
（北京市大兴区黄村镇海鑫路9号　邮政编码：102611）
开本：710 mm × 1 000 mm　1/16
印张：17.5　　字数：200 千
2021 年 3 月第 1 版　　2021 年 3 月第 1 次印刷
定价：48.00 元

抗战版序

在欧洲，从古希腊一直到文艺复兴，一般研究文学理论的著作都叫作诗学。“文学批评”这个名词出来很晚，它的范围较广，但诗学仍是一个主要部门。中国向来只有诗话而无诗学，刘彦和的《文心雕龙》条理虽缜密，所谈的不限于诗。诗话大半是偶感随笔，信手拈来，片言中肯，简练亲切，是其所长；但是它的短处在零乱琐碎，不成系统，有时偏重主观，有时过信传统，缺乏科学的精神和方法。

诗学在中国不甚发达的原因大概不外两种。一般诗人与读诗人常存一种偏见，以为诗的精微奥妙可意会而不可言传，如经科学分析，则如七宝楼台，拆碎不成片段。其次，中国人的心理偏向重综合而不喜分析，长于直觉而短于逻辑的思考。谨严的分析与逻辑的归纳恰是治诗学者所需要的方法。

诗学的忽略总是一种不幸。从史实看，艺术创造与理论常互为因果。例如亚理斯多德的《诗学》是归纳希腊文学作品所得的结论，后来许多诗人都受了它的影响，这影响固然不全是好的，也不全是坏的。次说欣赏，我们对于艺术作品的爱憎不应该是盲目的，只是觉得好或觉得不好还不够，必须进一步追究它何以好或何以不好。诗学的任务就在替关于诗的事实寻出理由。

在目前中国，研究诗学似尤刻不容缓。第一，一切价值都由比较得来，不比较无由见长短优劣。现在西方诗作品与诗理论开始流传到中国来，我们的比较材料比从前丰富得多，我们应该利用这个机会，研究我们以往在诗创作与理论两方面的长短究竟何在，西方人的成就究竟可否借鉴。其次，我们的新诗运动正在开始，这运动的成功或失败对中国文学的前途必有极大影响，我们必须郑重谨慎，不能让它流产。当前有两大问题须特别研究，一是固有的传统究竟有几分可以沿袭，一是外来的影响究竟有几分可以接收。这都是诗学者所应虚心探讨的。

写成了《文艺心理学》之后，我就想对于平素用功较多的一种艺术——诗——作一个理论的检讨。在欧洲时我就草成纲要。一九三三年秋返国，不久后任教北大，那时胡适之先生掌文学院，他对于中国文学教育抱有一个颇不为时人所赞同的见解，以为中国文学系应请外国文学系教授去任一部分课。他看过我的《诗论》初稿，就邀我在中文系讲了一年。抗战后我辗转到了武大，陈通伯先生和胡先生抱同样的见解，也邀我在中文系讲了一年《诗论》。我每次演讲，都把原稿大加修改一番。改来改去，自知仍是粗浅，所以把它搁下，预备将来有闲暇再把它从头到尾重新写过。它已经搁了七八年，再搁七八年也许并无关紧要。现在通伯先生和几位朋友编一文艺丛书，要拿这部讲义来充数，因此就让它出世。这是写这书和发表这书的经过。

我感谢适之、通伯两先生，由于他们的鼓励，我才有机会一再修改原稿。朱佩弦、叶圣陶和其他几位朋友替我看过原稿，给我很多的指示，我也很感激。

朱光潜

一九四二年三月于四川嘉定

增订版序

这部小册子在抗战中由重庆国民图书出版社印行过二千册，因为错字太多，我把版权收回来以后就没有再印。从前我还写过几篇关于诗的文章，在抗战版中没有印行，原想将来能再写几篇凑成第二辑。近来因为在学校里任课兼职，难得抽出工夫重理旧业，不知第二辑何日可以写成，姑将已写成的加入本编。这新加的共有三篇，《中国诗何以走上律的路》上下两篇是对于诗作历史检讨的一个尝试，《陶渊明》一篇是对于个别作家作批评研究的一个尝试，如果时间允许，我很想再写一些像这一类的文章。

朱光潜

一九四七年夏于北京大学

CONTENTS

目 录

第一章　诗的起源

想明白一件事物的本质，最好先研究它的起源；犹如想了解一个人的性格，最好先知道他的祖先和环境。诗也是如此。许多人在纷纷争论“诗是什么”“诗应该如何”诸问题，争来争去，终不得要领。如果他们先把“诗是怎样起来的”这个基本问题弄清楚，也许可以免去许多纠纷。

一　历史与考古学的证据不尽可凭

从历史与考古学的证据看，诗歌在各国都比散文起来较早。原始人类凡遇值得留传的人物事迹或学问经验，都用诗的形式记载出来。这中间有些只是应用文，取诗的形式为便于记忆，并非内容必须采用诗的形式，例如医方脉诀，以及儿童字课书之类。至于带有艺术性的文字，则诗的形式为表现节奏的必需条件，例如原始歌谣。中国最古的书大半都掺杂韵文，《书经》《易经》《老子》《庄子》都是著例。古希腊及欧洲近代国家的文学史也都以诗歌开始，散文是后来逐渐演变出来的。

诗歌是最早出世的文学，这是文学史家公认的事实。它究竟起于何时？是怎样起来的呢？

从前一般学者研究这个问题，大半从历史及考古学下手。他们以为在最古的书籍里寻出几首诗歌，就算寻出诗的起源了。欧洲人以为荷马史诗是他们的“诗祖”，因为它在记载下来的诗中间最古。近代学者又搜罗许多证据，证明荷马史诗是集合许多更古的叙事诗和民间传说而做成的。那么，西方诗的起源不在荷马而在他所根据的更古的诗了。

在中国，搜罗古佚的风气尤其发达。学者对于诗的起源有种种揣测。汉郑玄在《诗谱序》里以为诗起源于虞舜时代：

> 诗之兴也，谅不于上皇之世。大庭轩辕，逮于高辛，其时有亡，载籍亦蔑云焉。《虞书》曰：“诗言志，歌永言，声依永，律和声。”然则诗之道放于此乎！

他的意思是说，“诗”字最早见于《虞书》，所以，诗大抵起源于虞。这种推理显然很牵强。唐孔颖达在《毛诗正义》里便不以郑说为然：

> 舜承于尧，明尧已用诗矣。故《六艺论》云“唐虞始造其初，至周分为六诗”，亦指尧典之文，谓之造初，谓造今诗之初，非讴歌之初；讴歌之初，则疑其起自大庭时矣。然讴歌自当久远，其名曰“诗”，未知何代，虽于舜世始见诗名，其名必不初起舜时也。

这话比较合理，虽也是捕风捉影，仍不失多闻阙疑的精神。从郑序出发，许多学者想在古书中搜罗实例，证明虞舜以前已有诗。梁刘勰在《文心雕龙·明诗》里根据《吕氏春秋》《周礼》《尚书大传》诸书所引古诗说：

> 昔葛天氏乐词云：玄鸟在曲，黄帝云门，理不空绮。至尧有大唐之歌，舜造南风之诗，观其二文，辞达而已。

后来许多选集家继续刘勰的搜罗古佚的工作，如郭茂倩《乐府诗集》、冯惟讷《诗纪》诸书都集载许多散见于古书的诗歌。不过近来疑古风气大开，经考据家的研究，周以前的历史还是疑案。至于从前人搜罗古佚诗所根据的书，如古文《尚书》《礼记》《尚书大传》《列子》《吴越春秋》

之类大半是晚出之书。于是《诗经》成为最可靠的古诗集本了，也就是中国诗的来源了。

在我们看，这种搜罗古佚的办法永远不会寻出诗的起源。它含有两个根本错误的观念：

一、它假定在历史记载上最古的诗就是诗的起源。

二、它假定在最古的诗之外寻不出诗的起源。

第一个假定错误，因为无论从考古学的证据或是从实际观察的证据看，诗歌的起源不但在散文之先，还远在有文字之先。英国人用文字把民歌记载下来，从十三世纪才起。现在英国所保存的民歌写本，据查尔德（Child）的考证，只有一种是十三世纪的，其余都在十五世纪之后。至于搜集民歌的风气，则从十七世纪珀西（Percy）开端，到十九世纪司各特（Scott）和查尔德诸人才盛行。但是这些民歌在经过学者搜集写定之前，早已流传众口了。如果我们根据最早的民歌写本或集本，断定在这写本或集本以前无民歌，这岂不是笑话？

第二个假定错误，因为诗的原始与否视文化程度而定，不以时代先后为准。三千年前的古希腊人比现在非澳两洲土著的文化高得远，所以荷马史诗虽很古，而论原始程度反不如非澳两洲土著的歌谣。就拿同一民族来说，现代中国民间歌谣虽比《商颂》《周颂》晚二三千年，但在诗的进化阶段上，现代民歌反在《商颂》《周颂》之前。所以我们研究诗的起源，与其拿荷马史诗或《商颂》《周颂》做根据，倒不如拿现代未开化民族或已开化民族中未受教育的民众的歌谣做根据。从前学者讨论诗的起源，只努力搜罗在历史记载中最古的诗，把民间歌谣都忽略过去，实在是大错误。

这并非说古书所载的诗一定不可做讨论诗源的根据。比如《诗经》中《国风》大部分就是在周朝搜集写定的歌谣，具有原始诗的许多特点。虽然它们的文字形式及风俗、政教和近代歌谣所表现的不尽同；就起源说，它们和近代歌谣很类似，所以仍是研究诗源问题的好证据。就诗源问题而论，它们的年代先后实无关宏旨，它们应该和一切歌谣受同样待遇。

说到这里，我们不妨趁便略说现代中国文学史家对于《国风》断定年代的错误。既是歌谣，就不一定是同时起来或是一时成就的。文学史家一方面承认《国风》为歌谣集，一方面又想指定某《国风》属于某个时代，比如说《豳》《桧》全系西周诗，《秦》为东西周之交之诗，《王》《卫》《唐》为东周初年之诗，《齐》《魏》为春秋初年之诗，《郑》《曹》《陈》为春秋中年之诗（参看陆侃如、冯沅君《中国诗史》）。在我们看，这未免有些牵强附会。在同一部集里的歌谣时期固有先后，但是这种先后不能以歌谣所流行的区域而定。“周南”“召南”“郑”“卫”“齐”“陈”等字只标明属于这些分集的歌谣在未写定之前流行的区域。在每个区域里的歌谣都各有早起的，有晚起的。我们不能因为某几首歌谣有历史线索可以推测年代，便断定全区域的歌谣都属于同一年代，犹如二十世纪出版的《北平歌谣》里虽有一首叫作《宣统回朝》，我们不能据此断定这部集里其他歌谣均起于民国时代。况且一般人所认为有历史线索可寻的几首诗如《甘棠》的召伯，《何彼襛矣》的齐侯之子也还是渺茫难稽。《国风》中含有断定年代所必据的内证根本就很少。

二　心理学的解释：“表现”情感与“再现”印象

诗的起源实在不是一个历史的问题，而是一个心理学的问题。要明白诗的起源，我们首先要问：“人类何以要唱歌做诗？”

对于这个问题，众口同声地回答：“诗歌是表现情感的。”这句话也是中国历代论诗者的共同信条。《虞书》说：“诗言志，歌永言。”《史记·滑稽列传》引孔子语：“书以道事，诗以达意。”所谓“志”与“意”就含有近代语所谓“情感”（就心理学观点看，意志与情感原来不易分开），所谓“言”与“达”就是近代语所谓“表现”。把这个见解发挥得最透辟的是《诗·大序》：

> 诗者志之所之也。在心为志，发言为诗。情动于中而形于言，言之不足，故嗟叹之；嗟叹之不足，故永歌之；永歌之不足，不知手之舞之，足之蹈之也。情发于声；声成文，谓之音。

朱熹在《诗序》里引申这一段话，也说得很好：

> 或有问于予曰："诗何为而作也？"予应之曰："人生而静，天之性也；感于物而动，性之欲也。夫既有欲矣，则不能无思；既有思矣，则不能无言；既有言矣，则言之所不能尽，而发于咨嗟咏叹之余者，又必有自然之音响节奏而不能已焉。此诗之所以作也。"

人生来就有情感，情感天然需要表现，而表现情感最适当的方式是诗歌，因为语言节奏与内在节奏相契合，是自然的，"不能已"的。

这是一说，古希腊人又另有一种看法。他们的诗的定义是"模仿的艺术"（imitative art）。模仿的对象可以为心理活动（如情感、思想），也可以为其他自然现象。不过古希腊人具有心理学家所谓"外倾"（extroversion）的倾向，他们的文艺神阿波罗是以静观默索为至高理想的，他们的眼睛老是朝着外面看，最使他们感觉兴趣的是浮世一切形形色色。他们所谓"模仿"似像造型艺术一般偏重外界事物的印象。他们在悲剧中，虽然也涉及内心的冲突，但是着重点不在此，而在人与神的挣扎。在他们看，诗的主要功用在"再现"外界事物的印象。亚理斯多德在他的《诗学》里说得很清楚：

> 诗的普通起源由于两个原因，每个都根于人类天性。人从婴孩时期起，就自然会模仿。他比低等动物强，就因为他是世间最善于模仿的动物，从头就用模仿来求知。大家都喜模仿出来的作品。这也是很自然的。这第一点可以拿经验来证实：事物本身纵然也许看起来令人起不快之感，用最写实的方法将它们再现于艺术，却使我们很高兴看，例如低等动物及死尸的形状。此外还另有一层理由：求知是最大的快乐，这不仅哲学家为然，普通人的能力虽较薄弱，也还是如此。我们欢喜看图画，就因为我们同时在求知，在明了事物的意义，比如说"那画的人就是某某"。如果我们从来没有看过所画的事物，那么，我们的快感就不是因为画是模仿它，而是因为

画的手法、颜色等等了。

亚理斯多德在这里用心理学的观点，来解释诗的起源，以为最重要的有两层原因：一是模仿本能，一是求知所生的快乐。同时他也承认，艺术除开它的模仿内容，本身的形象如画中的形色配合之类，也可以引起快感。他处处以诗比画，他所谓“模仿”显然是偏重“再现”（representation）的。

总而言之，诗或是“表现”内在的情感，或是“再现”外来的印象，或是纯以艺术形象产生快感，它的起源都是以人类天性为基础。所以严格地说，诗的起源当与人类起源一样久远。

三　诗歌与音乐、舞蹈同源

就人类诗歌的起源而论，历史与考古学的证据远不如人类学与社会学的证据之重要，因为前者以远古诗歌为对象，渺茫难稽；后者以现代歌谣为对象，确凿可凭。我们应该以后者为主，前者为辅。从这两方面的证据看，我们可以得到一个极重要的结论，就是：诗歌与音乐、舞蹈是同源的，而且在最初是一种三位一体的混合艺术。

古希腊的诗歌、舞蹈、音乐三种艺术都起源于酒神祭典。酒神（Dionysus）是繁殖的象征，在他的祭典中，主祭者和信徒们披戴葡萄及各种植物枝叶，狂歌曼舞，助以竖琴（Lyre）等各种乐器。从这祭典的歌舞中后来演出抒情诗（原为颂神诗），再后来演为悲剧及喜剧（原为扮酒神的主祭官和与祭者的对唱）。这是歌、乐、舞同源的最早证据（参看亚理斯多德《诗学》、欧里庇得斯《酒神的伴侣》、尼采《悲剧的诞生》诸书）。

近代西方学者对于非澳诸洲土著的研究，以及中国学者对于边疆民族如苗、瑶、萨、满诸部落的研究，所得到的歌、乐、舞同源的证据更多。

现在姑举最著名的澳洲土著“考劳伯芮舞”（Corroboree）为例。这种舞通常在月夜里举行。舞时诸部落集合在树林中一个空场上，场中烧着一大堆柴火。妇女们裸着体站在火的一边，每人在膝盖上绑着一块袋鼠皮。

指挥者站在她们和火堆之中间，手里执着两条棍棒。他用棍棒一敲，跳舞的男子们就排成行伍，走到场里去跳。这时指挥者一面敲棍棒指挥节奏，一面歌唱一种曲调，声音高低恰与跳舞节奏快慢相应。妇女们不参加跳舞，只形成一种乐队，一面敲着膝上的袋鼠皮，一面拖着嗓子随着舞的节奏歌唱。她们所唱的歌词字句往往颠倒错乱，不成文法，没有什么意义，她们自己也不能解释。歌词的最大功用在应和跳舞节奏，意义并不重要。有意义可寻的大半也很简单，例如：

那永尼叶人快来了。
那永尼叶人快来了。
他们一会儿就来了。
他们携着袋鼠来。
踏着大步来。
那永尼叶人快来了。

这是一首庆贺打猎的凯旋歌，我们可以想象到他们欢欣鼓舞的神情。其他舞歌多类此。题材总是原始生活中一片段，简单而狂热的情绪表现于简单而狂热的节奏。

此外澳洲还盛行各种模仿舞。舞时他们穿戴羽毛和兽皮做的装饰，模仿鸟兽的姿态和动作以及恋爱和战斗的情节。这种模仿舞带有象征的意味。例如霍济金生（Hodgkinson）所描写的“卡罗舞”（Kaaro）。这种舞也是在月夜举行。舞前他们先大醉大饱。舞者尽是男子，每人手执一长矛，沿着一个类似女性生殖器的土坑跳来跳去，用矛插入坑里去，同时做种种狂热的姿势，唱着狂热的歌调。从这种模仿舞我们可以看到原始歌舞不但是“表现”内在情感的，同时也是“再现”外来印象的。（以上二例根据格罗塞《艺术的起源》）

原始人类既唱歌就必跳舞，既跳舞就必唱歌。所以博托库多（Botocudo）民族表示歌舞只有一个字。近代欧洲文 ballad 一字也兼含歌、舞二义。抒情诗则沿用希腊文 Lyric，原义是说弹竖琴时所唱的歌。依阮元说，《诗经》的“颂”原训“舞容”。颂诗是歌舞的混合，痕迹也很显然。惠周惕也说“《风》《雅》《颂》以音别”。汉魏《乐府》有《鼓吹》《横吹》《清商》等名，都是以乐调名诗篇。这些事实都证明诗歌、音乐、舞蹈在中国古代原来也是一种混合的艺术。

这三个成分中分立最早的大概是舞蹈。《诗经》的诗大半都有乐，但有舞的除《颂》之外似不多。《颂》的舞已经过朝廷乐官的形式化，不复是原始舞蹈的面目。《楚辞·九歌》之类为祭神曲，诗、乐、舞仍相连。汉人《乐府》，诗词仍与乐调相伴，“舞曲歌词”则独立自成一类。

就诗与乐的关系说，中国旧有“曲合乐曰歌，徒歌曰谣”的分别（参看《诗经·魏风·园有桃》：“我歌且谣”的毛传）。“徒歌”完全在人声中见出音乐，“乐歌”则歌声与乐器相应。“徒歌”原是情感的自然流露，声音的曲折随情感的起伏，与手舞足蹈诸姿势相似，“乐歌”则意识到节奏、音阶的关系，而要把这种关系用乐器的声音表出，对于自然节奏须多少加以形式化。所以“徒歌”理应在“乐歌”之前。最原始的伴歌的乐器大概都像澳洲土著歌中指挥者所执的棍棒和妇女所敲的袋鼠皮，都极简单，用意只在点明节奏。《吕氏春秋·古乐》篇有“葛天氏之乐，三人掺牛尾投足以歌八阕”之说，与澳洲土著风俗相似。现代中国京戏中的鼓板，和西方乐队指挥者所用的棍子，也许是最原始的伴歌乐器的遗痕。

诗歌、音乐、舞蹈原来是混合的。它们的共同命脉是节奏。在原始时代，诗歌可以没有意义，音乐可以没有“和谐”（harmony），舞蹈可以不问姿态，但是都必有节奏。后来三种艺术分化，每种均仍保存节奏，但于节奏之外，音乐尽量向“和谐”方面发展，舞蹈尽量向姿态方面发展，诗歌尽量向文字意义方面发展，于是彼此距离遂日渐其远了。

四 诗歌所保留的诗、乐、舞同源的痕迹

诗歌虽已独立，在形式方面，仍保存若干与音乐、舞蹈未分家时的痕迹。最明显的是“重叠”。重叠有限于句的，例如：

江有汜，之子归，不我以，不我以，其后也悔。

有应用到全章的，例如：

麟之趾，振振公子，吁嗟麟兮！
麟之定，振振公姓，吁嗟麟兮！
麟之角，振振公族，吁嗟麟兮！

这种重叠在西方歌谣中也常见。它的起因不一致，有时是应和乐、舞的回旋往复的音节，有时是在互相唱和时，每人各歌一章。

其次是“叠句”（refrain）。一诗数章，每章收尾都用同一语句，上文“吁嗟麟兮”便是好例。有时一章数句，亦有每句之后用同一字或语句者，例如梁鸿的《五噫歌》。此格在西文诗歌中更普遍，在现代中国民歌中也常看见。例如《凤阳花鼓歌》每段都用“郎底郎底郎底当”收尾。绍兴乞歌有一种每节都用“顺流”二字收尾。原始社会中群歌合舞时，每先由一领导者独唱歌词，到每节收尾时，则全体齐唱“叠句”。希腊悲剧中的“合唱歌”（choric song）以及中国旧戏中打锣鼓者的“帮腔”与“叠句”都很类似。

第三是“衬字”。“衬字”在文义上为不必要，乐调曼长而歌词简短，歌词必须加上“衬字”才能与乐调合拍，如《诗经》《楚辞》中的“兮”字，现代歌谣中的“咦”“呀”“唔”等字。歌本为“长言”，“长言”就是把字音拖长。中国字独立母音字少，单音拖长最难，所以于必须拖长时“衬”上类似母音的字如“呀”（ä）“咦”（e）“啊”（o）“唔”（oo）等以凑足音节。这种“衬字”格是中国诗歌所特有的。西文诗歌在延长字音时只须拖长母音，所以无“衬字”的必要。

最重要的是章句的整齐，一般人所谓“格律”。诗歌原与乐、舞不分，所以不能不迁就乐、舞的节奏，因为它与乐、舞原来同是群众的艺术，所以不能不有固定的形式，便于大家一致。如果没有固定的音律，这个人唱高，那个人唱低，这个人拉长，那个人缩短，就会嘈杂纷嚷，闹得一塌糊涂了。现代人在团体合作一事时，如农人踏水车，工人扛重载，都合唱一种合规律的“呀，啊啊”之类调子来调节工作的节奏，用力就一齐用力，松懈就一齐松懈。俄国伏尔加船夫歌就是根据这个原则做成的。诗歌的整齐章句原来也是因为应舞合乐便于群唱起来的。

与格律有关的是“韵”（rhyme）。诗歌在原始时代都与乐舞并行，它的韵是为点明一个乐调或是一段舞步的停顿所必需的，同时，韵也把几段音节维系成为整体，免致涣散。近代徽戏调子所伴奏的乐声每节常以锣声收，最普通的尾声是“的当嗤当嗤当晃”，“晃”就是锣声。在这种乐调里锣声仿佛有“韵”的功用。澳洲土著歌舞时所敲的袋鼠皮，京戏鼓书中的鼓板所发的声音除点明“板眼”（即节奏）之外，似常可以看作音乐中的韵。诗歌的韵在起源时或许是应和每节乐调之末同一乐器的重复的声音，有如徽调中的锣，鼓书中的鼓板，澳洲土著歌舞中的袋鼠皮。

诗歌所保留的诗、乐、舞同源的痕迹后来变成它的传统的固定的形式。把这个道理认清楚，我们将来讨论实质与形式的关系，就可以省去许多误会和纠葛了。

五 原始诗歌的作者

在起源时，诗歌是群众的艺术，鸟类以群栖者为最善歌唱，原始人类也在图腾部落的意识发达之后，节日聚会才在一块唱歌、奏乐、跳舞，或以媚神，或以引诱异性，或仅以取乐。现代人一提到诗，就联想到诗人，就问诗是谁做的。在近代社会中，诗已变成个人的艺术，诗人已几乎自成一种特殊的职业阶级。每个诗人都有他的特殊的个性，不容与他人相混。我们如果要了解原始诗歌，必须先把这种成见抛开才行。原始诗歌都不标明作者的姓名，甚至于不流露作者的个性。英国的《贝奥武甫》(*Beowulf*)、法国的《罗兰之歌》（*Chanson de Roland*）、德国的《尼伯龙根之歌》（*Nibelungenlied*）究竟是谁做的呢？谁也不知道。希腊史诗从前人归原于荷马。近代学者对于荷马有无其人尚存疑问，至于希腊史诗则公认为许多民歌的集合体。原始诗歌所表现的大半是某部落或某阶级的共同的情感或信仰，所以每个歌唱者都不觉得他所歌唱的诗是属于某个人的。如果一首诗歌引不起共同的情趣，违背了共同的信仰，它就不能传播出去，立刻就会消灭的。

话虽如此说，我们近代人总得要追问：既有诗就必有诗人，原始诗歌的作者究竟是谁呢？近代民俗学者对于这个问题有两说：一说以为民歌是群众的自然流露，通常叫作“群众合作说”（the communal theory）；一说以为民歌是个人的艺术意识的表现，通常叫作“个人创作说”（the individualistic theory）。

持“群众合作说”者以德国格林兄弟（J. and W. Grimm）为最力，美国查尔德和加默里（Gummere）把它加以发挥修正。依这派的意见，凡群众都有一种“集团的心”，如德国心理学家冯特（Wundt）所主张的。这种“集团的心”常能自由流露于节奏。例如在原始舞蹈中，大家进退俯仰、轻重疾徐，自然应节合拍，决非先由某个人将舞蹈的节奏姿态在心里起一个草稿，然后传授于同群的舞者，好像先经过一番导演和预习，然后才正式表演。节奏既可自然地表现于舞蹈，也就可以自由地表现于歌唱，因为歌唱原来与舞蹈不分。

群众合作诗歌的程序有种种可能。有时甲唱乙和，有时甲问乙答，有时甲起乙续，有时甲作乙改，如此继续前进，结果就是一首歌了。这种程序最大的特色是临时口占（improvisation），无须预作预演。

“群众合作说”在十九世纪曾盛行一时，现代学者则多倾向“个人创作说”。最显著的代表有语言学者勒南（Renan）、社会学者塔尔德（Tarde）、诗歌学者考茨涌斯基（Kawczynski）和路易丝·庞德（Louise Pound）诸人。这班人根本否认民歌起于群舞，否认“集团的心”存在，否认诗歌为自然流露的艺术。原始人类和现代婴儿都不必在群舞中才歌唱，独歌也是很原始的。“群众合作说”假定一团混杂的老少男女，在集会时猛然不谋而合地踏同样舞步，作同样思想，编同样故事，唱同样歌调，于理实为不可思议。“筑室道旁，三年不成”，何况做诗呢？据人类学、社会学和语言学的实证，一切社会的制度习俗，如语言、宗教、诗歌、舞蹈之类，都先由一人创作，而后辗转传授于同群。人类最善模仿，一人有所发明，众人爱好，互相传习，于是遂成为社会公有物。凡是我们以为由群众合作成的东西其实都是学来的，模仿来的。尤其是艺术。它的有纪律的形式不能不经过思索剪裁，决不仅是“乌合之众”的自然流露。

“群众合作说”与“个人创作说”虽相反，却未尝不可折中调和。民歌必有作者，作者必为个人，这是名理与事实所不可逃的结论。但是在原始社会之中，一首歌经个人作成之后，便传给社会，社会加以不断的修改、润色、增删，到后来便逐渐失去原有面目。我们可以说，民歌的作者首先是个人，其次是群众，个人草创，群众完成。民歌都“活在口头上”，常在流动之中。它的活着的日子就是它的被创造的日子，它的死亡的日子才是它的完成的日子。所以群众的完成工作比个人草创工作还更重要。民歌究竟是属于民间的，所以我们把它认为群众的艺术，并不错误。

这种折中说以美国基特里奇（Kittredge）教授在查尔德的《英苏民歌集绪论》中所解释的最透辟，现移译其要语如下：

> 一段民歌很少有，或绝对没有可确定的年月日。它的确定的创作年月日并不像一首赋体诗或十四行诗的那么重要。一首艺术的诗在创作时即已经作者予以最后的形式。这形式是固定的，有权威的，没有人有权去更改它。更改便是一种犯罪行为，一种损害；批评家的责任就在把原文校勘精确，使我们见到它的本来面目。所以一首赋体诗或十四行诗的创作只是一回就了事的创造活动。这种创造一旦完成，账就算结清了。诗就算是成了形，不复再有发展了。民歌则不然。单是创作（无论是口占或笔写）并未了事，不过是一种开始。作品出于作者之手之后，立即交给群众去用口头传播，不能再受作者的支配了。如果群众接受它，它就不复是作者的私物，就变成民众的公物。这么一来，一种新进程，即口头传诵，就起始了，其重要并不减于原来作者的创造活动。歌既由歌者甲传到歌者乙，辗转传下去，就辗转改变下去。旧章句丢掉，新章句加入，韵也改了，

人物姓名也更换了，旁的歌谣零篇断简也混入了，收场的悲喜也许完全倒过来了，如果传诵到二三百年——这是常事——全篇语言结构也许因为它本来所用的语言本身发展而改变。这么一来，如果原来作者听到旁人歌唱他的作品，也一定觉得全不是那么一回事了。这些传诵所起的变化，总而言之，简直就是第二重创作。它的性质很复杂，许多人在许久时期和广大地域中，都或有意或无意地参加第二重创作。它对于歌的完成，重要并不亚于原来个人作者的第一重创作。

把民歌的完成认为两重创作的结果，第一重创作是个人的，第二重创作是群众的，这个见解比较合理。查尔德搜集的英苏民歌之中，每首歌常有几十种异文，就是各时代、各区域在流传时修改的结果。

在中国歌谣里，我们也可见出同样的演进阶段。最好的例是周作人在《儿歌之研究》里所引的越中儿戏歌：

铁脚斑斑，斑过南山。
南山里曲，里曲湾湾。
新官上任，旧官请出。

这首歌现在仍流行于绍兴。据《古今风谣》，元朝至正年代燕京即有此谣：

脚驴斑斑，脚踏南山。
南山北斗，养活家狗。
家狗磨面，三十弓箭。

明朝此谣还流行，不过字略变，据《明诗综》所载：

狸狸斑斑，跳遍南山。

南山北斗，猎回界口。
界口北面，三十弓箭。

朱竹垞《静志居诗话》谈到此谣说：“此予童稚日偕闾巷小儿联背踏足而歌，不详何义，亦未有验。”朱竹垞是清初秀水人，可见此谣在清初已盛行南方。

朱自清在《中国歌谣》（清华大学讲义）里另引一首，也是现在流行的，不过与周作人所引的不同：

踢踢脚背，跳过南山。
南山扳倒，水龙甩甩。
新官上任，旧官请出。
木渎汤罐，弗知烂脱落里一只小拇指头。

我自己在四川北部也听到一首：

脚儿斑斑，斑上梁山。
梁山大斗，一石二斗。
每人屈脚，一只大脚。

这首儿歌从元朝（它的起源也许还要早些，这里只就见诸记载的说）传到现在，从燕京南传到浙江，西传到四川（也许传到其他区域还有），中间所经过的变化当不仅如上所引。不过就已引诸例看，“第二重创作”的痕迹也很显然。

另外一个好例是董作宾所研究的《看见她》（详见北京大学《歌谣周刊》第六十二号至六十四号）。北京大学歌谣研究会所搜到的这首歌谣的异文有四十五种之多。它的流行区域至少有十二省之广。据董氏推测，它大概起源于陕西。在陕西三原流行的是：

你骑驴儿我骑马，看谁先到丈人家。
丈人丈母没在家，吃一袋烟儿就走家。
大嫂子留，二嫂子拉，拉拉扯扯到她家，
隔着竹帘望见她：白白儿手长指甲，樱桃小口糯米牙。
回去说与我妈妈，卖田卖地要娶她。

长江流域的《看见她》可以流行于南京的一首为例。

东边来了一个小学生，辫子拖到脚后跟，
骑花马，坐花轿，走到丈人家。
丈人丈母不在家，帘背后看见她：
金簪子，玉耳挖，雪白脸，淀粉擦，雪白手，银指甲；
梳了个元宝头，戴了一头好翠花；
大红棉袄绣兰花，天青背心蝴蝶花。
我回家，告诉妈：
卖田卖地来娶她，洋钻手圈就是她！

此外四十余首各不同样。就“母题”说，情节大半一致；就词句说，长短繁简不一律。我们决难相信这四十几首歌谣是南北十余省民众自然流露而暗合的。在起源时它必有一个作者，后经口头传诵，经过许多次“第二重创作”，才产生许多变形。变迁的主因不外两种：一、各地风俗习惯的差别，二、各地方言的差别。

这一两个实例是从许多实例中选择出来的。它们可以证明歌谣在活着时都在流动生展。对于它的生命的维持，它所流行的区域中民众都有力量，所以我们说它是属于民众的，虽然“第一重创作”也许属于某一个人。

个人意识愈发达，社会愈分化，民众艺术也就愈趋衰落；民歌在野蛮社会中最发达，中国边疆诸民族以及澳、非两洲土著都是明证。在开化社会中歌谣的传播推广者大半是无知识的婴儿、村妇、农夫、樵子之流。人到成年后便逐渐忘去儿时的歌，种族到开化后也逐渐忘去原始时代的歌。

所以有人说，文化是民歌的仇敌。近代学者怕歌谣散亡了，费尽心力把它们搜集写定，印行。这种工作对于研究歌谣者固有极大贡献，对于歌谣本身的发展却不尽是有利的。歌谣都“活在口头上”，它的生命就在流动生展之中。给它一个写定的形式，就是替它钉棺材盖。每个人都可以更改流行的歌谣，但是没有人有权更改《国风》或汉魏《乐府》。写定的形式就是一种不可侵犯的权威。

第二章 诗与谐隐

德国学者常把诗分为民间诗（Volkpoesie）与艺术诗（Kunstpoesie）两类，以为民间诗全是自然流露，艺术诗才是根据艺术的意识与技巧，有意识地刻画美的形象。这种分别实在也只是程度上的而不是绝对的。民间诗也有一种传统的技巧，最显而易见的是文字游戏。

文字游戏不外三种：第一种是用文字开玩笑，通常叫作“谐”；第二种是用文字捉迷藏，通常叫作“谜”或“隐”；第三种是用文字组成意义很滑稽而声音很圆转自如的图案，通常无适当名称，就干脆地叫作“文字游戏”亦无不可。这三种东西在民间诗里极普通，在艺术诗或文人诗里也很重要，可以当作沟通民间诗与文人诗的桥梁。刘勰在《文心雕龙》里特辟“谐隐”一类，包括带有文字游戏性的诗文，可见古人对这类作品也颇重视。

一 诗与谐

我们先说“谐”。“谐”就是“说笑话”。它是喜剧的雏形。王国维在《宋元戏曲史》里以为中国戏剧导源于巫与优。“优”即以“谐”为职业。在古代社会中，“优”（clown）往往是一个重要的官职。莎士比亚的戏剧中，优常占要角。英国古代王侯常有优跟在后面，趁机会开玩笑，使朝中君臣听着高兴。中国古代王侯常用优。《左传》《国语》《史记》诸书都常提到优的名称。优往往同时是诗人。汉初许多词人都以俳优起家，东方朔、枚乘、司马相如都是著例。优的存在证明两件事：第一，“谐”的需要是很原始而普遍的；其次，优与诗人、谐与诗，在原始时代是很接近的。

从心理学观点看，谐趣（the sense of humour）是一种最原始的普遍的美感活动。凡是游戏都带有谐趣，凡是谐趣也都带有游戏。谐趣的定义可以说是：以游戏态度，把人事和物态的丑拙鄙陋和乖讹当作一种有趣的意象去欣赏。

“谐”最富于社会性。艺术方面的趣味，有许多是为某阶级所特有的，“谐”则雅俗共赏，极粗鄙的人欢喜“谐”，极文雅的人也还是欢喜“谐”，虽然他们所欢喜的“谐”不必尽同。在一个集会中，大家正襟危坐时，每个人都有俨然不可侵犯的样子，彼此中间无形中有一层隔阂。但是到了谐趣发动时，这一层隔阂便涣然冰释，大家在谑浪笑傲中忘形尔我，揭开文明人的面具，回到原始时代的团结与统一。托尔斯泰以为艺术的功用在传染情感，而所传染的情感应该能团结人与人的关系。在他认为值得传染的情感之中，笑谑也占一个重要的位置。刘勰解释“谐”字说：“谐之言皆也；辞浅会俗，皆悦笑也。”这也是着重谐的社会性。社会的最好的团结力是谐笑，所以擅长谐笑的人在任何社会中都受欢迎。在极严肃的悲剧中有小丑，在极严肃的宫廷中有俳优。

尽善尽美的人物不能为谐的对象，穷凶极恶也不能为谐的对象。引起谐趣的大半介乎二者之间，多少有些缺陷而这种缺陷又不致引起深恶痛疾。最普通的是容貌的丑拙。民俗歌谣中嘲笑麻子、瘌痢、瞎子、聋子、驼子等等残疾人的最多，据《文心雕龙》，“魏晋滑稽，盛相驱扇。遂乃应玚之鼻方于盗削卵，张华之形比乎握舂杵”，嘲笑容貌丑陋的风气自古就很盛行了。品格方面的亏缺也常为笑柄。例如下面两首民歌：

> 一个和尚挑水喝，两个和尚抬水喝，三个和尚没水喝。

> 门前歇仔高头马，弗是亲来也是亲；

> 门前挂仔白席巾，嫡亲娘舅当仔陌头人。

寥寥数语，把中国民族性两个大缺点，不合群与浇薄，写得十分脱皮露骨。有时容貌的丑陋和品格的亏缺合在一起成为讥嘲的对象，《左传》宋守城人嘲笑华元打败仗被俘赎回的歌是好例：

> 睅其目，皤其腹，弃甲而复。于思于思，弃甲复来。

除这两种之外，人事的乖讹也是谐的对象，例如：

> 灶下养，中郎将；烂羊胃，骑都尉；烂羊头，关内侯。
>
> ——《后汉书·刘玄传》

> 十八岁个大姐七岁郎，说你郎你不是郎，说你是儿不叫娘，还得给你解扣脱衣裳，还得把你抱上床！
>
> ——卫辉民歌

都是觉得事情出乎常理之外，可恨亦复可笑。

谐都有几分讥刺的意味，不过讥刺不一定就是谐。例如：

> 不稼不穑，胡取禾三百廛兮？不狩不猎，胡瞻尔庭有县貆兮？
>
> ——《诗经·魏风·伐檀》

> 一尺布尚可缝，一斗米尚可舂；兄弟二人不相容！
>
> ——《汉书·淮南王传》

这二首也是讥刺人事的乖讹，不过作者心存怨望，直率吐出，没有开玩笑的意味，就不能算是谐。

这个分别对于谐的了解非常重要。从几方面看，谐的特色都是模棱两可。第一，就谐笑者对于所嘲对象说，谐是恶意的而又不尽是恶意的，如果尽是恶意，则结果是直率的讥刺或咒骂(如“时日曷丧，予及女偕亡！”)，我们对于深恶痛疾的仇敌和敬爱的亲友都不容易开玩笑。一个人既拿另一个人开玩笑，对于他就是爱恶参半。恶者恶其丑拙鄙陋，爱者爱其还可以打趣助兴。因为有这一点爱的成分，谐含有几分警告规劝的意味，如柏格森所说的，凡是谐都是“谑而不虐”。

刘勰在《文心雕龙》里也说，“辞虽倾回，意归义正”。许多著名的讽刺家，像英国小说家斯威夫特（Swift）和勃特勒（Butler）一般人都是有心人。

其次，就谐趣情感本身说，它是美感的而也不尽是美感的。它是美感的，因为丑拙鄙陋乖讹在为谐的对象时，就是一种情趣饱和独立自足的意象。它不尽是美感的，因为谐的动机都是道德的或实用的，都是从道德的或实用的观点，看出人事物态的不圆满，因而表示惊奇和告诫。

第三，就谐笑者自己说，他所觉到的是快感而也不尽是快感。它是快感，因为丑拙鄙陋不仅打动一时乐趣，也是沉闷世界中一种解放束缚的力量。现实世界好比一池死水，可笑的事情好比偶然皱起的微波，谐笑就是对于这种微波的欣赏。不过可笑的事物究竟是丑拙鄙陋乖讹，是人生中一种缺陷，多少不免引起惋惜的情绪，所以同时伴有不快感。许多谐歌都以喜剧的外貌写悲剧的事情，例如徐州民歌：

> 乡里佬，背稻草，跑上街，买荤菜。
> 荤菜买多少？放在眼前找不到！

这是讥嘲呢？还是怜悯？读这种歌真不免令人“啼笑皆非”。我们可以说，凡是谐都有“啼笑皆非”的意味。

谐有这些模棱两可性，所以从古到今，都叫作“滑稽”。滑稽是一种盛酒器，酒从一边流出来，又向另一边转注进去，可以终日不竭，酒在“滑稽”里进出也是模棱两可的，所以“滑稽”喻“谐”，非常恰当。

谐是模棱两可的，所以诗在有谐趣时，欢欣与哀怨往往并行不悖，诗人的本领就在能谐，能谐所以能在丑中见出美，在失意中见出安慰，在哀怨中见出欢欣，谐是人类拿来轻松紧张情境和解脱悲哀与困难的一种清泻剂，这个道理伊斯特曼（M. Eastman）在《诙谐意识》里说得最透辟：

> 穆罕默德自夸能用虔诚祈祷使山移到他面前来。有一大群信徒围着来看他显这副本领。他尽管祈祷，山仍是岿然不动。他于是说："好，山不来就穆罕默德，穆罕默德就走去就山罢。"我们也常同样地殚精竭思，求世事恰如人意，到世事尽不如人意时，我们说："好，我就在失意中求乐趣罢。"这就是诙谐。诙谐像穆罕默德走去就山，它的生存是对于命运开玩笑。

"对于命运开玩笑"，这句话说得最好。我们读莎士比亚的悲剧时，到了极悲痛的境界，常猛然穿插一段喜剧，主角在紧要关头常向自己嘲笑，哈姆雷特便是著例。弓拉到满彀时总得要放松一下，不然弦子会折断的。山本不可移，中国传说中曾经有一个移山的人，他所以叫作"愚公"，就愚在没有穆罕默德的幽默。

"对于命运开玩笑"是一种遁逃，也是一种征服，偏于遁逃者以滑稽玩世，偏于征服者以豁达超世。滑稽与豁达虽没有绝对的分别，却有程度的等差。它们都是以"一笑置之"的态度应付人生的缺陷，豁达者在悲剧中参透人生世相，他的诙谐出入于至性深情，所以表面滑稽而骨子里沉痛；滑稽者则在喜剧中见出人事的乖讹，同时仿佛觉得这种发现是他的聪明、他的优胜，于是嘲笑以取乐，这种诙谐有时不免流于轻薄。豁达者虽超世而不忘怀于淑世，他对于人世，悲悯多于愤嫉。滑稽者则只知玩世，他对于人世，理智的了解多于情感的激动。豁达者的诙谐可以称为"悲剧的诙谐"，出发点是情感而听者受感动也以情感。滑稽者的诙谐可以称为"喜剧的诙谐"，出发点是理智，而听者受感动也以理智。中国诗人陶潜和杜甫是于悲剧中见诙谐者，刘伶和金圣叹是从喜剧中见诙谐者，嵇康、李白则介乎二者之间。

这种分别对于诗的了解甚重要。大概喜剧的诙谐易为亦易欣赏，悲剧的诙谐难为亦难欣赏。例如李商隐的《龙池》：

龙池赐酒敞云屏，羯鼓声高众乐停。
夜半宴归宫漏永，薛王沉醉寿王醒。

诗中讥嘲寿王的杨妃被他父亲明皇夺去，他在御宴中喝不下去酒，宴后他的兄弟喝得醉醺醺，他一个人仍是醒着，怀着满肚子心事走回去。这首诗的诙谐可算委婉俏皮，极滑稽之能事。但是我们如果稍加玩味，就可以看出它的出发点是理智，没有深情在里面。我们觉得它是聪明人的聪明话，受它感动也是在理智方面。如果情感发生，我们反觉得把悲剧看成喜剧，未免有些轻薄。

我们选一两首另一种带有谐趣的诗来看看：

人生寄一世，奄忽若飙尘。
何不策高足，先据要路津？
无为守贫贱，轗轲常苦辛。

——《古诗十九首》

白发被两鬓，肌肤不复实。
虽有五男儿，总不好纸笔。……
天命苟如此，且进杯中物！

——陶潜《责子》

千秋万岁后，谁知荣与辱？
但恨在世时，饮酒不得足。

——陶潜《挽歌辞》

这些诗的诙谐就有沉痛的和滑稽的两方面。我们须同时见到这两方面，才能完全了解它的深刻。胡适在《白话文学史》里说：

> 陶潜与杜甫都是有诙谐风趣的人，诉穷说苦，都不肯抛弃这一点风趣。因为他们有这一点说笑话做打油诗的风趣，故虽在穷饿之中不至于发狂，也不至于堕落。

这是一段极有见地的话，但是因为着重在“说笑话做打油诗”一点，他似乎把它的沉痛的一方面轻轻放过去了。陶潜、杜甫都是伤心人而有豁达风度，表面上虽诙谐，骨子里却极沉痛严肃。如果把《责子》《挽歌辞》之类作品完全看作打油诗，就未免失去上品诗的谐趣之精彩了。

凡诗都难免有若干谐趣。情绪不外悲喜两端。喜剧中都有谐趣，用不着说，就是把最悲惨的事当作诗看时，也必在其中见出谐趣。我们如果仔细玩味蔡琰《悲愤诗》或是杜甫《新婚别》之类作品，或是写自己的悲剧，或是写旁人的悲剧，都是“痛定思痛”，把所写的看成一种有趣的意象，有几分把它当作戏看的意思。丝毫没有谐趣的人大概不易做诗，也不能欣赏诗。诗和谐都是生气的富裕。不能谐是枯燥贫竭的征候。枯燥贫竭的人和诗没有缘分。

但是诗也是最不易谐，因为诗最忌轻薄，而谐则最易流于轻薄。古诗《焦仲卿妻》叙夫妇别离时的誓约说：

> 君当作磐石，妾当作蒲苇；
> 蒲苇纫如丝，磐石无转移。

后来焦仲卿听到妻子被迫改嫁的消息，便拿从前的誓约来讽刺她说：

> 府君谓新妇：贺君得高迁！
> 磐石方且厚，可以卒千年；
> 蒲苇一时纫，便作旦夕间。

这是诙谐，但是未免近于轻薄，因为生离死别不该是深于情者互相讥刺的时候，而焦仲卿是一个殉情者。

同是诙谐，或为诗的胜境，或为诗的瑕疵，分别全在它是否出于至性深情。理胜于情者往往流于纯粹的讥刺（satire）。讥刺诗固自成一格，但是很难达到诗的胜境。像英国蒲柏（Pope）和法国伏尔泰之类聪明人不能成为大诗人，就是因为这个道理。

二 诗与隐

刘勰在《文心雕龙》里以“隐”与“谜”并列；解“隐”为“遁辞以隐意，谲譬以指事”，“谜”为“回护其辞，使昏迷也；或体目文字，或图象品物”。但是他承认“谜”为魏晋以后“隐”的化身。其实“谜”与“隐”原来是一件东西，不过古今名称不同罢了。《国语》有“秦客为廋词，范文子能对其三”，“廋词”也还是隐语。

在各民族中谜语的起源都很早而且很重要。古希腊英雄俄狄浦斯（Oedipus）因为猜中“早晨四只脚走，中午两只脚走，晚上三只脚走”一个谜语，气坏了食人的怪兽，被忒拜人选为国王。《旧约·士师记》里记参孙（Samson）的妻族人猜中“肉从强者出，甜从食者出”一个谜语，就脱了围，得到奖赏。可见古代人对于谜语的重视。

中国的谜语可以说和文字同样久远。六书中的“会意”据许慎的解释是“比类合谊，以见指㧑，武信是也”，这就是根据谜语原则。“止戈为武，人言为信”，就是两个字谜。许多中国字都可以望文生义，就因为在造字时它们就已有令人可以当作谜语猜测的意味。中国最古的有记载的歌谣据说是《吴越春秋》里面的“断竹，续竹；飞土，逐肉”。这就是隐射“弹丸”的谜语。《汉书·艺文志》载有《隐书十八篇》，刘向《新序》也有“齐宣王发隐书而读之”的话，可见隐语自古就有专书。《左传》有“智井”“庚癸”两个谜语。从《史记·滑稽列传》和《汉书·东方朔传》看，嗜好隐语在古时是一种极普遍的风气。一个人会隐语，便可获禄取宠，东方朔便是好例。他会“射覆”，“射覆”就是猜隐语。一个国家有会隐语的臣子，在坛坫樽俎间便可取得外交胜利，范文子猜中了秦客的三个谜语，史官便把它大书特书。《三国志·薛综传》里有一段很有趣的故事。蜀使张奉以隐语嘲吴尚书阚泽，泽不能答，吴人引以为羞。薛综看这事有失体面，就用一个隐语报复张奉说：“有犬为独，无犬为蜀，横目勾身，虫入其腹。”此语一出，蜀使便无话可说，吴国的面子便争夺回来了。从这些故事和上文所引的希腊和犹太的两个故事看，刘勰所说的“隐语之用，被于纪传。大者兴治济身”，并非夸大其词了。

隐语在近代是一种文字游戏，在古代却是一件极严重的事。它的最早应用大概在预言谶语。诗歌在起源时是神与人互通款曲的媒介。人有所颂祷，用诗歌进呈给神；神有所感示，也用诗歌传达给人。不过人说的话要明白，神说的话要不明白，才能显得他神秘玄奥。所以符谶大半是隐语。这种隐语大半是由神凭附人体说出来，所凭依者大半是主祭者或女巫。古希腊的“德尔斐预言”和中国古代的巫祝的占卜，都是著例。

在原始社会中梦也被认成一种预言。各国在古代常有占梦的专官，一国君臣人民的祸福往往悬在一句梦话的枢纽上。《旧约·创世记》载埃及国王梦见七瘦牛吞食七肥牛，七枯穗吞食七生穗，召群臣来解释，都踌躇莫知所对，只有一个外来的犹太人约瑟能断定它是七荒年承继七丰年的预兆。国王听了他的话，储蓄七丰年的余粮，后来七荒年果然来了，埃及人有积谷得免于饥荒。约瑟于是大得国王的信任。《左传》里也有桑田巫占梦的故事。占梦的迷信在有文字之前，可以说是最古的最普遍的猜谜的玩意儿。

中国古代预言多假托童谣。童谣据说是荧惑星的作用。各代史书载童谣都不列于“艺文”而列于“天文”或“五行”，就因为相信童谣是神灵凭借儿童所说的话。郭茂倩在《乐府诗集》第八十八卷里搜集各代预言式的童谣甚多，大半都是隐语。《左传》卜偃根据“鹑之奔奔”一句童谣，断定晋必于十月丙子灭虢，是一个最早见于书籍的例。童谣有时近于字谜。例如《后汉书·五行志》所载汉献帝时京都童谣：“千里草，何青青？十日卜，不得生。”解释是：“千里草为董，十日卜为卓。……青青茂盛之貌，不得生者亦旋破亡也。”当时人大概厌恶董卓专横，作隐语来咒骂他，或是在他失败之后，隐喻其事造为“预言”，把日期移早，以神其说。这里我们可以窥见造隐语的心理。它一方面有所回避，不敢直说，一方面又要利用一般人对于神秘事迹的惊赞，来激动好奇心。

隐语由神秘的预言变为一般人的娱乐以后，就变成一种谐。它与谐的不同只在着重点，谐偏重人事的嘲笑，隐则偏重文字的游戏。谐与隐有时混合在一起。《左传》宋守城人的歌：“睅其目，皤其腹，弃甲而复。于思于思，弃甲复来！”是讥刺华元的谐语，同时也是一个隐语，把华元的容貌品格事迹都隐含在内。民间歌谣中类似的作品甚多，例如：

> 侧……听隔壁，推窗望月……掮笆斗勿吃力，两行泪作一行滴。（苏州人嘲歪头）

> 啥？豆巴，满面花，雨打浮沙，蜜蜂错认家，荔枝核桃苦瓜，满天星斗打落花。（四川人嘲麻子）

就是谐、隐与文字游戏三者混合，讥刺容貌丑陋为谐，以谜语出之为隐，形式为七层宝塔，一层高一层，为纯粹的文字游戏。谐最忌直率，直率不但失去谐趣，而且容易触讳招尤，所以出之以隐，饰之以文字游戏。谐都有几分恶意，隐与文字游戏可以遮盖起这点恶意，同时要叫人发现嵌合的巧妙，发生惊赞。不把注意力专注在所嘲笑的丑陋乖讹上面。

隐常与谐合，却不必尽与谐合。谐的对象必为人生世相中的缺陷，隐的对象则没有限制。隐的定义可以说是“用捉迷藏的游戏态度，把一件事物先隐藏起，只露出一些线索来，让人可以猜中所隐藏的是什么”。姑举数例：

> 日里忙忙碌碌，夜里茅草盖屋。（眼）

> 小小一条龙，胡须硬似鬃。生前没点血，死后满身红。（虾）

王荆公读《辨奸论》有感。(《诗经》:“吁嗟洵兮,不我信兮!”)

从前文人尽管也欢喜弄这种玩意儿，却不把它看作文学。其实有许多谜语比文人所做的咏物诗词还更富于诗的意味。英国诗人柯勒律治（Coleridge）论诗的想象，说它的特点在见出事物中不寻常的关系。许多好的谜语都够得上这个标准。

谜语的心理背景也很值得研究。就谜语作者说，他看出事物中一种似是而非、不即不离的微妙关系，觉得它有趣，值得让旁人知道。他的动机本来是一种合群本能，要把个人所见到的传达给社会，同时又有游戏本能在活动，仿佛猫儿戏鼠似的，对于听者要延长一番悬揣，使他的好奇心因悬揣愈久而愈强烈。他的乐趣就在觉得自己是一种神秘事件的看管人，自己站在光明里，看旁人在黑暗里绕弯子。就猜谜者说，他对于所掩藏的神秘事件起好奇心，想揭穿它的底蕴，同时又起一种自尊情绪，仿佛自己非把这个秘幕揭穿不甘休。悬揣愈久，这两种情绪愈强烈。几经摸索之后，一旦豁然大悟，看出事物关系所隐藏的巧妙凑合，不免大为惊赞，同时他也觉得自己的胜利，因而欢慰。

如果研究做诗与读诗的心理，我们可以发现上面一段话大部分可以适用。突然见到事物中不寻常的关系，而加以惊赞，是一切美感态度所共同的。苦心思索，一旦豁然贯通，也是创造与欣赏所常有的程序。诗和艺术都带有几分游戏性，隐语也是如此。

别小看隐语，它对于诗的关系和影响是很大的。在古英文诗中谜语是很重要的一类。诗人启涅伍尔夫（Cunewulf）就是一个著名的隐语家。中国古代亦常有以隐语为诗者，例如古诗：

藁砧今何在，山上复有山，
何日大刀头，破镜飞上天。

就是隐写“丈夫已出，月半回家”的意思。上文所引的童谣及民间谐歌有许多是很好的诗，我们已经说过。但是隐语对于中国诗的重要还不仅此。

它是一种雏形的描写诗。民间许多谜语都可以作描写诗看。中国大规模的描写诗是赋，赋就是隐语的化身。战国秦汉间嗜好隐语的风气最盛，赋也最发达，荀卿是赋的始祖，他的《赋篇》本包含《礼》《知》《云》《蚕》《箴》《乱》六篇独立的赋，前五篇都极力铺张所赋事物的状态、本质和功用，到最后才用一句话点明题旨，最后一篇就简直不点明题旨。例如《蚕》赋：

> 此夫身女好而头马首者与？屡化而不寿者与？善壮而拙老者与？有父母而无牝牡者与？冬伏而夏游，食桑而吐丝，前乱而后治，夏生而恶暑，喜湿而恶雨，蛹以为母，蛾以为父，三伏三起，事乃大已。夫是谓之蚕理。

全篇都是蚕的谜语，最后一句揭出谜底，在当时也许这个谜底是独立的，如现在谜语书在谜面之下注明谜底一样。后来许多辞赋家和诗人词人都沿用这种技巧，以谜语状事物，姑举数例如下：

> 飞不飘飏，翔不翕习；其居易容，其求易给；巢林不过一枝，每食不过数粒。
>
> ——张华《鹪鹩赋》

> 镂五色之盘龙，刻千年之古字。山鸡见而独舞，海鸟见而孤鸣。临水则池中月出，照日则壁上菱生。
>
> ——庾信《镜赋》

> 光细弦欲上，影斜轮未安。微升古塞外，已隐暮云端。河汉不改色，关山空自寒。庭前有白露，暗满菊花团。
>
> ——杜甫《初月》

> 海上仙人绛罗襦，红梢中单白玉肤。不须更待妃子笑，风骨自是倾城姝。

——苏轼《荔枝》

过春社了，度帘幕中间，去年尘冷。差池欲住，试入旧巢相并。还相雕梁藻井，又轻语商量不定。飘然快拂花梢，翠尾分开红影。

——史达祖《双双燕》

以上只就赋、诗、词中略举一二例。我们如果翻阅咏物类韵文，就可以看到大半都是应用同样的技巧写出来的。中国素以谜语巧妙名于世界，拿中国诗和西方诗相较，描写诗也比较早起，比较丰富，这种特殊发展似非偶然。中国人似乎特别注意自然界事物的微妙关系和类似，对于它们的奇巧的凑合特别感兴趣，所以谜语和描写诗都特别发达。

谜语不但是中国描写诗的始祖，也是诗中“比喻”格的基础。以甲事物影射乙事物时，甲乙大半有类似点，可以互相譬喻。有时甲乙并举，则为显喻（simile），有时以乙暗示甲，则为隐喻（metaphor）。显喻如古谚：

少所见，多所怪，见骆驼，言马肿背。

如果只言“见骆驼言马肿背”，意在使人知所指为“少见多怪”，则为“隐喻”，即近世歌谣学者所谓“歇后语”。“歇后语”还是一种隐语，例如“聋子的耳朵”（摆大儿），“纸糊灯笼”（一戳就破），“王奶奶裹脚”（又长又臭）之类。这种比喻在普通语中极流行。它们可以显示一般民众的“诗的想象力”，同时也可以显示普通语言的艺术性。一个贩夫或村妇听到这类“俏皮话”，心里都不免高兴一阵子，这就是简单的美感经验或诗的欣赏。诗人用比喻，不过把这种粗俗的说“俏皮话”的技巧加以精练化，深浅雅俗虽有不同，道理却是一致。《诗经》中最常用的技巧是以比喻引入正文，例如：

关关雎鸠，在河之洲。窈窕淑女，君子好逑。

螽斯羽，诜诜兮，宜尔子孙，振振兮。

蒹葭苍苍，白露为霜。所谓伊人，在水一方。

入首两句便是隐语，所隐者有时偏于意象，所引事物与所咏事物有类似处，“螽斯”例，这就是“比”；有时偏重情趣，所引事物与所咏事物在情趣上有暗合默契处，可以由所引事物引起所咏事物的情趣，如“蒹葭”例，这就是“兴”；有时所引事物与所咏物既有类似，又有情趣方面的暗合默契，如“关雎”例，这就是“兴兼比”。《诗经》各篇作者原不曾按照这种标准去做诗，“比”“兴”等等是后人归纳出来的，用来分类，不过是一种方便，原无谨严的逻辑。后来论诗者把它看得太重，争来辩去，殊无意味。

中国向来注诗者好谈“微言大义”，从毛苌做《诗序》一直到张惠言批《词选》，往往把许多本无深文奥义的诗看作隐射诗，固不免穿凿附会。但是我们也不能否认，中国诗人好作隐语的习惯向来很深。屈原的“香草美人”大半有所寄托，是多数学者的公论。无论这种公论是否可靠，它对于诗的影响很大实毋庸讳言。阮籍《咏怀诗》多不可解处，颜延之说他“志在刺讥而文多隐避，百世之下，难以情测”。这个评语可以应用到许多咏史诗和咏物诗。陶潜《咏荆轲》、杜甫《登慈恩寺塔》之类作品各有寓意。我们如果丢开它们的寓意，它们自然也还是好诗，但是终不免没有把它们了解透彻。诗人不直说心事而以隐语出之，大半有不肯说或不能说的苦处。骆宾王《在狱咏蝉》说“露重飞难进，风多响易沉”，暗射谗人使他不能鸣冤；清人咏紫牡丹说“夺朱非正色，异种亦称王”，暗射爱新觉罗氏以胡人入主中原，线索都很显然。这种实例实在举不胜举。我们可以说，读许多中国诗都好像猜谜语。

隐语用意义上的关联为“比喻”，用声音上的关联则为“双关”（pun）。南方人称细炭为麸炭。射麸炭的谜语是“哎呀我的妻”，因为它和“夫叹”是同音双关。歌谣中用双关的很多，例如：

思欢久，不爱独枝莲，只惜同心藕。（“莲”与“怜”，“藕”

与“偶”双关）

——《读曲歌》

雾露隐芙蓉，见莲不分明。（“芙蓉”与“夫容”，“莲”与“怜”双关）

——《子夜歌》

别后常相思，顿书千丈阙，题碑无罢时。（“题碑”与“啼悲”双关）

——《华山畿》

竹篙烧火长长炭，炭到天明半作灰。（“炭”与“叹”双关）

——粤讴句

东边日出西边雨，道是无晴却有晴。（“晴”与“情”双关）

——刘禹锡《竹枝词》

以上所举都属民歌或拟民歌。据闻一多说：周南“采采芣苡”的“芣苡”古与“胚胎”同音同义，则双关的起源远在《诗经》时代了。像其他民歌技巧一样，“双关”也常被诗人采用。六朝人说话很喜欢用“双关”。“四海习凿齿，弥天释道安”，“日下荀鸣鹤，云间陆士龙”，都是当时脍炙人口的隽语。北魏胡太后的《杨白花歌》也是“双关”的好例。她逼通杨华，华惧祸逃南朝降梁，她仍旧思念他，就做了这首诗叫宫人歌唱：

阳春二三月，杨柳齐作花。春风一夜入闺闼，杨花飘荡落南家。含情出户脚无力，拾得杨花泪沾臆。春去秋来双燕子，愿衔杨花入窠里！

唐以后文字游戏的风气日盛，诗人常爱用人名、地名、药名等等作双关语，例如：

> 鄙性常山野，尤甘草舍中。钩帘阴卷柏，障壁坐防风。客土依云贯，流泉架木通。行当归老矣，已逼白头翁。
>
> ——《漫叟诗话》引孔毅夫诗

除纤巧之外别无可取，就未免堕入魔道了。

总之，隐语为描写诗的雏形，描写诗以赋规模为最大，赋即源于隐。后来咏物诗词也大半根据隐语原则。诗中的比喻（诗论家所谓比、兴），以及言在此而意在彼的寄托，也都含有隐语的意味。就声音说，诗用隐语为双关。如果依近代学者弗雷泽（Frazer）和弗洛伊德诸人的学说，则一切神话寓言和宗教仪式以至文学名著大半都是隐语的变形，都各有一个“谜底”。这话牵涉较广，而且中国诗和神话的因缘较浅，所以略而不论。

三 诗与纯粹的文字游戏

谐与隐都带有文字游戏性，不过都着重意义。有一种纯粹的文字游戏，着重点既不像谐在讥嘲人生世相的缺陷，又不像隐在事物中间的巧妙的凑合，而在文字本身声音的滑稽的排列，似应自成一类。

艺术和游戏都像斯宾塞所说的，有几分是余力的流露，是富裕生命的表现。初学一件东西都有几分困难，困难在勉强拿规矩法则来约束本无规矩法则的活动，在使自由零乱的活动来迁就固定的纪律与模范，学习的趣味就在逐渐战胜这种困难，使本来牵强笨拙的变为自然娴熟的。习惯既成，驾轻就熟，熟中生巧，于是对于所习得的活动有运用自如之乐。到了这步功夫，我们不特不以迁就规范为困难，而且力有余裕，把它当作一件游戏工具，任意玩弄它来助兴取乐。小儿初学语言，到喉舌能转动自如时，就常一个人鼓舌转喉作戏。他并没有和人谈话的必要，只是自觉这种玩意所产生的声音有趣。这个道理在一般艺术活动中都可以见出。每种艺术都用一种媒介，都有一个规范，驾驭媒介和迁就规范在起始时都有若干困难。

但是艺术的乐趣就在于征服这种困难之外还有余裕，还能带几分游戏态度任意纵横挥扫，使作品显得逸趣横生。这是由限制中争得的自由，由规范中溢出的生气。艺术使人留恋的也就在此。这个道理可适用于写字、画画，也可适用于唱歌、做诗。

比如中国民众游戏中的三棒鼓、拉戏胡琴、相声、口技、拳术之类，所以令人惊赞的都是那一副娴熟生动、游戏自如的手腕。在诗歌方面，这种生于余裕的游戏也是一个很重要的成分，在民俗歌谣中这个成分尤其明显，我们姑从《北平歌谣》里择举两例：

> 老猫老猫，上树摘桃。一摘两筐，送给老张。老张不要，气得上吊。上吊不死，气得烧纸。烧纸不着，气得摔瓢。摔瓢不破，气得推磨。推磨不转，气得做饭。做饭不熟，气得宰牛。宰牛没血，气得打铁。打铁没风，气得撞钟。撞钟不响，气得老鼠乱嚷。

> 玲珑塔，塔玲珑，玲珑宝塔十三层。塔前有座庙，庙里有老僧，老僧当方丈，徒弟六七名。一个叫青头愣，一个叫愣头青；一个是僧僧点，一个是点点僧；一个是奔葫芦把，一个是把葫芦奔。青头愣会打磬，愣头青会捧笙；僧僧点会吹管，点点僧会撞钟；奔葫芦把会说法，把葫芦奔会念经。

这种搬砖弄瓦式的文字游戏是一般歌谣的特色。它们本来也有意义，但是着重点并不在意义而在声音的滑稽凑合。如专论意义，这种叠床架屋的堆砌似太冗沓。但是一般民众爱好它们，正因为其冗沓。他们仿佛觉得这样圆转自如的声音凑合有一种说不出来的巧妙。

在上举两例中有几点值得特别注意：第一是“重叠”，一大串模样相同的音调像滚珠倾水似的一直流注下去。它们本来是一盘散沙，只借这个共同的模型和几个固定不变的字句联络起来，成为一个整体。第二是“接字”，下句的意义和上句的意义本不相属，只是下句起首数字和上句收尾数字相同，下句所取的方向完全是由上句收尾字决定。第三是“趁韵”，这和“接字”一样，下句跟着上句，不是因为意义相衔接，而是因为声音相类似。例如“宰牛没血，气得打铁；打铁没风，气得撞钟”。第四是“排比”，因为歌词每两句成为一个单位，这两句在意义上和声音上通常彼此对仗，例如“奔葫芦把会说法，把葫芦奔会念经”。第五是“颠倒”或“回文”，下句文字全体或部分倒转上句文字，例如“玲珑塔，塔玲珑”。

以上只略举文字游戏中几种常见的技巧，其实它们并不止此（上文所引的嘲歪头嘲麻子的歌都取宝塔式也是一种）。文人诗词沿用这些技巧的很多。“重叠”是诗歌的特殊表现法，《诗经》中大部分诗可以为例。词中用“重叠”的甚多，例如“咸阳古道音尘绝，音尘绝，西风残照，汉家陵阙”（李白《忆秦娥》），“团扇团扇，美人病来遮面”（王建《调笑令》）。“接字”在古体诗转韵时或由甲段转入乙段时，常用来做联络上下文的工具，例如：“愿作东北风，吹我入君怀。君怀常不开，贱妾当何依。”（曹植《怨歌行》）“梧桐杨柳拂金井，来醉扶风豪士家。扶风豪士天下奇，意气相倾山可移。”（李白《扶风豪士歌》）“趁韵”在诗词中最普通。诗人做诗，思想的方向常受韵脚字指定，先想到一个韵脚字而后找一个句子把它嵌进去。“和韵”也还是一种“趁韵”。韩愈和苏轼的诗里“趁韵”例最多。他们以为韵压得愈险，诗也就愈精工。“排比”是赋和律诗、骈文所必用的形式。“回文”在诗词中有专体，例如苏轼《题金山寺》一首七律，倒读顺读都成意义，观首联“潮随暗浪雪山倾，远浦渔舟钓月明”可知。这只是几条实例。凡是诗歌的形式和技巧大半来自民俗歌谣，都不免含有几分文字游戏的意味。诗人驾驭媒介的能力愈大，游戏的成分也就愈多。他们力有余裕，便任意挥霍，显得豪爽不羁。

从民歌看，人对文字游戏的嗜好是天然的、普遍的。凡是艺术都带有几分游戏意味，诗歌也不例外。中国诗中文字游戏的成分有时似过火一点。我们现代人偏重意境和情趣，对于文字游戏不免轻视。一个诗人过分地把精力去在形式技巧上做功夫，固然容易走上轻薄纤巧的路。不过我们如果把诗中文字游戏的成分一笔勾销，也未免操之过“激”。就史实说，诗歌在起源时就已与文字游戏发生密切的关联，而这种关联一直维持到现在，不曾断绝。其次，就学理说，凡是真正能引起美感经验的东西都有若干艺术的价值。巧妙的文字游戏，以及技巧的娴熟的运用，可以引起一种美感，也是不容讳言的。文字声音对于文学，犹如颜色、线形对于造型艺术，同是宝贵的媒介。图画既可用形色的错综排列产生美感（依康德看，这才是“纯粹美”），诗歌何尝不能用文字声音的错综排列产生美感呢？在许多伟大作家——如莎士比亚和莫里哀——的作品中，文字游戏的成分都很重要，如果把它洗涤净尽，作品的丰富和美妙便不免大为减色了。

第三章 诗的境界

——情趣与意象

像一般艺术一样，诗是人生世相的返照。人生世相本来是混整的，常住永在而又变动不居的。诗并不能把这漠无边际的混整体抄袭过来，或是像柏拉图所说的“模仿”过来。诗对于人生世相必有取舍，有剪裁，有取舍剪裁就必有创造，必有作者的性格和情趣的浸润渗透。诗必有所本，本于自然；亦必有所创，创为艺术。自然与艺术媾合，结果乃在实际的人生世相之上，另建立一个宇宙，正犹如织丝缕为锦绣，凿顽石为雕刻，非全是空中楼阁，亦非全是依样画葫芦。诗与实际的人生世相之关系，妙处唯在不即不离。唯其“不离”，所以有真实感；唯其“不即”，所以新鲜有趣。“超以象外，得其圜中”，二者缺一不可，像司空图所见到的。

每首诗都自成一种境界。无论是作者或是读者，在心领神会一首好诗时，都必有一幅画境或是一幕戏景，很新鲜生动地突现于眼前，使他神魂为之钩摄，若惊若喜，霎时无暇旁顾，仿佛这小天地中有独立自足之乐，此外偌大乾坤宇宙，以及个人生活中一切憎爱悲喜，都像在这霎时间烟消云散去了。纯粹的诗的心境是凝神注视，纯粹的诗的心所观境是孤立绝缘。心与其所观境如鱼戏水，欣合无间。姑任举二短诗为例：

君家何处住，妾住在横塘。
停船暂相问，或恐是同乡。

——崔颢《长干行》

空山不见人，但闻人语响。
返景入深林，复照青苔上。

——王维《鹿柴》

这两首诗都俨然是戏景，是画境。它们都是从混整的悠久而流动的人生世相中摄取来的一刹那，一片段。本是一刹那，艺术灌注了生命给它，它便成为终古，诗人在一刹那中所心领神会的，便获得一种超时间性的生命，使天下后世人能不断地去心领神会。本是一片段，艺术予以完整的形象，它便成为一种独立自足的小天地，超出空间性而同时在无数心领神会者的心中显现形象。囿于时空的现象（即实际的人生世相）本皆一纵即逝，于理不可复现，像古希腊哲人所说的："濯足急流，抽足再入，已非前水。"它是有限的，常变的，转瞬即化为陈腐的。诗的境界是理想境界，是从时间与空间中执着一微点而加以永恒化与普遍化。它可以在无数心灵中继续复现，虽复现而却不落于陈腐，因为它能够在每个欣赏者的当时当境的特殊性格与情趣中吸取新鲜生命。诗的境界在刹那中见终古，在微尘中显大千，在有限中寓无限。

从前诗话家常拈出一两个字来称呼诗的这种独立自足的小天地。严沧浪所说的"兴趣"，王渔洋所说的"神韵"，袁简斋所说的"性灵"，都只能得其片面。王静安标举"境界"二字，似较概括，这里就采用它。

一　诗与直觉

无论是欣赏或是创造，都必须见到一种诗的境界。这里"见"字最紧要。凡所见皆成境界，但不必全是诗的境界。一种境界是否能成为诗的境界，全靠"见"的作用如何。要产生诗的境界，"见"必须具备两个重要条件。

第一，诗的"见"必为"直觉"（intuition）。有"见"即有"觉"，觉可为"直觉"，亦可为"知觉"（perception）。直觉得对于个别事物的知（knowledge of individual things），“知觉”得对于诸事物中关系的知（knowledge of the relations between things），亦称“名理的知”（参看克罗齐《美学》第一章）。例如看见一株梅花，你觉得“这是梅花”，“它是冬天开花的木本植物”，“它的花香，可以摘来插瓶或送人”等等。你所觉到的是梅花与其他事物的关系，这就是它的“意义”。意义都从关系见出，了解意义的知都是“名理的知”，都可用“A为B”公式表出，认识A为B，便是知觉A，便是把所觉对象A归纳到一个概念B里去。就名理的知而言，A自身无意义，必须与B、C等生关系，才有意义，我们的注意不能在A本身停住，必须把A当作一块踏脚石，跳到与A有关系的事物B、C等等上去。但是所觉对象除开它的意义之外，尚有它本身形象。在凝神注视梅花时，你可以把全副精神专注在它本身形象，如像注视一幅梅花画似的，无暇思索它的意义或是它与其他事物的关系。这时你仍有所觉，就是梅花本身形象（form）在你心中所现的“意象”（image）。这种“觉”就是克罗齐所说的“直觉”。

诗的境界是用“直觉”见出来的，它是“直觉的知”的内容而不是“名理的知”的内容。比如说读上面所引的崔颢《长干行》，你必须有一顷刻中把它所写的情境看成一幅新鲜的图画，或是一幕生动的戏剧，让它笼罩住你的意识全部，使你聚精会神地观赏它，玩味它，以至于把它以外的一切事物都暂时忘去。在这一顷刻中你不能同时起“它是一首唐人五绝”，“它用平声韵”，“横塘是某处地名”，“我自己曾经被一位不相识的人认为同乡”之类的联想。这些联想一发生，你立刻就从诗的境界迁到名理世界和实际世界了。

这番话并非否认思考和联想对于诗的重要。做诗和读诗，都必用思考，都必起联想，甚至于思考愈周密，诗的境界愈深刻；联想愈丰富，诗的境界愈美备。但是在用思考起联想时，你的心思在旁驰博骛，决不能同时直觉到完整的诗的境界。思想与联想只是一种酝酿工作。直觉的知常进为名理的知，名理的知亦可酿成直觉的知，但决不能同时进行，因为心本无二用，而直觉的特色尤在凝神注视。读一首诗和做一首诗都常须经过艰苦思索，思索之后，一旦豁然贯通，全诗的境界于是像灵光一现似的突然现在眼前，使人心旷神怡，忘怀一切，这种现象通常人称为“灵感”。诗的境界的突现都起于灵感。灵感亦并无若何神秘，它就是直觉，就是“想象”（imagination，原谓意象的形成），也就是禅家所谓“悟”。

一个境界如果不能在直觉中成为一个独立自足的意象，那就还没有完整的形象，就还不成为诗的境界。一首诗如果不能令人当作一个独立自足的意象看，那还有芜杂凑塞或空虚的毛病，不能算是好诗。古典派学者向来主张艺术须有“整一”（unity），实在有一个深理在里面，就是要使在读者心中能成为一种完整的独立自足的境界。

二　意象与情趣的契合

要产生诗的境界，“见”所须具的第二个条件是所见意象必恰能表现一种情趣，“见”为“见者”的主动，不纯粹是被动的接收。所见对象本为生糙零乱的材料，经“见”才具有它的特殊形象，所以“见”都含有创造性。比如天上的北斗星本为七个错乱的光点，和它们邻近星都是一样，但是现于见者心中的则为像斗的一个完整的形象。这形象是“见”的活动所赐予那七颗乱点的。仔细分析，凡所见物的形象都有几分是“见”所创造的。凡“见”都带有创造性，“见”为直觉时尤其是如此。凝神观照之际，心中只有一个完整的孤立的意象，一无比较，无分析，无旁涉，结果常致物我由两忘而同一，我的情趣与物的意态遂往复交流，不知不觉之中人情与物理互相渗透。比如注视一座高山，我们仿佛觉得它从平地耸立起，挺着一个雄伟峭拔的身躯，在那里很镇静地庄严地俯视一切。同时，我们也不知不觉地肃然起敬，竖起头脑，挺起腰杆，仿佛在模仿山的那副雄伟峭拔的神气。前一种现象是以人情衡物理，美学家称为“移情作用”（empathy），后一种现象是以物理移人情，美学家称为“内模仿作用”（inner imitation）（参看拙著《文艺心理学》第三、四章）。

移情作用是极端的凝神注视的结果，它是否发生以及发生时的深浅程度都随人随时随境而异。直觉有不发生移情作用的，下文当再论及。不过欣赏自然，即在自然中发现诗的境界时，移情作用往往是一个要素。“大地山河以及风云星斗原来都是死板的东西，我们往往觉得它们有情感，有生命，有动作，这都是移情作用的结果。比如云何尝能飞？泉何尝能跃？我们却常说云飞泉跃。山何尝能鸣？谷何尝能应？我们却常说山鸣谷应，诗文的妙处往往都从移情作用得来。例如‘菊残犹有傲霜枝’句的‘傲’，‘云破月来花弄影’句的‘来’和‘弄’，‘数峰清苦，商略黄昏雨’句的‘清苦’和‘商略’，‘徘徊枝上月，空度可怜宵’句的‘徘徊’、‘空度’和‘可怜’，‘相看两不厌，唯有敬亭山’句的‘相看’和‘不厌’，都是原文的精彩所在，也都是移情作用的实例。”（《文艺心理学》第三章）

从移情作用我们可以看出内在的情趣常和外来的意象相融合而互相影响。比如欣赏自然风景，就一方面说，心情随风景千变万化，睹鱼跃鸢飞而欣然自得，闻胡笳暮角则黯然神伤；就另一方面说，风景也随心情而变化生长，心情千变万化，风景也随之千变万化，惜别时蜡烛似乎垂泪，兴到时青山亦觉点头。这两种貌似相反而实相同的现象就是从前人所说的“即景生情，因情生景”。情景相生而且相契合无间，情恰能称景，景也恰能传情，这便是诗的境界。每个诗的境界都必有“情趣”（feeling）和“意象”（image）两个要素。“情趣”简称“情”，“意象”即是“景”。吾人时时在情趣里过活，却很少能将情趣化为诗，因为情趣是可比喻而不可直接描绘的实感，如果不附丽到具体的意象上去，就根本没有可见的形象。我们抬头一看，或是闭目一想，无数的意象就纷至沓来，其中也只有极少数的偶尔成为诗的意象，因为纷至沓来的意象零乱破碎，不成章法，不具生命，必须有情趣来融化它们，贯注它们，才内有生命，外有完整形象。克罗齐在《美学》里把这个道理说得很清楚：

> 艺术把一种情趣寄托在一个意象里，情趣离意象，或是意象离情趣，都不能独立。史诗和抒情诗的分别，戏剧和抒情诗的分别，都是烦琐派学者强为之说，分其所不可分。凡是艺术都是抒情的，都是情感的史诗或剧诗。

这就是说，抒情诗虽以主观的情趣为主，亦不能离意象；史诗和戏剧虽以客观的事迹所生的意象为主，亦不能离情趣。诗的境界是情景的契合。宇宙中事事物物常在变动生展中，无绝对相同的情趣，亦无绝对相同的景象。情景相生，所以诗的境界是由创造来的，生生不息的。以“景”为天生自在，俯拾即得，对于人人都是一成不变的，这是常识的错误。阿米儿（Amiel）说得好：“一片自然风景就是一种心情。”景是各人性格和情趣的返照。情趣不同则景象虽似同而实不同。比如陶潜在“悠然见南山”时，杜甫在见到“造化钟神秀，阴阳割昏晓”时，李白在觉得“相看两不厌，唯有敬亭山”时，辛弃疾在想到“我见青山多妩媚，料青山见我应如是”时，姜夔在见到“数峰清苦，商略黄昏雨”时，都见到山的美。在表面上意象（景）虽似都是山，在实际上却因所贯注的情趣不同，各是一种境界。我们可以说，每人所见到的世界都是他自己所创造的。物的意蕴深浅与人的性分情趣深浅成正比例，深人所见于物者亦深，浅人所见于物者亦浅。诗人与常人的分别就在此。同是一个世界，对于诗人常呈现新鲜有趣的境界，对于常人则永远是那么一个平凡乏味的混乱体。

这个道理也可以适用于诗的欣赏。就见到情景契合境界来说，欣赏与创造并无分别。比如说姜夔的“数峰清苦，商略黄昏雨”一句词含有一个情景契合的境界，他在写这句词时，须先从自然中见到这种意境，感到这种情趣，然后拿这九个字把它传达出来。在见到那种境界时，他必觉得它有趣，在创造也是在欣赏。这九个字本不能算是诗，只是一种符号。如果我不认识这九个字，这句词对于我便无意义，就失其诗的功效。如果它对于我能产生诗的功效，我必须能从这九个字符号中，领略出姜夔原来所见到的境界。在读他的这句词而见到他所见到的境界时，我必须使用心灵综合作用，在欣赏也是在创造。

因为有创造作用，我所见到的意象和所感到的情趣和姜夔所见到和感到的便不能绝对相同，也不能和任何其他读者所见到和感到的绝对相同。每人所能领略到的境界都是性格、情趣和经验的返照，而性格、情趣和经验是彼此不同的，所以无论是欣赏自然风景或是读诗，各人在对象（Object）中取得（take）多少，就看他在自我（Subject-ego）中能够付与（give）

多少，无所付与便不能有所取得。不但如此，同是一首诗，你今天读它所得的和你明天读它所得的也不能完全相同，因为性格、情趣和经验是生生不息的。欣赏一首诗就是再造（recreate）一首诗；每次再造时，都要凭当时当境的整个的情趣和经验做基础，所以每时每境所再造的都必定是一首新鲜的诗。诗与其他艺术都各有物质的和精神的两方面。物质的方面如印成的诗集，它除着受天时和人力的损害以外，大体是固定的。精神的方面就是情景契合的意境，时时刻刻都在“创化”中。创造永不会是复演（repetition），欣赏也永不会是复演。真正的诗的境界是无限的，永远新鲜的。

三 关于诗的境界的几种分别

明白情趣和意象契合的关系，我们就可以讨论关于诗境的几种重要的分别了。第一个分别就是王国维在《人间词话》里所提出的“隔”与“不隔”的分别，依他说：

> 陶谢之诗不隔，延年则稍隔矣；东坡之诗不隔，山谷则稍隔矣。“池塘生春草”，“空梁落燕泥”等二句妙处唯在不隔。词亦如是。即以一人一词论，如欧阳公《少年游》咏春草上半阕云“阑干十二独凭春，晴碧远连云，二月三月，千里万里，行色苦愁人”，语语都在目前，便是不隔；至云“谢家池上，江淹浦畔”，则隔矣。白石《翠楼吟》“此地宜有词仙，拥素云黄鹤，与君游戏。玉梯凝望久，叹芳草，萋萋千里”，便是不隔，至“酒袚清愁，花销英气”则隔矣。

他不满意于姜白石，说他“格韵虽高，然如雾里看花，终隔一层”。在这些实例中，他只指出一个前人未曾道破的分别，却没有详细说明理由。依我们看，隔与不隔的分别就从情趣和意象的关系上面见出。情趣与意象恰相熨帖，使人见到意象，便感到情趣，便是不隔。意象模糊零乱或空洞，情趣浅薄或粗疏，不能在读者心中现出明了深刻的境界，便是隔。比如“谢家池上”是用“池塘生春草”的典，“江淹浦畔”是用《别赋》“春草碧色，春水绿波，送君南浦，伤如之何”的典。谢诗江赋原来都不隔，何以入欧词便隔呢？因为“池塘生春草”和“春草碧色”数句都是很具体的意象，都有很新颖的情趣。欧词因春草的联想，就把这些名句硬拉来凑成典故，“谢家池上，江淹浦畔”二句，意象既不明晰，情趣又不真切，所以隔。

王氏论隔与不隔的分别，说隔如“雾里看花”，不隔为“语语都在目前”，似有可商酌处。诗原有偏重“显”与偏重“隐”的两种。法国十九世纪帕尔纳斯派与象征派的争执就在此。帕尔纳斯派力求“显”，如王氏所说的“语语都在目前”，如图画、雕刻。象征派则以过于明显为忌，他们的诗有时正如王氏所谓“隔雾看花”，迷离恍惚，如瓦格纳的音乐。这两派诗虽不同，仍各有隔与不隔之别，仍各有好诗和坏诗。王氏的“语语都在目前”的标准似太偏重“显”。近年来新诗作者与论者，曾经有几度很剧烈地争辩诗是否应一律明显的问题。“显”易流于粗浅，“隐”易流于晦涩，这是大家都看得见的毛病。但是“显”也有不粗浅的，“隐”也有不晦涩的，持门户之见者似乎没有认清这个事实。我们不能希望一切诗都“显”，也不能希望一切诗都“隐”，因为在生理和心理方面，人原来有种种“类型”上的差异。有人接收诗偏重视觉器官，一切要能用眼睛看得见，所以要求诗须“显”，须如造型艺术。也有人接受诗偏重听觉与筋肉感觉，最易受音乐节奏的感动，所以要求诗须“隐”，须如音乐，才富于暗示性。所谓意象，原不必全由视觉产生。各种感觉器官都可以产生意象。不过多数人形成意象，以来自视觉者为最丰富，在欣赏诗或创造诗时，视觉意象也最为重要。因为这个缘故，要求诗须明显的人数占多数。

显则轮廓分明，隐则含蓄深永，功用原来不同。说概括一点，写景诗宜于显，言情诗所托之景虽仍宜于显，而所寓之情则宜于隐。梅圣俞说诗须“状难写之景，如在目前；含不尽之意，见于言外”，就是看到写景宜显，写情宜隐的道理。写景不宜隐，隐易流于晦；写情不宜显，显易流于浅。谢朓的“余霞散成绮，澄江静如练”，杜甫的“细雨鱼儿出，微风燕子斜”，以及林逋的“疏影横斜水清浅，暗香浮动月黄昏”诸句，在写景中为绝作，妙处正在能显，如梅圣俞所说的“状难写之景，如在目前”。秦少游的《水龙吟》入首两句“小楼连苑横空，下窥绣毂雕鞍骤”，苏东坡讥他“十三个字只说得一个人骑马楼前过”，它的毛病也就在不显。言情的杰作如古诗“步出城东门，遥望江南路。前日风雪中，故人从此去”，李白的“玉阶生白露，夜久侵罗袜。却下水晶帘，玲珑望秋月”，王昌龄的“奉帚平明金殿开，且将团扇共徘徊。玉颜不及寒鸦色，犹带昭阳日影来”，诸诗妙处亦正在隐，如梅圣俞所说的“含不尽之意见于言外”。

王氏在《人间词话》里，于隔与不隔之外，又提出“有我之境”与“无我之境”的分别：

> 有有我之境，有无我之境。“泪眼问花花不语，乱红飞过秋千去”，“可堪孤馆闭春寒，杜鹃声里斜阳暮”，有我之境也；“采菊东篱下，悠然见南山”，“寒波澹澹起，白鸟悠悠下”，无我之境也。有我之境，以我观物，故物皆着我之色彩；无我之境，以物观物，故不知何者为我，何者为物。……无我之境，人唯于静中得之；有我之境，于由动之静时得之，故一优美，一宏壮也。

这里所指出的分别实在是一个很精微的分别。不过从近代美学观点看，王氏所用名词似待商酌。他所谓“以我观物，故物皆着我之色彩”，就是“移情作用”，“泪眼问花花不语”一例可证。移情作用是凝神注视，物我两忘的结果，叔本华所谓“消失自我”。所以王氏所谓“有我之境”其实是“无我之境”（即忘我之境）。他的“无我之境”的实例为“采菊东篱下，悠然见南山”，“寒波澹澹起，白鸟悠悠下”，都是诗人在冷静中所回味出来的妙境（所谓“于静中得之”），没有经过移情作用，所以实是“有我之境”。与其说“有我之境”与“无我之境”，似不如说“同物之境”和“超物之境”，因为严格地说，诗在任何境界中都必须有我，都必须为自我性格、情趣和经验的返照。“泪眼问花花不语”，“徘徊枝上月，空度可怜宵”，“数峰清苦，商略黄昏雨”，都是同物之境。“鸢飞戾天，鱼跃于渊”，“微雨从东来，好风与之俱”，“兴阑啼鸟散，坐久落花多”，都是超物之境。

王氏以为“有我之境”（其实是“无我之境”或“同物之境”），比“无我之境”（其实是“有我之境”或“超物之境”）品格较低，他说：“古人为词，写有我之境者为多，然未始不能写无我之境，此在豪杰之士能自树立耳。”他没有说明此优于彼的理由。英国文艺批评家罗斯金（Ruskin）主张相同。他诋毁起于移情作用的诗，说它是“情感的错觉”（pathetic fallacy），以为第一流诗人都必能以理智控制情感，只有第二流诗人才为情感所摇动，失去静观的理智，于是以在我的情感误置于外物，使外物呈现一种错误的面目。他说：

> 我们有三种人：一种人见识真确，因为他不生情感，对于他樱草花只是十足的樱草花，因为他不爱它。第二种人见识错误，因为他生情感，对于他樱草花就不是樱草花而是一颗星，一个太阳，一个仙人的护身盾，或是一位被遗弃的少女。第三种人见识真确，虽然他也生情感，对于他樱草花永远是它本身那么一件东西，一枝小花，从它的简明的连茎带叶的事实认识出来，不管有多少联想和情绪纷纷围着它。这三种人的身份高低大概可以这样定下：第一种完全不是诗人，第二种是第二流诗人，第三种是第一流诗人。

这番话着重理智控制情感，也只有片面的真理。情感本身自有它的真实性，事物隔着情感的屏障去窥透，自另现一种面目。诗的存在就根据这个基本事实。如依罗斯金说诗的真理（poetic truth）必须同时是科学的真理。这显然是与事实不符的。

依我们看，抽象地定衡量诗的标准总不免有武断的毛病。“同物之境”和“超物之境”各有胜境，不易以一概论优劣。比如陶潜诗“采菊东篱下，悠然见南山”为“超物之境”，“平畴交远风，良苗亦怀新”则为“同物之境”。王维诗“渡头余落日，墟里上孤烟”为“超物之境”，“落日鸟边下，秋原人外闲”则为“同物之境”。它们各有妙处，实不易品定高下。“超物之境”与“同物之境”亦各有深浅雅俗。同为“超物之境”，谢灵运的“林壑敛秋色，云霞收夕霏”，似不如陶潜的“山气日夕佳，飞鸟相与还，”或是王绩的“树树皆秋色，山山尽落晖”。同是“同物之境’，杜甫的“感时花溅泪，恨别鸟惊心”，似不如陶潜的“平畴交远风，良苗亦怀新”，或是姜夔的“数峰清苦，商略黄昏雨”。两种不同的境界都可以有天机，也都可以有人巧。

“同物之境”起于移情作用。移情作用为原始民族与婴儿的心理特色，神话、宗教都是它的产品。论理，古代诗应多“同物之境”，而事实适得其反。在欧洲从十九世纪起，诗中才多移情实例。中国诗在魏晋以前，移情实例极不易寻，到魏晋以后，它才逐渐多起来，尤其是词和律诗中。我们可以说，“同物之境”不是古诗的特色。“同物之境”日多，诗便从浑厚日趋尖新。这似乎是证明“同物之境”品格较低，但是古今各有特长，不必古人都是对的，后人都是错的。“同物之境”在古代所以不多见者，主要原因在古人不很注意自然本身，自然只是作“比”“兴”用的，不是值得单独描绘的。“同物之境”是和歌咏自然的诗一齐起来的。诗到以自然本身为吟咏对象，到有“同物之境”，实是一种大解放，我们正不必因其“不古”而轻视它。

四　诗的主观与客观

诗的境界是情趣与意象的融合。情趣是感受来的，起于自我的，可经历而不可描绘的；意象是观照得来的，起于外物的，有形象可描绘的。情趣是基层的生活经验，意象则起于对基层经验的反省。情趣如自我容貌，意象则为对镜自照。二者之中不但有差异而且有天然难跨越的鸿沟。由主观的情趣如何能跳这鸿沟而达到客观的意象，是诗和其他艺术所必征服的困难。如略加思索，这困难终于被征服，真是一大奇迹！

尼采的《悲剧的诞生》可以说是这种困难的征服史。宇宙与人类生命，像叔本华所分析的，含有意志（will）与意象（idea）两个要素。有意志即有需求，有情感，需求与情感即为一切苦恼悲哀之源。人永远不能由自我与其所带意志中拔出，所以生命永远是一种苦痛。生命苦痛的救星即为意象。意象是意志的外射或对象化（objectification），有意象则人取得超然地位，凭高俯视意志的挣扎，恍然彻悟这幅光怪陆离的形象大可以娱目赏心。尼采根据叔本华的这种悲观哲学，发挥为“由形象得解脱”（redemption through appearance）之说，他用两个希腊神名来象征意志与意象的冲突。意志为酒神狄俄尼索斯（Dionysus），赋有时时刻刻都在蠢蠢欲动的活力与狂热，同时又感到变化（becoming）无常的痛苦，于是沉一切痛苦于酣醉。酣醉于醇酒妇人，酣醉于狂歌曼舞。苦痛是狄俄尼索斯的基本精神，歌舞是狄俄尼索斯精神所表现的艺术。意象如日神阿波罗（Apollo），凭高普照，世界一切事物借他的光辉而显现形象，他怡然泰然地像做甜蜜梦似的在那里静观自得，一切“变化”在取得形象之中就注定成了“真如”（being）。静穆是阿波罗的基本精神，造型的图画与雕刻是阿波罗精神所表现的艺术。这两种精神本是绝对相反相冲突的，而希腊人的智慧却成就了打破这冲突的奇迹。他们转移阿波罗的明镜来照临狄俄尼索斯的痛苦挣扎，于是意志外射于意象，痛苦赋形为庄严优美，结果乃有希腊悲剧的产生。悲剧是希腊人“由形象得解脱”的一条路径。人生世相充满着缺陷、灾祸、罪孽；从道德观点看，它是恶的；从艺术观点看，它可以是美的，悲剧是希腊人从艺术观点在缺陷、灾祸、罪孽中所看到的美的形象。

尼采虽然专指悲剧，其实他的话可适用于诗和一般艺术。他很明显地指示出主观的情趣与客观的意象之隔阂与冲突，同时也很具体地说明这种冲突的调和。诗是情趣的流露，或者说，狄俄尼索斯精神的焕发。但是情趣每不能流露于诗，因为诗的情趣并不是生糙自然的情趣，它必定经过一番冷静的观照和熔化洗炼的功夫，它须受过阿波罗的洗礼。一般人和诗人都感受情趣，但是有一个重要分别。一般人感受情趣时便为情趣所羁縻，当其忧喜，若不自胜，忧喜既过，便不复在想象中留一种余波返照。诗人感受情趣之后，却能跳到旁边来，很冷静地把它当作意象来观照玩索。英国诗人华兹华斯（Wordsworth）尝自道经验说：“诗起于经过在沉静中回味来的情绪”(emotions recollected in tranquility)，这是一句至理名言，尼采用一部书所说的道理，他用一句话就说完了。感受情趣而能在沉静中回味，就是诗人的特殊本领。一般人的情绪有如雨后行潦，夹杂污泥朽木奔泻，来势浩荡，去无踪影。诗人的情绪好比冬潭积水，渣滓沉淀净尽，清莹澄澈，天光云影，灿然耀目。“沉静中的回味”是它的渗沥手续，灵心妙悟是它的渗沥器。

在感受时，悲欢怨爱，两两相反；在回味时，欢爱固然可欣，悲怨亦复有趣。从感受到回味，是从现实世界跳到诗的境界，从实用态度变为美感态度。在现实世界中处处都是牵绊冲突，可喜者引起营求，可悲者引起畏避，在诗的境界中尘忧俗虑都洗濯净尽，可喜与可悲者一样看待，所以相冲突者各得其所，相安无碍。

诗的情趣都从沉静中回味得来。感受情感是能入，回味情感是能出。诗人于情趣都要能入能出。单就能入说，它是主观的；单就能出说，它是客观的。能入而不能出，或是能出而不能入，都不能成为大诗人，所以严格地说，“主观的”和“客观的”分别在诗中是不存在的。比如班婕妤的《怨歌行》，蔡琰的《悲愤诗》，杜甫的《奉先咏怀》和《北征》，李后主的《相见欢》之类作品，都是“痛定思痛”，入而能出，是主观的也是客观的。陶渊明的《闲情赋》，李白的《长干行》，杜甫的《新婚别》《石壕吏》和《无家别》，韦庄的《秦妇吟》之类作品都是“体物入微”，出而能入，是客观的也是主观的。

一般人以为文学上“古典的”与“浪漫的”一个分别是基本的，因为古典派偏重意象的完整优美，浪漫派则偏重情感的自然流露，一重形式，一重实质。依克罗齐看，这种分别就起于意象与情趣可分离一个误解。他说：“在第一流作品中，古典和浪漫的冲突是不存在的，它同时是‘古典的’与‘浪漫的’，因为它是情感的也是意象的，是健旺的情感所化生的庄严的意象。”在诸艺术中情感与意象不能分开的以音乐为最显著。英国批评家佩特（W. Pater）说：“一切艺术都以逼近音乐为指归。”克罗齐引这句话而加以补充说：“其实说得更精确一点，一切艺术都是音乐，因为这样说才可以见出艺术的意象都生于情感。”克罗齐否认“古典的”与“浪漫的”分别，其实就是否认“客观的”与“主观的”分别。

十九世纪中叶法国诗坛上曾经发生一次很热烈的争执，就是“帕尔纳斯派”（Parnasse）对于浪漫主义的反动。浪漫派诗的特点在着重情感的自然流露，所谓“想象”也是受情趣决定。离开“自我”便无情趣可言，所以浪漫派诗大半可看成诗人的自供。帕尔纳斯派受写实主义的影响，嫌浪漫派偏重唯我主义，不免使诗变成个人怪癖的暴露。他们要换过花样来，提倡“不动情感主义”，把自我个性丢开，专站在客观地位描写恬静幽美的意象，使诗和雕刻一样冷静明晰（浪漫派要和音乐一样热烈生动，与此恰相反）。从这种争执发生之后，德国哲学家所常提起的“主观的”和“客观的”一个分别便被批评家拉到文学上面来，于是一般人以为文学原有两种：“主观的”偏重情感的“表现”，“客观的”偏重人生自然的“再现”。其实这两种虽各有偏向，并没有很严格的逻辑的分别。没有诗能完全是主观的，因为情感的直率流露仅为啼笑嗟叹，如表现为诗，必外射为观照的对象（object）。也没有诗完全是客观的，因为艺术对于自然必有取舍剪裁，就必受作者的情趣影响，像我们在上文已经说过的。左拉本是倾向写实主义的，也说：“艺术作品只是隔着情感的屏障所窥透的自然一隅。”帕尔纳斯派在实际上也并未能彻底实现“不动情感主义”，而且他们的运动只是昙花一现，也足证明纯粹的“客观的”诗不易成立。

五 情趣与意象契合的分量

诗的理想是情趣与意象的欣合无间，所以必定是“主观的”与“客观的”。但这究竟是理想。在实际上“主观的”与“客观的”虽不是绝对的分别，却常有程度上的等差。情趣与意象之中有尼采所指出的隔阂与冲突。打破这种隔阂与冲突是艺术的主要使命，把它们完全打破，使情趣与意象融化得恰到好处，这是达到最高理想的艺术。完全没有把它们打破，从情趣出发者止于啼笑嗟叹，从意象出发者止于零乱空洞的幻想，就不成其为艺术。这两极端之中有意象富于情趣的，也有情趣富于意象的，虽非完美的艺术，究仍不失其为艺术。

克罗齐否认“古典的”与“浪漫的”分别，在理论上自有特见，但是在实际上，古典艺术与浪漫艺术确各有偏重，也毋庸讳言。意象具有完整形式，为古典艺术的主要信条，拿这个标准来衡量浪漫艺术则大半作品都不免有缺陷，例如十九世纪初期诗人，柯勒律治和济慈诸人，有许多好诗都是未完成的断简零编。情感生动为浪漫派作品的特色，但是后来写实派作者却极力排除主观的情感而侧重冷静的忠实的叙述。“表现”与“再现”不仅是理论上的冲突，历史事实也很明显地证明作品方面原有这两种偏向。

姑就中国诗说，魏晋以前，古风以浑厚见长，情致深挚而见于文字的意象则如叶燮在《原诗》里所说的“土簋击壤穴居俪皮”，仍保持原始时代的简朴。有时诗人直吐心曲，几仅如嗟叹啼笑，有所感触即脱口而出，不但没有在意象上做功夫，而且好像没有经过反省与回味。我们试玩味下列诸诗：

彼黍离离，彼稷之苗。行迈靡靡，中心摇摇。知我者谓我心忧，不知我者谓我何求。悠悠苍天，此何人哉！

——《诗经·王风·黍离》

中谷有蓷，暵其干矣。有女仳离，嘅其叹矣；嘅其叹矣，遇人之艰难矣！

——《诗经·王风·中谷有蓷》

骄人好好，劳人草草。苍天苍天，视彼骄人，矜此劳人！

——《诗经·小雅·巷伯》

陟彼北芒兮，噫！顾瞻帝京兮，噫！宫阙崔巍兮，噫！民之劬劳兮，噫！辽辽未央兮，噫！

——梁鸿《五噫歌》

公无渡河，公竟渡河。堕河而死，当奈公何！

——《箜篌引》

这些诗固然如上文所说的“痛定思痛”，在创作时悲痛情绪自成意象，但与寻常取意象来象征情绪的诗自有分别。《诗经》中比兴两类就是有意要拿意象来象征情趣，但是通常很少完全做到象征的地步，因为比兴只是一种引子，而本来要说的话终须直率说出。例如“关关雎鸠，在河之洲”，只是引起“窈窕淑女，君子好逑”，而不能代替或完全表现这两句话的意思。像“昔我往矣，杨柳依依；今我来思，雨雪霏霏”，情趣恰隐寓于意象，可谓达到象征妙境，但在《诗经》中并不多见。汉魏作风较《诗经》已大变，但运用意象的技巧仍未脱比兴旧规。就大概说，比多于兴，例如：

薤上露，何易晞！露晞明朝更复落，人死一去何时归！

——《薤露歌》

皑如山上雪，皎若云间月。闻君有两意，故来相决绝……

——卓文君《白头吟》

翩翩堂前燕，冬藏夏来见。兄弟两三人，流宕在异县。

——《艳歌行》

朝云浮四海，日暮归故山。行役怀旧土，悲思不能言……

——应玚《别诗》

以上都仅是“比”。“兴”例亦偶尔遇见，但大半仅取目前气象，即景生情，不如《诗经》中“兴”类诗之微妙多变化。例如：

大风起兮云飞扬，威加海内兮归故乡，安得猛士兮守四方！

——汉高帝《大风歌》

青青河畔草，郁郁园中柳。盈盈楼上女，皎皎当窗牖……

——《古诗十九首》

明月照高楼，流光正徘徊。上有愁思妇，悲叹有余哀……

——曹植《七哀诗》

开秋兆凉气，蟋蟀鸣床帷。感物怀殷忧，悄悄令心悲……

——阮籍《咏怀》

这些诗的起句，微有“兴”的意味，但如果把它们看作“直陈其事”的“赋”亦无不可。在汉魏时，诗用似相关而又不尽相关的意象引起本文正意，似已成为一种传统的技巧。有时这种意象成为一种附赘悬瘤，非本文正意所绝对必需，例如：

鸡鸣高树巅，狗吠深宫中。荡子何所之，天下方太平……

——古乐府《鸡鸣》

月没参横，北斗阑干。亲交在门，饥不及餐……

——古乐府《善哉行》

孔雀东南飞，五里一徘徊。十三能织素，十四学裁衣……

——《孔雀东南飞》

蒲生我池中，其叶何离离！傍能行仁义，莫若妾自知……

——古乐府《塘上行》

起首两句引子，都与正文毫不相干，它们的起源，与其说是“套”现成的民歌的起头，如胡适所说的，不如说是沿用《国风》以来的传统的技巧。

《国风》的意象引子原有比兴之用，到后来数典忘祖，就不问它是否有比兴之用，只戴上那么一个礼帽应付场面，合不合头也不管了。

汉魏诗中像这样漫用空洞意象的例子不甚多。从另一方面看，这时期的诗应用意象的技巧却比《诗经》有进步。《诗经》只用意象做引子，汉魏诗则常在篇中或篇末插入意象来烘托情趣，姑举李陵《与苏武诗》为例：

良时不再至，离别在须臾。屏营衢路侧，执手野踟蹰。
仰视浮云驰，奄忽互相逾。风波一失所，各在天一隅。
长当从此别，且复立斯须。欲因晨风发，送子以贱躯。

中间“仰视浮云驰”四句，有兴兼比之用，意象与情趣偶然相遇，遇即欣合无间。此外如魏文帝《燕歌行》在描写怨女援琴写哀之后，忽接上“明月皎皎照我床，星汉西流夜未央，牵牛织女遥相望，尔独何辜限河梁”四句，也有情景吻合之妙。这种随时随境用意象比兴的写法打破固定地在起头几句用比兴的机械，实在是一种进步。此外汉魏诗渐有全章以意象寓情趣，不言正意而正意自见的，班婕妤的《怨歌行》以秋风弃扇隐喻自己的怨情是著例。这种写法也是《国风》里所少有的。

中国古诗大半是情趣富于意象。诗艺的演进可以从多方面看，如果从情趣与意象的配合看，中国古诗的演进可以分为三个步骤：首先是情趣逐渐征服意象，中间是征服的完成，后来意象蔚起，几成一种独立自足的境界，自引起一种情趣。第一步是因情生景或因情生文，第二步是情景吻合，情文并茂，第三步是即景生情或因文生情。这种演进阶段自然也不可概以时代分，就大略说，汉魏以前是第一步，在自然界所取之意象仅如人物故事画以山水为背景，只是一种陪衬；汉魏时代是第二步，《古诗十九首》、苏李赠答及曹氏父子兄弟的作品中意象与情趣常达到混化无迹之妙，到陶渊明手里，情景的吻合可算登峰造极；六朝是第三步，从大小谢恣情山水起，自然景物的描绘从陪衬地位抬到主要地位，如山水画在图画中自成一大宗派一样，后来便渐趋于艳丽一途了。如论情趣，中国诗最艳丽的似无过于《国风》，乃“艳丽”二字不加诸《国风》而加诸齐梁人作品者，正以其特好雕词饰藻，为意象而意象。

转变的关键是赋。赋偏重铺陈景物，把诗人的注意渐从内心变化引到自然界变化方面去。从赋的兴起，中国才有大规模的描写诗；也从赋的兴起，中国诗才渐由情趣富于意象的《国风》转到六朝人意象富于情趣的艳丽之作。汉魏时代赋最盛，诗受赋的影响也逐渐在铺陈辞藻上做功夫，有时运用意象，并非因为表现情趣所必需而是因为它自身的美丽，《陌上桑》《羽林郎》、曹植《美女篇》都极力铺张明眸皓齿艳装盛服，可以为证。六朝人只是推演这种风气。

一般批评家对于六朝人及唐朝温、李一派作品常存歧视。其实诗的好坏决难拿一个绝对的标准去衡量。我们说，诗的最高理想在情景吻合，这也只能就大体说。古诗有许多专从“情”出发而不十分注意于“景”的，魏晋以后诗有许多专从“景”出发，除流连于“景”的本身外，别无其他情趣借“景”表现的。这两种诗都不能算是达到情景欣合无间的标准，也还可以成为上品诗。我们姑举几首短诗为例：

（一）公无渡河，公竟渡河。堕河而死，当奈公何！

——《箜篌引》

（二）奈何许，天下人何限，慊慊只为汝！

——《华山畿》

（三）昔我往矣，杨柳依依；今我来思，雨雪霏霏。

——《诗经·小雅·采薇》

（四）结庐在人境，而无车马喧。问君何能尔，心远地自偏。采菊东篱下，悠然见南山。山气日夕佳，飞鸟相与还。此中有真意，欲辨已忘言。

——陶潜《饮酒》

（五）江南可采莲，莲叶何田田！鱼戏莲叶间，鱼戏莲叶东，鱼戏莲叶西，鱼戏莲叶南，鱼戏莲叶北。

——《江南》

（六）敕勒川，阴山下，天似穹庐，笼盖四野。天苍苍，野茫茫，风吹草低见牛羊。

——《敕勒歌》

这六首诗之中，只有三四两首可算情景吻合，景恰足以传情。一二两首纯从情感出发，情感直率流露于语言。自然中节，不必寄托于景。五六两首纯为景的描绘，作者并非有意以意象象征情趣，而意象优美自成一种情趣。六首都可以说是诗的胜境，虽然情景配合的方法与分量绝不同。不过它们各自成一种新鲜的完整的境界，作者心中有值得说的话（情趣或意象）而说得恰到好处，它们在价值上可以互相抗衡，正是因为这个缘故。

我们的着重点在原理不在历史的发展，所以只就六朝以前古诗略择数例说明情趣与意象配合的关系。其实各时代的诗都可用这个方法去分析。唐人的诗和五代及宋人的词尤其宜于从情趣意象配合的观点去研究。

附 中西诗在情趣上的比较

诗的情趣随时随地而异，各民族各时代的诗都各有它的特色。拿它们来参观互较是一种很有趣味的研究。我们姑且拿中国诗和西方诗来说，它们在情趣上就有许多的有趣的同点和异点。西方诗和中国诗的情趣都集中于几种普泛的题材，其中最重要者有（一）人伦、（二）自然、（三）宗教和哲学几种。我们现在就依着这个层次来说：

（一）先说人伦。西方关于人伦的诗大半以恋爱为中心。中国诗言爱情的虽然很多，但是没有让爱情把其他人伦抹杀。朋友的交情和君臣的恩谊在西方诗中不甚重要，而在中国诗中则几与爱情占同等位置。把屈原、杜甫、陆游诸人的忠君爱国爱民的情感拿去，他们诗的精华便已剥丧大半。从前注诗注词的人往往在爱情诗上贴上忠君爱国的徽帜，例如毛苌注《诗经》把许多男女相悦的诗看成讽刺时事的。张惠言说温飞卿的《菩萨蛮》十四章为“感士不遇之作”。这种办法固然有些牵强附会。近来人却又另走极端把真正忠君爱国的诗也贴上爱情的徽帜，例如《离骚》《远游》一类的著作竟有人认为爱情诗，我以为这也未免失之牵强附会。看过西方诗的学者见到爱情在西方诗中那样重要，以为它在中国诗中也应该很重要。他们不知道中西社会情形和伦理思想本来不同。恋爱在从前的中国实在没有现代中国人所想的那样重要。中国叙人伦的诗，通盘计算，关于友朋交谊的比关于男女恋爱的还要多，在许多诗人的集中，赠答酬唱的作品，往往占其大半。苏李、建安七子、李杜、韩孟、苏黄、纳兰成德与顾贞观诸人的交谊古今传为美谈，在西方诗人中为歌德和席勒、华兹华斯与柯勒律治、济慈和雪莱、魏尔伦与兰波诸人虽亦以交谊著，而他们的集中叙友朋乐趣的诗却极少。

恋爱在中国诗中不如在西方诗中重要，有几层原因。第一，西方社会表面上虽以国家为基础，骨子里却侧重个人主义。爱情在个人生命中最关痛痒，所以尽量发展，以至掩盖其他人与人的关系。说尽一个诗人的恋爱史往往就已说尽他的生命史，在近代尤其如此。中国社会表面上虽以家庭为基础，骨子里却侧重兼善主义。文人往往费大半生的光阴于仕宦羁旅，“老妻寄异县”是常事。他们朝夕所接触的不是妇女而是同僚与文字友。

第二，西方受中世纪骑士风的影响，女子地位较高，教育也比较完善，在学问和情趣上往往可以与男子欣合，在中国得于友朋的乐趣，在西方往往可以得之于妇人女子。中国受儒家思想的影响，女子的地位较低。夫妇恩爱常起于伦理观念，在实际上志同道合的乐趣颇不易得。加以中国社会理想侧重功名事业，“随着四婆裙”在儒家看是一件耻事。

第三，东西恋爱观相差也甚远。西方人重视恋爱，有“恋爱最上”的标语。中国人重视婚姻而轻视恋爱，真正的恋爱往往见于“桑间濮上”。潦倒无聊，悲观厌世的人才肯公然寄情于声色，像隋炀帝李后主几位风流天子都为世所诟病。我们可以说，西方诗人要在恋爱中实现人生，中国诗人往往只求在恋爱中消遣人生。中国诗人脚踏实地，爱情只是爱情；西方诗人比较能高瞻远瞩，爱情之中都有几分人生哲学和宗教情操。

这并非说中国诗人不能深于情。西方爱情诗大半写于婚媾之前，所以称赞容貌诉申爱慕者最多；中国爱情诗大半写于婚媾之后，所以最佳者往往是惜别悼亡。西方爱情诗最长于"慕"，莎士比亚的十四行体诗，雪莱和布朗宁诸人的短诗是"慕"的胜境；中国爱情诗最善于"怨"，《卷耳》《柏舟》《迢迢牵牛星》，曹丕的《燕歌行》，梁元帝的《荡妇秋思赋》，以及李白的《长相思》《怨情》《春思》诸作，是"怨"的胜境。总观全体，我们可以说，西诗以直率胜，中诗以委婉胜；西诗以深刻胜，中诗以微妙胜；西诗以铺陈胜，中诗以简隽胜。

（二）次说自然。在中国和在西方一样，诗人对于自然的爱好都比较晚起。最初的诗都偏重人事，纵使偶尔涉及自然，也不过如最初的画家用山水为人物画的背景，兴趣中心却不在自然本身。《诗经》是最好的例子。"关关雎鸠，在河之洲"只是作"窈窕淑女，君子好逑"的陪衬，"蒹葭苍苍，白露为霜"只是作"所谓伊人，在水一方"的陪衬。自然比较人事广大，兴趣由人也因之得到较深广的意蕴。所以自然情趣的兴起是诗的发达史中一件大事。这件大事在中国起于晋宋之交约当公历纪元后五世纪左右，在西方则起于浪漫运动的初期，在公历纪元后十八世纪左右。所以中国自然诗的发生比西方的要早一千三百年的光景。一般说诗的人颇鄙视六朝，我以为这是一个最大的误解。六朝是中国自然诗发轫的时期，也是中国诗脱离音乐而在文字本身求音乐的时期。从六朝起，中国诗才有音律的专门研究，才创新形式，才寻新情趣，才有较精妍的意象，才吸哲理来扩大诗的内容。就这几层说，六朝可以说是中国诗的浪漫时期，它对于中国诗的重要亦正不让于浪漫运动之于西方诗。

中国自然诗和西方自然诗相比，也像爱情诗一样，一个以委婉、微妙、简隽胜，一个以直率、深刻、铺陈胜。本来自然美有两种，一种是刚性美，一种是柔性美。刚性美如高山、大海、狂风、暴雨、沉寂的夜和无垠的沙漠，柔性美如清风、皓月、暗香、疏影、青螺似的山光和媚眼似的湖水。昔人诗有"骏马秋风冀北，杏花春雨江南"两句可以包括这两种美的胜境。

艺术美也有刚柔的分别，姚鼐《复鲁絜非书》已详论过。诗如李杜，词如苏辛，是刚性美的代表；诗如王孟，词如温李，是柔性美的代表。中国诗自身已有刚柔的分别，但是如果拿它来比较西方诗，则又西诗偏于刚，而中诗偏于柔。西方诗人所爱好的自然是大海，是狂风暴雨，是峭崖荒谷，是日景；中国诗人所爱好的自然是明溪疏柳，是微风细雨，是湖光山色，是月景。这当然只就其大概说。西方未尝没有柔性美的诗，中国也未尝没有刚性美的诗，但西方诗的柔和中国诗的刚都不是它们的本色特长。

诗人对于自然的爱好可分三种。最粗浅的是“感官主义”，爱微风以其凉爽，爱花以其气香色美，爱鸟声泉水声以其对于听官愉快，爱青天碧水以其对于视官愉快。这是健全人所本有的倾向，凡是诗人都不免带有几分“感官主义”。近代西方有一派诗人，叫作“颓废派”的，专重这种感官主义，在诗中尽量铺陈声色臭味。这种嗜好往往出于个人的怪癖，不能算诗的上乘。诗人对于自然爱好的第二种起于情趣的默契欣合。“相看两不厌，唯有敬亭山”，“平畴交远风，良苗亦怀新”，“万物静观皆自得，四时佳兴与人同”诸诗所表现的态度都属于这一类。这是多数中国诗人对于自然的态度。第三种是泛神主义，把大自然全体看作神灵的表现，在其中看出不可思议的妙谛，觉到超于人而时时在支配人的力量。自然的崇拜于是成为一种宗教，它含有极原始的迷信和极神秘的哲学。这是多数西方诗人对于自然的态度，中国诗人很少有达到这种境界的。陶潜和华兹华斯都是著名的自然诗人，他们的诗有许多相类似。我们拿他们两人来比较，就可以见出中西诗人对于自然的态度大有分别。我们姑拿陶诗《饮酒》为例：

采菊东篱下，悠然见南山。
山气日夕佳，飞鸟相与还。
此中有真意，欲辨已忘言。

从此可知他对于自然，还是取“好读书不求甚解”的态度。他不喜“久在樊笼里”，喜“园林无俗情”，所以居在“方宅十余亩，草屋八九间”的宇宙里，也觉得“称心而言，人亦易足”。他的胸襟这样豁达闲适，所以在“缅然睇曾丘”之际常“欣然有会意”。但是他不“欲辨”，这就是他和华兹华斯及一般西方诗人的最大异点。华兹华斯也讨厌“俗情”，“爱丘山”，也能乐天知足，但是他是一个沉思者，是一个富于宗教情感者。他自述经验说：“一朵极平凡的随风荡漾的花，对于我可以引起不能用泪表现得出来的那么深的思想。”他在《听滩寺》诗里又说他觉到有“一种精灵在驱遣一切深思者和一切思想对象，并且在一切事物中运旋”。这种彻悟和这种神秘主义和中国诗人与自然默契相安的态度显然不同。中国诗人在自然中只能听见自然，西方诗人在自然中往往能见出一种神秘的巨大的力量。

（三）哲学和宗教。中国诗人何以在爱情中只能见到爱情，在自然中只能见到自然，而不能有深一层的彻悟呢？这就不能不归咎于哲学思想的平易和宗教情操的淡薄了。诗虽不是讨论哲学和宣传宗教的工具，但是它的后面如果没有哲学和宗教，就不易达到深广的境界。诗好比一株花，哲学和宗教好比土壤，土壤不肥沃，根就不能深，花就不能茂。西方诗比中国诗深广，就因为它有较深广的哲学和宗教在培养它的根干。没有柏拉图和斯宾诺莎就没有歌德、华兹华斯和雪莱诸人所表现的理想主义和泛神主义；没有宗教就没有希腊的悲剧、但丁的《神曲》和弥尔顿的《失乐园》。中国诗在荒瘦的土壤中居然现出奇葩异彩，固然是一种可惊喜的成绩，但是比较西方诗，终嫌美中有不足。我爱中国诗，我觉得在神韵微妙格调高雅方面往往非西诗所能及，但是说到深广伟大，我终无法为它护短。

就民族性说，中国人颇类似古罗马人，处处都脚踏实地走，偏重实际而不务玄想，所以就哲学说，伦理的信条最发达，而有系统的玄学则寂然无闻；就文学说，关于人事及社会问题的作品最发达，而凭虚结构的作品则寥若晨星。中国民族性是最“实用的”，最“人道的”。它的长处在此，它的短处也在此。它的长处在此，因为以人为本位说，人与人的关系最重要，中国儒家思想偏重人事，涣散的社会居然能享到二千余年的稳定，未始不是它的功劳。它的短处也在此，因为它过重人本主义和现世主义，不能向较高远的地方发空想，所以不能向高远处有所企求。社会既稳定之后，始则不能前进，继则因其不能前进而失其固有的稳定。

我说中国哲学思想平易，也未尝忘记老庄一派的哲学。但是老庄比较儒家固较玄邃，比较西方哲学家，仍是偏重人事。他们很少离开人事而穷究思想的本质和宇宙的来源。他们对于中国诗的影响虽很大，但是因为两层原因，这种影响不完全是可满意的。第一，在哲学上有方法和系统的分析易传授，而主观的妙悟不易传授。老庄哲学都全凭主观的妙悟，未尝如西方哲学家用明了有系统的分析为浅人说法，所以他们的思想传给后人的只是糟粕。老学流为道家言，中国诗与其说是受老庄的影响，不如说是受道家的影响。第二，老庄哲学尚虚无而轻视努力，但是无论是诗或是哲学，如果没有西方人所重视的"坚持的努力"（sustained effort）都不能鞭辟入里。老庄两人自己所造虽深而承其教者却有安于浅的倾向。

我们只要把老庄影响的诗研究一番，就可以见出这个道理。中国诗人大半是儒家出身，陶潜和杜甫是著例。但是有四位大诗人受老庄的影响最深，替儒教化的中国诗特辟一种异境，这就是《离骚》《远游》中的屈原（假定作者是屈原），《咏怀诗》中的阮籍，《游仙诗》中的郭璞，以及《日出入行》《古有所思》和《古风》五十九首中的李白。我们可以把他们统称为"游仙派诗人"。他们所表现的思想如何呢？屈原说：

> 惟天地之无穷兮，哀人生之长勤。往者余弗及兮，来者吾不闻……漠虚静以恬愉兮，澹无为而自得。闻赤松之清尘兮，愿承风乎遗则。
>
> ——《远游》

阮籍在《咏怀诗》里说：

> 去者余不及，来者吾不留。愿登太华山，上与松子游。

郭璞在《游仙诗》里说：

时变感人思，已秋复愿夏。淮海变微禽，吾生独不化！虽欲腾丹谿，云螭非我驾。

李白在《古风》里说：

黄河走东溟，白日落西海。逝川与流光，飘忽不相待……吾当乘云螭，吸景驻光彩。

这几节诗所表现的态度是一致的，都是想由厌世主义走到超世主义。他们厌世的原因都不外看待世相的无常和人寿的短促。他们超世的方法都是揣摩道家炼丹延年驾鹤升仙的传说。但是这只是一种想望，他们都没有实现仙境，没有享受到他们所想望的极乐。所以屈原说：

高阳邈以远兮，余将焉兮所程？

阮籍说：

采药无旋返，神仙志不符。逼此良可感，令我久踌躇。

郭璞说：

虽欲腾丹谿，云螭非我驾。

李白说：

我思仙人，乃在碧海之东隅。海寒多天风，白波连山倒蓬壶，长鲸喷涌不可涉，抚心茫茫泪如珠。

他们都是不满意于现世而有所渴求于另一世界。这种渴求颇类西方的宗教情操，照理应该能产生一个很华严灿烂的理想世界来，但是他们的理想都终于“流产”。他们对于现世的悲苦虽然都看得极清楚，而对于另一世界的想象却很模糊。他们的仙境有时在“碧云里”，有时在“碧海之东隅”，有时又在西王母所住的瑶池，据李白的计算，它“去天三百里”。仙境有“上皇”，服侍他的有吹笙的玉童和持芙蓉的灵妃。王乔、安期生、赤松子诸人是仙界的“使徒”。仙境也很珍贵人世所珍贵的繁华，只看“玉杯赐琼浆”，“但见金银台”，就可以想象仙人的阔绰。仙人也不忘情于云山林泉的美景，所以“青溪千余仞”“云生梁栋间”“翡翠戏兰苕”都值得流连玩赏。仙人最大的幸福是长寿，郭璞说“千岁方婴孩”，还是太短，李白的仙人却“一餐历万岁”。仙人都有极大的本领，能“囊括大块”“吸景驻光彩”，“挥手折荒木”“拂此西日光”。升仙的方法是乘云驾鹤，但有时要采药炼丹，向“真人”“长跪问宝诀”。

这种仙界的意象都从老庄虚无主义出发，兼采道家高举遗世的思想。他们不知道后世道家虽托老学以自重，而道家思想和老子哲学实有根本不能相容处。老子以为“人之大患在于有身”，所以持“无欲以观其妙”为处世金针，而道家却拼命求长寿，不能忘怀于琼楼玉宇和玉杯灵液的繁华。超世而不能超欲，这是游仙派诗人的矛盾。他们的矛盾还不仅此，他们表面虽想望超世，而骨子里却仍带有很浓厚的儒家淑世主义的色彩，他们到底还没有丢开中国民族所特具的人道。屈原、阮籍、李白诸人都本有济世忧民的大抱负。阮籍号称猖狂，而在《咏怀诗》中仍有“生命几何时，慷慨各努力”的劝告。李白在《古风》里言志，也说“我志在删述，垂辉映千春”。他们本来都有淑世的志愿，看到世事的艰难和人寿的短促，于是逃到老庄的虚无清静主义，学道家作高举遗世的企图。他们所想望的仙境又渺不可追，“虽欲腾丹谿，云螭非我驾”，仍不免“抚心茫茫泪如珠”，于是又回到人境，尽量求一时的欢乐而寄情于醇酒妇人。“欲远集而无所止兮，聊浮游以逍遥”，在屈原为愤慨之谈，在阮籍和李白便成了涉世的策略。这一派诗人都有日暮途穷无可如何的痛苦。从淑世到厌世，因厌世而求超世，超世不可能，于是又落到玩世，而玩世亦终不能无忧苦。他们一生都在这种矛盾和冲突中徘徊。真正大诗人必从这种矛盾和冲突中徘徊过来，也必能战胜这种矛盾和冲突而得到安顿。但丁、莎士比亚和歌德都未尝没有徘徊过，他们所以超过阮籍、李白一派诗人者就在他们得到最后的安顿，而阮李诸人则终止于徘徊。

中国游仙派诗人何以止于徘徊呢？这要归咎于我们在上文所说过的哲学思想的平易和宗教情操的淡薄。哲学思想平易，所以无法在冲突中寻出调和，不能造成一个可以寄托心灵的理想世界。宗教情操淡薄，所以缺乏“坚持的努力”，苟安于现世而无心在理想世界求寄托，求安慰。屈原、阮籍、李白诸人在中国诗人中是比较能抬头向高远处张望的，他们都曾经向中国诗人所不常去的境界去探险，但是民族性的累太重，他们刚飞到半天空就落下地。所以在西方诗人心中的另一世界的渴求能产生《天堂》《失乐园》《浮士德》诸杰作，而在中国诗人心中的另一世界的渴求只能产生《远游》《咏怀诗》《游仙诗》和《古风》一些简单零碎的短诗。

老庄和道家学说之外，佛学对于中国诗的影响也很深。可惜这种影响未曾有人仔细研究过。我们首先应注意的一点就是：受佛教影响的中国诗大半只有“禅趣”而无“佛理”。“佛理”是真正的佛家哲学，“禅趣”是和尚们静坐山寺参悟佛理的趣味。佛教从汉朝传入中国，到魏晋以后才见诸吟咏，孙绰《游天台山赋》是其滥觞。晋人中以天分论，陶潜最宜于学佛，所以远公竭力想结交他，邀他入“白莲社”，他以许饮酒为条件，后来又“攒眉而去”，似乎有不屑于佛的神气。但是他听到远公的议论，告诉人说它“令人颇发深省”。当时佛学已盛行，陶潜在无意之中不免受有几分影响。他的《与子俨等疏》中：

> 少学琴书，偶爱闲静，开卷有得，便欣然忘食。见树木交荫，时鸟变声，亦复欢然有喜。尝言五六月中，北窗下卧，遇凉风暂至，自谓是羲皇上人。

这一段是参透禅机的话。他的诗描写这种境界的也极多。陶潜以后，中国诗人受佛教影响最深而成就最大的要推谢灵运、王维和苏轼三人。他们的诗专说佛理的极少，但处处都流露一种禅趣。我们细玩他们的全集，才可以得到这么一个总印象。如摘句为例，则谢灵运的“白云抱幽石，绿筿媚清涟”，“虚馆绝诤讼，空庭来鸟鹊”，王维的“兴阑啼鸟散，坐久落花多”，“倚杖柴门外，临风听暮蝉”，苏轼的“舟行无人岸自移，我卧读书牛不知”，“敲门都不应，倚杖听江声”诸句的境界都是我所谓“禅趣”。

他们所以有“禅趣”而无“佛理”者固然由于诗本来不宜说理，同时也由于他们所羡慕的不是佛教而是佛教徒。晋以后中国诗人大半都有“方外交”，谢灵运有远公，王维有瑗公和操禅师，苏轼有佛印。他们很羡慕这班高僧的言论风采，常偷“浮生半日闲”到寺里去领略“参禅”的滋味，或是同禅师交换几句趣语。诗境与禅境本来相通，所以诗人和禅师常能默然相契。中国诗人对于自然的嗜好比西方诗要早一千几百年，究其原因，也和佛教有关系。魏晋的僧侣已有择山水胜境筑寺观的风气，最早见到自然美的是僧侣（中国僧侣对于自然的嗜好或受印度僧侣的影响，印度古婆罗门教徒便有隐居山水胜境的风气，《沙恭达罗》剧可以为证）。僧侣首先见到自然美，诗人则从他们的“方外交”学得这种新趣味。“禅趣”中最大的成分便是静中所得于自然的妙悟，中国诗人所最得力于佛教者就在此一点。但是他们虽有意“参禅”，却无心“证佛”，要在佛理中求消遣，并不要信奉佛教求彻底了悟，彻底解脱，入山参禅，出山仍然做他们的官，吃他们的酒肉，眷恋他们的妻子。本来佛教的妙义在“不立文字，见性成佛”，诗歌到底仍不免是一种尘障。

佛教只扩大了中国诗的情趣的根底，并没有扩大它的哲理的根底。中国诗的哲理的根底始终不外儒道两家。佛学为外来哲学，所以能合中国诗人口胃者正因其与道家言在表面上有若干类似。晋以后一般人尝把释道并为一事，以为升仙就是成佛。孙绰的《天台山赋》和李白的《赠僧崖公诗》都以为佛老原来可以相通，韩愈辟“异端邪说”，也把佛老并为一说。老子虽尚虚无而却未明言寂灭。他是一个彻底的个人主义者，《道德经》中大部分是老于世故者的经验之谈，所以后来流为申韩刑名法律的学问，佛则以普济众生为旨。老子主张人类回到原始时代的愚昧，佛教人明心见性，衡以老子的“绝圣弃知”的主旨，则佛亦当在绝弃之列。从此可知老与佛根本不能相容。晋唐人合佛于老，也犹如他们合道于老一样，绝对没有想到这种凑合的矛盾。尤其奇怪的是儒家诗人也往往同时信佛。白居易和元稹本来都是彻底的儒者，而白有“吾学空门不学仙，归则须归兜率天”的话，元在《遣病》诗里也说“况我早师佛，屋宅此身形”。中国人原来有“好信教不求甚解”的习惯，这种马虎妥协的精神本也有它的优点，但是与深邃的哲理和有宗教性的热烈的企求都不相容。中国诗达到幽美的境界而没有达到伟大的境界，也正由于此。

第四章　论表现

——情感思想与语言文字的关系

意境为情趣意象的契合融贯，但是只有意境仍不能成为诗，诗必须将蕴蓄于心中的意境传达于语言文字，使一般人可以听到看到懂得。这个传达过程引起了“表现”“实质与形式”“情感思想与语言文字的关系”一些难问题。这些问题都是老问题，从亚理斯多德一直到现在，许多思想家都费过许多心血想解决它们，但仍然是纠缠不清，可见得它们并不像一般人所想象的那么容易。对于任何问题作精密思考，第一桩要事是正名定义，作浅近而却基本的分析工作。文艺方面许多无谓的争执和误解都起于名不正，义不定，条理没有分析清楚，以至于各方争辩所指的要点不能接头，思想就因而不能缜密中肯。本篇所以不惮烦琐，从浅近而基本的分析下手。

一　“表现”一词意义的暧昧

诗人和其他艺术家的本领都在见得到，说得出。一般人把见得到的叫作“实质”或“内容”，把说出来的叫作“形式”。换句话说，实质是语言所表现的情感和思想，形式是情感和思想借以流露的语言组织。艺术的功能据说是赋予形式于内容。依这样看，实质在先，形式在后；情感思想在内，语言在外。我们心里先有一种已经成就的情感和思想（实质），本没有语言而后再用语言把它翻译出来，使它具有形式。这种翻译的活动通常叫作“表现”（expression）。所谓表现就是把在内的“现”出“表”面来，成为形状可以使人看见。被表现者是情感思想，是实质，表现者是语言，是形式，这是流行语言习惯对于“表现”的定义。它对于情感思想和语言指出三种关系：（一）被动与主动的关系，（二）内外的关系，（三）先后的关系。

美学家克罗齐把流行语言所指的“表现”叫作“外达”（l’estrinsecayione），近于托尔斯泰、阿贝克朗比（Abercrombie）和理查兹（Richards）诸人所说的“传达”（communication）。依他看，就艺术本身的完成说，传达并非绝对必要，必要的是在心里直觉到一个情感饱和的意象。情感与意象猝然相遇而欣合无间，这种遇合就是直觉，就是表现，也就是艺术。创造如此，欣赏也是如此。所以“表现”变成情感与意象中间的关系。在心中直觉到一个完整的意象恰能涵蕴一种情感时，情感便已“表现”于意象。被表现者是情感，表现者是意象。情感意象未经心灵综合（即直觉）融贯为一体以前，只有零乱浑朴的实质，既经心灵综合融贯为一体，即具有形式。形式是直觉所产生的。既直觉成为艺术，实质与形式便不可分开；艺术之所以为艺术，即在实质与形式之不可分开。依这一个看法，表现即直觉，是在一瞬间在心中形成的，内容形式不可分的；内外的分别自不能成立，即先与后，主动与被动的分别也不甚重要了。至于把心里所直觉成的艺术用符号记载下来，目的是在传达给旁人看，或是留为自己后来看。这种目的是实用的，而不是艺术的，所以传达与艺术无关，传达出来的也只是“物理的事实”，不能算是艺术。

此外在康德以来的形式派美学中，“表现”还另有一个僻狭的意义。形式派美学家通常把艺术分为“表意的”（representative）和“形式的”（formal）两个成分。表意的成分是诉诸理解的，可引起联想的，有意义可求的，如图画中的人物和故事以及诗中的意义。形式的成分是直接近诸感官的，不假思索而一目了然的，如图画的形色分配以及诗中的声音节奏。“表意的成分”有时被形式派美学家称为“表现”，看成与“美”（beauty）对立，“美”完全见于“形式的成分”。艺术的特质据说是美，所以近代艺术在实施上和在理论上都倾向于抹杀“表意的成分”而尽量发展“形式的成分”。图画中“后期印象”运动以及诗中“纯诗”运动都是要用形色或声音直接撼动感官，把意义放在其次。形式派美学家有时也沿用流行语言所给的“表现”的意义，比如说“纯粹的形式不表现任何意义”。这么一来，“表现”这个名词弄得非常暧昧。如沿用“表现”的流行意义来说明形式派的“表现”观，则艺术的实质是情感和思想（即“表意的成分”），形式是形色声音等等媒介的配合，“表现”就是用形色声音等等去传达情感和思想。拿诗为例来说，形式派的看法与流行的看法的分别是这样：依流行的看法，诗以语言（兼含音与义）表现情感和思想；依形式派和纯诗运动者的看法，诗以语言中一个成分——声音——表现情感和思想。

本文用意不在批评诸家的表现说，而在建设一种自己的理论。形式派的“表现”意义不但太僻狭，而且与本文的理论没有多大关系，姑且丢开不说。克罗齐的“表现”说到后来还要提到。为便利说明起见，我们先从批评“表现”的流行意义入手。

二　情感思想和语言的连贯性

在“表现”的许多意义之中，流行语言习惯所用的最占势力。这就是：情感思想（包含意象在内）合为实质，语言组织为形式，表现是用在外在后的语言去翻译在内在先的情感和思想。这是多数论诗者共同采纳的意见。我们以为它不精确，现在来说明理由。

我们先要明白情感思想和语言的关系。心感于物（刺激）而动（反应）。情感思想和语言都是这“动”的片面。“动”蔓延于脑及神经系统而生意识，意识流动便是通常所谓“思想”。“动”蔓延于全体筋肉和内脏，引起呼吸、循环、分泌运动各器官的生理变化，于是有“情感”。“动”蔓延于喉、舌、齿诸发音器官，于是有“语言”。这是一个应付环境变化的完整反应。心理学家为便利说明起见，才把它分析开来，说某者为情感，某者为思想，某者为语言。其实这三种活动是互相连贯的，不能彼此独立的。

我们先研究思想和语言的连贯性。一般人以为思想全是脑的活动，“思想”与“用脑”几成为同义词。其实这是不精确的，在运用思想时，我们不仅用脑，全部神经系统和全体器官都在活动。我们常问人：“你在想什么？”他没有说而我们知道他在想，就因为他的目光、颜面筋肉以及全体姿态都现出一种特殊的样子。据说亚理斯多德运用思想时要徘徊行走，所以他的哲学派别有“行思派”（Peripatetician）的称呼。从前私塾学童背书，常左右摇摆走动，如果猛然叫他站住，他就背诵不出来。如果咬住舌头，阻止发音器官活动，而同时去背诵一段诗文，也觉很难。摇头摆脑抖腿是从前中国文人做文运思时所常有的习惯，这些实例都可证明思想不仅用脑，全体各器官都在动作。本来有机体的特征是部分与全体密切相关，部分动作，全体即必受影响。

在这些器官活动之中，语言器官活动对于思想尤为重要。小孩子们心里想到什么，口里就同时说出来。有些人在街上走路自言自语，其实他们是在思想。诗人做诗，常一边想，一边吟诵。有些人看书，口里不念就看不下去。依美国行为派心理学家的研究，一般人在思想时，喉舌及其他语言器官都多少在活动。比如想到树，口里常不知不觉地念“树”字，纵然不必高声念出来，喉舌各器官也必微作念“树”字的动作。来希列（K. S. Lashley）的实验可以为证。他叫受验者先低声背诵一句，用熏烟鼓把喉舌运动痕迹记载下来，然后再叫他默想同一句话的意义而不发声，也用熏烟鼓把喉舌运动痕迹记载下来。这两次熏烟纸上所记载的痕迹虽一较明显，一较模糊，而起伏曲折的波纹却大致平行类似，从此可知思想是无声的语言，语言也就是有声的思想。思想和语言原来是平行一致的，所以在文化进展中，思想愈发达，语言也愈丰富，未开化的民族以及未受教育的民众不但思想粗疏幼稚，语言也极简单。文化日益增高，可以说是字典的日益扩大。各民族的思想习惯的差别在语言习惯的差别上也可以见出。中国思想与语言都偏于综合，西方思想与语言都偏于分析。

思想和语言既是同时进展，平行一致，不能分离独立，它们的关系就不是先后内外的关系，也不是实质与形式的关系了。思想有它的实质，就是意义，也有它的形式，就是逻辑的条理组织。同理，语言的实质是它与思想共有的意义，它的形式是与逻辑相当的文法组织。换句话说，思想语言是一贯的活动，其中有一方面是实质，这实质并非离开语言的思想而是它们所共有的意义，也有一方面是形式，这形式也并非离开思想的语言而是逻辑与文法（包含诗的音律在内）。如果说“语言表现思想”，就不能指把在先在内的实质翻译为在后在外的形式，它的意思只能像说“缩写字表现整个字”，是以部分代表全体。说“思想表现于语言”，意思只能像说“肺病表现于咳嗽吐血”，是病根见于征候。分析到究竟，“表现”一词当作动词看，意义只能为“代表”（represent）；当作自动词看，意义只能为“出现”（appear）；当作名词看，意义很近于“征候”（symptom）。

如果我们分析情感与语言的关系，也可以得到同样的结论。本能倾向受感动时，神经的流传播于各器官，引起各种生理变化和心理反响，于是有情感。就有形迹可求者说，传播于颜面者为哭为笑，为皱眉、红脸等；传播于各肢体者为震颤、舞蹈、兴奋、颓唐等；传播于内脏者为呼吸、循环、消化、分泌的变化；传播于喉舌齿唇者为语言。这些变化——连语言在内——都属于达尔文所说的“情感的表现”。在情感伴着语言时（情感有不伴着语言的，正犹如有不伴着面红耳赤的），语言和哭笑震颤舞跳等等生理变化都是平行一贯的。语言也只是情感发动时许多生理变化中的一种。我们通常说“语言”，是专指喉舌齿唇的活动，其实严格地说，情感所伴着的其他许多生理变化也还是广义的语言，比如鸡鸣犬吠，可以说是应用语言，也可以说是流露情感。但是鸡犬的情感除鸣吠以外，还流露于种种其他生理变化，如摇头摆尾之类，这些也未尝不可和鸣吠同看成语言。

情感和语言的密切关系在腔调上最易见出。比如说“来”，在战场上向敌人挑战说的“来”，和呼唤亲爱者说的“来”，字虽一样，腔调绝不相同。这种腔调上的差别是属于情感呢？还是属于语言呢？它是同时属于情感和语言的。离开腔调以及和它同类的生理变化，情感就失去它的强度，语言也就失去它的生命。我们不也常常说腔调很能“传神”或“富于表现性”（expressive）吗？它“表现”什么呢？不消说，它表现情感。但是它也是情感的一个成分，说它表现情感，只是说从部分见全体，从征候见病症，或是从缩写字见全体字。腔调同时是附属于语言的，语言对于情感的关系也正如腔调对于情感的关系，不过广狭稍有差别而已。伴着情感的语言必同时伴着腔调，只是情感的许多“征候”的一种。说“语言表现情感”也正如说“语言表现思想”，并非把在先在内的实质翻译为在后在外的形式，只是以部分代表全体。

总之，思想情感与语言是一个完整连贯的心理反应中的三方面。心里想，口里说；心里感动，口里说；都是平行一致。我们天天发语言，不是天天在翻译。我们发语言，因为我们运用思想，发生情感，是一件极自然的事，并无须经过从甲阶段转到乙阶段的麻烦。

我们根本否认情感思想和语言的关系是实质和形式的关系，实质和形式所连带的种种纠纷问题也就因而不成其为问题了。宇宙间任何事物都各有它的实质和形式，但是都像身体（实质）之于状貌（形式），分不开来的。无体不成形，无形不成体，把形体分开来说，是解剖尸骸，而艺术是有生命的东西。

我们把情感思想和语言的关系看成全体和部分关系，这一点须特别着重。全体大于部分，所以情感思想与语言虽平行一致，而范围大小却不能完全叠合。凡语言都必伴有情感或思想（我们说“或”因为诗的语言和哲学科学的语言多有所侧重），但是情感思想之一部分有不伴着语言的可能。感官所接触的形色声嗅味触等感觉，可以成为种种意象，做思想的材料，而不尽有语言可定名或形容。情感中有许多细微的曲折起伏，虽可以隐约地察觉到而不可直接用语言描写。这些语言所不达而意识所可达的意象思致和情调永远是无法全盘直接地说出来，好在艺术创造也无须把凡所察觉到的全盘直接地说出来。诗的特殊功能就在以部分暗示全体，以片段情境唤起整个情境的意象和情趣。诗的好坏也就看它能否实现这个特殊功能。以极经济的语言唤起极丰富的意象和情趣就是“含蓄”“意在言外”和“情溢乎词”。严格地说，凡是艺术的表现（连诗在内）都是“象征”（symbolism），凡是艺术的象征都不是代替或翻译而是暗示（suggestion），凡是艺术的暗示都是以有限寓无限。

三　我们的表现说和克罗齐表现说的差别

我们的表现说着重情感思想和语言的连贯性以及实质和形式的完整性，在表面上颇似克罗齐的“直觉即表现”说而实有分别。现在来说明这个分别所在，同时把我们的主张说得更明白一点。

克罗齐的学说有一部分是真理，也有一部分是过甚其辞，应该分开来说。各种艺术就其为艺术而言，有一个共同的要素，这就是情趣饱和的意象；有一种心理活动，这就是见到（用克罗齐的术语来说，“直觉到”）一个意象恰好能表现一种情趣。这种艺术的单整性（unity）以及实质形式的不可分离，克罗齐看得最清楚，说得最斩截有力量。就大体说，这部分学说的价值是不可磨灭的。他的毛病，像一般唯心派哲学家的毛病一样，在把杂多事例归原到单一原理之后，不能再由单一原理演出杂多事例。他过分地着重艺术的单整性而武断地否认艺术可分类。这么一来，心里直觉到一种情趣饱和的意象，便算是已完成一件艺术作品，它可以是诗，可以是画，可以是任何其他艺术。这是“太极未分”的“直觉”阶段。艺术到了这阶段就算到了止关。至于取媒介符号把心里所直觉成的艺术作品记载下来，留一个可以展览或备忘的痕迹，使艺术成为叫作“诗”“画”“音乐”或其他名称的作品，这是“两仪始判”的“传达”阶段。这个阶段的存在起于意志欲望及实用目的，就不能算是艺术的。在传达阶段，艺术才有分类的可能，但亦不是逻辑的必要。

一般批评克罗齐者都不满意于他否认“传达”有艺术性，至于“表现”与“传达”分成两个截然不同的阶段，大家似都默认。其实他的学说的致命伤就在这一点。艺术创造决不能离开传达媒介。在克罗齐的美学中，“传达”无关于艺术创造（即直觉或表现），于是传达媒介，如形色之于图画，语言文字之于诗，声音之于音乐等，就根本变成非艺术的“物理的事实”。他虽未明言诗可不用语言文字，图画可不用形色，音乐可不用声音，却亦未明言就其为艺术而论，诗与语言文字，图画与形色，音乐与声音，总而言之一切艺术与其传达媒介，有何重要关系。他说，“表现没有凭借（means），因为它没有指归（end）”。所谓“凭借”似指媒介，所谓“指归”就是实用目的。这个结论固然像有很谨严的逻辑性，但是不能符合事实。每个艺术家都可以告诉克罗齐：诗所表现的不能恰是画或其他艺术所能表现的。这种分别就起于传达媒介。每个艺术家都要用他的特殊媒介去想象，诗人在酝酿诗思时，就要把情趣意象和语言打成一片，正犹如画家在酝酿画稿时，就要把情趣意象和形色打成一片。这就是说，“表现”（即直觉）和“传达”并非先后悬隔漠不相关的两个阶段，“表现”中已含有一部分“传达”，因为它已经使用“传达”所用的媒介。单就诗说，诗在想象阶段就不能离开语言，而语言就是人与人互相传达思想情感的媒介，所以诗不仅是表现，同时也是传达。这传达和表现一样是在心里成就的，所以仍是创造的一部分，仍含有艺术性。至于把这种“表现”和“传达”所形成的“创作”用文字或其他符号写下来，只是“记载”（record）。记载诚如克罗齐所说的，无创造性，不是艺术的活动。克罗齐所说的“外达”只有两个可能的意义。如果它只是“记载”，从表现（直觉）到记载便不经过有创造性的“传达”，便由直觉到的情趣意象而直抵文字符号，而语言便无从产生，这是不可思议的。如果它指有创造性的“传达”加上记载，则他就不应否认它的艺术性。克罗齐对于此点始终没有分析清楚。

总之，克罗齐的表现说在谨严的逻辑烟幕之下，隐藏着许多疏忽与混淆。我们的表现说和它比较，至少有三个重要的异点：

（一）他没有认清传达媒介在艺术想象中的重要，我们把语言和情趣意象打成一片。在他的学说中语言没有着落，依我们它就有着落。

（二）他把“表现”（直觉）和“传达”看成截然悬隔的两个阶段，二者之中没有沟通衔接的桥梁；我们认为“表现”阶段便已含一部分“传达”，传达媒介是沟通两阶段的桥梁，这在诗中就是语言。

（三）他没有分清有创造性的“传达”（语言的生展）和无创造性的“记载”（以文字符号记录语言），而我们把这两件事分得很清楚。“传达”在他的学说中不是艺术的活动，在我们的学说中是很重要的艺术活动。

我们的表现说与流行说及克罗齐说的分别，如果用方程式表示，分别便一目了然。流行的表现说如下式：

艺术创作
- 第一阶段：情感 + 意象 = 想象 = 艺术的酝酿
- 第二阶段：想象 + 语言文字 = 表现 = 传达 = 翻译 = 艺术的完成

克罗齐的表现说可列为下式：

艺术创作
- 第一阶段：情感 + 意象 = 直觉 = 表现 = 创造 = 艺术活动
- 第二阶段：直觉 + 语言文字 = 外达 = 物理的事实 ≠ 艺术活动

我们的表现说则为下式：

艺术创造
- 第一阶段：情感 + 意象 + 语言：表现（传达 = 艺术活动）
- 第二阶段：艺术 + 文字符号 = 记载 ≠ 艺术活动

式中“=”为等号，“+”为加号，“≠”为不等号，至于“（ ）”则借用符号名学中的“内涵”号。我们的学说的特点在把传达媒介看成表现所必用的工具，语言和情趣意象是同时生展的。我们的学说能否成立，就要看这个基本主张能否成立。它与常识颇有不少的冲突，下文取答难式，将可想象到的疑难详细剖析，同时把本文的意思说得更明白一点。

四 普通的误解起于文字

一般人对于传统常有牢不可破的迷信。一句话经过几千年人所公认，我们就觉得它总有几分道理。比如“意内言外”，“意在言先”，“情感思想是实质，语言是形式”，“表现是拿语言来传达已经成就的情感和思想”之类的话，都已经有很久远的历史，现在我们说它是误解，一般人会问："何以古今中外许多人都不谋而合地陷到这个误解中呢？"

这个问题很重要。许多人误解情感思想和语言的关系，就因为有一个第三者——文字——在中间搅扰。语言是思想和情感进行时，许多生理和心理的变化之一种，不过语言和其他生理和心理的变化有一个重要的差别，它们与情境同生同灭，语言则可以借文字留下痕迹来。文字可独立，一般人便以为语言也可以离开情感思想而独立。其实语言虽用文字记载，却不就是文字。在进化阶段上，语言先起，文字后起。原始民族以及文盲都只有语言而无文字。文字是语言的"符号"（symbol），符号和所指的事物是两件事，彼此可以分离独立。比如"饭桶"两个字音可以用"饭桶"两个汉字代表，也可以用注音符号或罗马字代表。同时，这个符号也可以当作一个人的诨名。从此可知语言和文字的关系是人为的，习惯的，而不是自然的。

有人也许要问：除了惊叹语类和谐声语类之外，语言又何尝不是人意制定、习惯造就的呢？比如"饭桶"两个字音和它所指的实物也并无必然关系。这个实物在各国语言中各有各的名称，便是明证。写下来的符号模样是文字，未写以前口里说的和心里想的也还是文字。语言和文字未必有多大差别吧？

这番话大体不错，不过分析起来，也还有毛病。口里说的声音或心里想的符号模样（字形），就其为独立的声音或符号模样而言，还是文字，还不能算是语言。我对于认不得的一句拉丁谚语仍旧可以发音，可以想象字形。它对于我是文字而不是语言。语言是由情感和思想给予意义和生命的文字组织。离开情感和思想，它就失其意义和生命。所以语言所用的文字，就其为文字而言，虽是人意制定，习惯造就的，而语言本身则为自然的，创造的，随情感思想而起伏生灭的。语言虽离不开文字，而文字却可离开语言，比如散在字典中的单字。语言的生命全在情感思想，通常散在字典中的单字都已失去它们在具体情境中所伴着的情感思想，所以没有生命。文字可以借语言而得生命，语言也可以因僵化为文字而失其生命。活文字都嵌在活语言里，死文字是从活语言所宰割下来的破碎残缺的肢体，字典好比一个陈列动植物标本的博物馆。比如"闹"字在字典中是一个死文字，在“红杏枝头春意闹”一句活语言里就变成一个活文字了。再比如你的亲爱者叫作“春”，你呼唤“春”时所伴的情感思想在字典中就找不着。“春”字在你口头是活语言，在字典中只是死文字。

语言对于情感思想是“征候”，文字对于语言只是“记载”。语言可有记载，而情感思想通常无直接的记载。但是情感思想并非不能有直接的记载。留声机蜡片上所留的痕迹，心理实验室中熏烟鼓上所留的痕迹，以及电气反应测验准上所指的度数，都是直接记载情感思想的。文字对于语言的关系其实还没有这些器具所记载的痕迹，对于情感思想之密切，因为同样语言可用不同的文字符号代替，而同样情感思想在上述各器具上所记载的痕迹是不能任意改动的。我们把这类痕迹和情感思想混为一事尚且不可，把文字和语言混为一事，于理更说不通了。

一般人误在把语言和文字混为一事，看见世间先有事物而后有文字称谓，便以为吾人也先有情感思想（事物）而后有语言；看见文字是可离情感思想而独立的，便以为语言也是如此。照这样看法，在未有活人说活话之前，在未有诗文以前，世间就已有一部天生自在的字典。这部字典是一般人所谓“文字”，也就是他所谓语言。人在说话做诗文时，都是在这部字典里拣字来配合成词句，好比姑娘们在针线盒里拣各色丝线绣花一样。这么一来，情感思想变成一项事，语言变成另一项事，两项事本无必然关系，可以随意凑拢在一起，也可以随意拆散开来了。世间就先有情感思想，而后用本无情感思想的语言来“表现”它们了，情感思想便变成实质，而语言配合的模样就变成形式了。他们不知道，语言的实质就是情感思想的实质，语言的形式也就是情感思想的形式，情感思想和语言本是平行一致的，并无先后内外的关系。如果他们肯细心分析，就会知道这是很明白的道理。

五　“诗意”“寻思”与修改

反对者问：我们读第一流作品时，常觉作者“先得我心”。他所说的话都是自己心里所想说而说不出的。我们也常有“诗意”，因为没有做诗的训练和技巧，有话说不出，所以不能做诗，这不是证明情感思想和语言是两件事么？

我们回答："诗意"根本就是一个极含糊的名词。克罗齐替自以为有"诗意"而不能做诗的人取了一个诨号："哑口诗人"。其实真正诗人没有是哑口的，"诗意"是幻觉和虚荣心的产品。每人都有猜想自己是诗人的虚荣心，心里偶然有一阵模糊隐约的感触，便信任幻觉，以为那是十分精妙的诗意。我们对于一件事物须认识清楚，才能断定它是甲还是乙。对于心里一阵感触，如果已经认识得很清楚，就自然有语言能形容它，或间接地暗示它；如果认识并不清楚，就没有理由断定它是"诗意"，犹如夜里看见一团阴影，没有理由断定它是鬼怪一样。水到自然渠成，意到自然笔随。像"采菊东篱下，悠然见南山"，"敲门都不应，倚杖听江声"，"风乍起，吹皱一池春水"之类名句，有情感思想和语言的裂痕么？它们像是模糊隐约的情感思想变成明显固定的语言么？

反对者说：寥寥数例不能概括一切诗。有信手拈来的，也有苦心搜索的。在苦心搜索时，情感和意象先都很模糊隐约，似可捉摸又似不可捉摸。作者须聚精会神，再三思索推敲，才能使模糊隐约的变为明显固定的，不可捉摸的变为可捉摸的。凡有写作经验的人都得承认这话。

我们回答说，这话丝毫不错。思想本来是继续连贯地向前生展，是一种解决疑难、纠正错误的努力。它好比射箭，意在中的，但不中的也是常事。我们寻思，就是把模糊隐约的变为明显确定的，把潜意识和意识边缘的东西移到意识中心里去。这种手续有如照相调配距离，把模糊的、不合式的影子，逐渐变为明显的、合式的。诗不能全是自然流露，就因为搜寻潜意识和意识边缘的工作有时是必要的；做诗也不能全恃直觉和灵感，就因为这种搜寻有时需要极专一的注意和极坚忍的意志。但是我们要明白：这种工作究竟是"寻思"，并非情感思想本已明显固定而语言仍模糊隐约，须在"寻思"之上再加"寻言"的工作。再拿照相来打比喻，我们做诗文时，继续地在调配距离，要摄的影子是情感思想和语言相融化贯通的有机体。如果情感思想的距离调配合式了，语言的距离自然也就合式。我们并无须费照两次相的手续，先调配情感思想的距离而后再调配语言的距离。

我们通常自以为在搜寻语言（调配语言的距离），其实同时还在努力使情感思想明显化和确定化（调配情感思想的距离）。

反对者说：我们做诗文时，常苦言不能达意，须几经修改，才能碰上恰当字句。“修改”的必要证明“寻思”和“寻言”是两回事。先“寻思”，后“寻言”，是普通的经验。

我们回答：“修改”还是“寻思”问题的一个枝节。“修改”就是调配距离，但是所调配者不仅是语言，同时也还是意境。比如韩愈定贾岛的“僧推月下门”为“僧敲月下门”，并不仅是语言的进步，同时也是意境的进步。“推”是一种意境，“敲”又是一种意境，并非先有“敲”的意境而想到“推”字，嫌“推”字不适合，然后再寻出“敲”字来改它。就我自己的经验说，我作文常修改，每次修改，都发现在话没有说清楚时，原因都在思想混乱，把思想条理弄清楚了，话自然会清楚。寻思必同时是寻言，寻言亦必同时是寻思。

六 古文与白话

反对者说：你这番话似乎太偏重语言而看轻文字，以为语言是活的，文字是死的。你似乎主张做诗文必全用白话。从前有许多文学作品都不是用当时流行的语言，价值仍然不可磨灭。我们可以说，除着民歌以外（就是民歌是否全用当时的流行语言也还是疑问），大部分中国诗文都是用古文写的。如果依你的情感思想语言一致说，恐怕它们都不能符合你的标准吧？你似乎在盲目附和白话运动。

我们回答说：我们不敢当这个罪名。以文字的古今定文字的死活，是提倡白话者的偏见。散在字典中的文字，无论其为古为今，都是死的；嵌在有生命的谈话或诗文中的文字，无论其为古为今，都是活的。我们已经说过，文字只是一种符号，它与情感思想的关联全是习惯造成的。你惯用现在流行的文字运思，可用它做诗文；你惯用古代文字运思，就用它来做诗文，也自无不可。从前读书人朝朝暮暮都在古书里过活，古代文字对于他们并不比现代文字难，甚至于比现代文字还更便利，所以古代文字对于他们可以变成活语言。这正如我们学外国文到很纯熟的地步，有时觉得用外国文传达情感思想，反比用中文较方便。不过这只是就作者说，如就读者说，用古代文字做诗文，对于未受古代文字训练的群众自然是一种不方便。这里我们又回到传达与社会影响的问题了。诗既以传达为要务，就不能不顾到群众了解的便利。还有一层，即从作者的观点看，现代人有现代人的生活方式和特殊情思，现代语言是和这种生活方式和情思密切相关的，所以在承认古文仍可用时，我们主张做诗文仍以用流行语言为亲切。

本来文字古今的分别也只是比较的而不是绝对的。我们现在用的文字大部分还是许慎的《说文解字》里所有的，并且有许多字的用法，现代和二千年前也并没有多大分别。现在所有的字大半是古代已有的，不过古代已有的字有许多在现代已不流行。古代文字有些能流传到现在，有些不能，原因一半在需要的变迁，一半也在习惯的变迁。习惯原可养成，所以一部分古字复活是语言发展史中所常见的自然现象，欧洲有许多诗人常爱用复活的古字。现代中国一般人说话所用的字汇实在太贫乏，除制造新字以外，让一部分古字复活也未始不是一种救济的办法。

现代人做诗文，不应该学周诰殷盘那样佶屈聱牙，为的是传达的便利。不过提倡白话者所标出的“做诗如说话”的口号也有些危险。日常的情思多粗浅芜乱，不尽可以入诗，入诗的情思都须经过一番洗炼，所以比日常的情思较为精妙有剪裁。语言是情思的结晶，诗的语言亦应与日常语言有别。无论在哪一国，“说的语言”和“写的语言”都有很大的分别。说话时信口开河，思想和语言都比较粗疏；写诗文时有斟酌的余暇，思想和语言也都比较缜密。散文应比说话精练，诗更应比散文精练。这所谓“精练”可在两方面见出，一在意境，一在语言。专就语言说，有两点可以注意：第一是文法，说话通常不必句句谨遵文法的纪律，做诗文时文法的讲究则比较谨严。其次是用字，说话所用的字在任何国都很有限，通常不过数千字，写诗文时则字典中的字大半可采用。没有人翻字典去说话，但是无论在哪一国，受过教育的人读诗文也不免都常翻字典，这简单的事实就可以证明“写的语言”比较“说的语言”丰富了。

“写的语言”比“说的语言”也比较守旧，因为说的是流动的，写的就成为固定的。“写的语言”常有不肯放弃陈规的倾向，这是一种毛病，也是一种方便。它是一种毛病，因为它容易僵硬化，失去语言的活性；它也是一种便利，因为它在流动变化中抓住一个固定的基础。在历史上有人看重这种毛病，也有人看重这种方便。看重这种方便的人总想保持“写的语言”的特性，维持它和“说的语言”的距离。在诗的方面，把这种态度推到极端的人主张诗有特殊的“诗的文字”（poetic diction）。这论调在欧洲假古典主义时代最占势力。另外一派人看重“写的语言”守旧的毛病，竭力拿“说的语言”来活化“写的语言”，使它们的距离尽量地缩短。这就是诗方面的“白话运动”。中国诗现在还在“白话运动”期。欧洲文学史上也起过数次的白话运动。最重要的有两个：一个是中世纪行吟诗人和但丁所提倡的，一个是浪漫运动期华兹华斯诸人所提倡的。但丁选定“土语”（the vulgar tongue）为诗，同时却主张丢去“土语”的土性，取各地“土语”放在一起“筛”过一遍，筛出最精纯的一部分来另造一种“精练的土语”(the illustrious vulgar)为做诗之用。我觉得这个主张值得深思。

总之，诗应该用“活的语言”，但是“活的语言”不一定就是“说的语言”，“写的语言”也还是活的。就大体说，诗所用的应该是“写的语言”而不是“说的语言”，因为写诗时情思比较精练。

第五章　诗与散文

在表面上，诗与散文的分别似乎很容易认出，但是如果仔细推敲，寻常所认出的分别都不免因有例外而生问题。从亚理斯多德起，这问题曾引起许多辩论。从历史的经验看，它是颇不易解决的。要了解诗与散文的分别，是无异于要给诗和散文下定义，说明诗是什么，散文是什么。这不是易事，但也不是研究诗学者所能逃免的。我们现在汇集几个重要的见解，加以讨论，看能否得到一个比较合理的看法。

一　音律与风格上的差异

中国旧有“有韵为诗，无韵为文”之说，近来我们发现外国诗大半无韵，就不能不把这句稍加变通，说“有音律的是诗，无音律的是散文”。这话专从形式着眼，实在经不起分析。亚理斯多德老早就说过，诗不必尽有音律，有音律的也不尽是诗。冬烘学究堆砌腐典滥调成五言八句，自己也说是在做诗。章回小说中常插入几句韵文，评论某个角色或某段情节，在前面也郑重标明“后有诗一首”的字样。一般人心目中的“诗”大半就是这么一回事。但是我们要明白：诸葛亮也许穿过八卦衣，而穿八卦衣的不必就真是诸葛亮。如全凭空洞的形式，则《百家姓》《千字文》、医方脉诀以及冬烘学究的试帖诗之类可列于诗，而散文名著，如《史记》、柳子厚的山水杂记、《红楼梦》、柏拉图《对话集》、《新旧约》之类，虽无音律而有诗的风味的作品，反被摈于诗的范围以外。这种说法显然是不攻自破的。

另外一种说法是诗与散文在风格上应有分别。散文偏重叙事说理，它的风格应直截了当，明白晓畅，亲切自然；诗偏重抒情，它的风格无论是高华或平淡，都必维持诗所应有的尊严。十七八世纪假古典派作者所以主张诗应有一种特殊语言，比散文所用的较高贵。莎士比亚在《麦克白》悲剧里叙麦克白夫人用刀弑君，约翰逊批评他不该用“刀”字，说刀是屠户用的，用来杀皇帝，而且用“刀”字在诗剧里都有损尊严。这句话虽可笑，实可代表一部分人的心理。在一般人看，散文和诗中间应有 个界限，不可互越，散文像诗如齐梁人作品，是一个大毛病；诗像散文，如韩昌黎及一部分宋人的作品，也非上乘。

这种议论也经不起推敲。像布封所说的，“风格即人格”，它并非空洞的形式。每件作品都有它的特殊实质和特殊的形式，它成为艺术品，就在它的实质与形式能融贯混化。上品诗和上品散文都可以做到这种境界。我们不能离开实质，凭空立论，说诗和散文在风格上不同。诗和散文的风格不同，也正犹如这首诗和那首诗的风格不同，所以风格不是区分诗和散文的好标准。

其次，我们也不能凭空立论，说诗在风格上高于散文。诗和散文各有妙境，诗固往往能产生散文所不能产生的风味，散文也往往可产生诗所不能产生的风味。例证甚多，我们姑举两类：第一，诗人引用散文典故入诗，风味常不如原来散文的微妙深刻。例如《世说新语》：

> 桓公北征，经金城，见前为琅琊时种柳皆已十围，慨然曰：“木犹如此，人何以堪！”攀枝执条，泫然流涕。

这段散文，寥寥数语，写尽人物俱非的伤感，多么简单而又隽永！庾信在《枯树赋》里把它译为韵文说：

> 昔年种柳，依依汉南；今看摇落，凄怆江潭。桓大司马闻而叹曰："树犹如此，人何以堪！"

这段韵文改动《世说新语》字并不多，但是比起原文，一方面较纤巧些，一方面也较呆板些。原文的既直截而又缥缈摇曳的风致在《枯树赋》的整齐合律的字句中就失去大半了。此外如辛稼轩的《哨遍》一词总括《庄子·秋水》篇的大意，用语也大半集《庄子》：

> 有客问洪河，百川灌雨，泾流不辨涯涘。于是焉河伯欣然喜，以为天下之美尽在己。渺沧溟，望洋东视，逡巡向若惊叹，谓："我非逢子，大方达观之家，未免长见悠然笑耳！"

剪裁配合得这样巧妙，固然独具匠心，但是它总不免令人起假山笼鸟之感，《庄子》原文的那副磅礴诙谐的气概也就在这巧妙里消失了。

其次，诗词的散文序有时胜于诗本身。例如《水仙操》的序和正文：

> 伯牙学琴于成连，三年而成，至于精神寂寞，情之专一，未能得也。成连曰："吾之学不能移人之情，吾师有方子春在东海中。"乃赍粮从之。至蓬莱山，留伯牙曰："吾将迎吾师。"刺船而去，旬日不返。伯牙心悲，延颈四望，但闻海水汩没，山林窅冥，群鸟悲号，仰天叹曰："先生将移我情！"乃援琴而作歌：
>
> 繄洞渭兮流澌濩，舟楫逝兮仙不还。
>
> 移形素兮蓬莱山，歍钦伤宫仙不还。

序文多么美妙！歌词所以伴乐，原不必以诗而妙，它的意义已不尽可解，但就可解者说，却比序差得远了。此外如陶潜的《桃花源诗》，王羲之的《兰亭诗》，以及姜白石的《扬州慢》词，虽然都很好，但风味隽永，似都较序文逊一筹。这些实例很可以证明诗的风格不必高于散文。

二　实质上的差异

形式既不足以区分诗与散文，然则实质何如呢？有许多人相信，诗有诗的题材，散文有散文的题材。就大体说，诗宜于抒情遣兴，散文宜于状物叙事说理。摩越（J. M. Murry）在《风格论》里说："如果起源的经验是偏于情感的，我相信用诗或用散文来表现，大半取决于时机或风尚；但是如果情感特别深厚，特别切己，用诗来表现的动机是占优胜的。我不能想象莎士比亚的十四行诗集可以用散文来写。"至于散文有特殊题材，他说得更透辟："对于任何问题的精确思考，必须用散文，音韵拘束对于它必不相容。""一段描写，无论是写一个国家，一个逃犯，或是房子里一切器具，如果要精细，一定要用散文。""风俗喜剧所表现的心情，须用散文。""散文是讽刺的最合适的工具。"征诸事实，这话也似很有证据。极好的言情的作品都要在诗里找，极好的叙事说理的作品都要在散文里找。

着重实质者并且进一步在心理上找诗与散文的差异，以为懂得散文大半凭理智，懂得诗大半凭情感。这两种懂是"知"（know）与"感"（feel）的分别。可"知"者大半可以言喻，可"感"者大半须以意会。比如陶潜的"采菊东篱下，悠然见南山"两句诗，就字句说，极其简单。如果问读者是否懂得，他们大半都说懂得。如果进一步问他们所懂得的是什么，他们的回答不外两种，不是干脆地诠释字义，用普通语言把它翻译出来，就是发挥言外之意。前者是"知"，是专讲字面的意义；后者有时是"感"，是体会字面后的情趣。就字义说，两句诗不致引起多大分歧，就情趣说，则仁者见仁，智者见智，就各各不同了。散文求人能"知"，诗求人能"感"。"知"贵精确，作者说出一分，读者便须恰见到一分，"感"贵丰富，作者说出一分，读者须在这一分之外见出许多其他东西，所谓举一反三。因此，文字的功用在诗中和在散文中也不相同。在散文中，它在"直述"（state），读者注重本义；在诗中它在"暗示"（suggest），读者注重联想。罗斯教授（J. L. Lowes）在《诗的成规与反抗》一书里就是这样主张。

在大体上，这番话很有道理，但是事实上也有很多反证，我们不能说，诗与散文的分别就可以在情与理的分别上见出。散文只宜于说理的话是一种传统的偏见。凡是真正的文学作品，无论是诗还是散文，里面都必有它的特殊情趣，许多小品文是抒情诗，这是大家公认的。再看近代小说，我们试想一想，哪一种可用诗表现的情趣在小说中不能表现呢？我很相信上面所引的摩越的话，一个作家用诗或用散文来表现他的意境，大半取决于当时的风尚。荷马和莎士比亚如果生在现代，一定会写小说；陀思妥耶夫斯基、普鲁斯特、劳伦斯诸人如果生在古希腊或伊丽莎白时代，一定会写史诗或悲剧。至于诗不能说理的话比较正确，不过我们也要明白，诗除情趣之外也都有几分理的成分，所不同者它的情理融成一片，不易分开罢了。我们能说希腊悲剧和莎士比亚悲剧里面没有“理”么？但丁的《神曲》和歌德的《浮士德》里面没有“理”么？陶潜的《形影神》以及朱熹的《感兴诗》之类作品里面没有理么？举一个很简单的例来说同样情理可表现于诗，亦可表现于散文。《论语》里“子在川上曰：‘逝者如斯夫，不舍昼夜’”一段是散文；李白的《古风》里“前水复后水，古今相续流。新人非旧人，年年桥上游”几句是诗。在这两个实例里，我们能说散文不能表现情趣或是诗不能说理么？摩越说诗不宜于描写，大概受莱辛（Lessing）的影响，他忘记许多自然风景的描写是用诗写的；他说诗不宜于讽刺和作风俗喜剧，他忘记欧洲以讽刺和风俗喜剧著名的作者如阿里斯托芬、纠文纳儿（Juvenal）和莫里哀诸人大半采用诗的形式。从题材性质上区别诗与散文，并不绝对地可靠，于此可见。

三 否认诗与散文的分别

音律和风格的标准既不足以区分诗与散文，实质的差异也不足为凭，然则我们不就要根本否认诗与散文的分别么？有些人以为这是唯一的出路。依他们看，与诗相对待的不是散文而是科学，科学叙述事理，诗与散文，就其为文学而言，表现对于事理所生的情趣。凡是具有纯文学价值的作品都是诗，无论它是否具有诗的形式。我们常说柏拉图的《对话集》、

《旧约》、六朝人的书信、柳子厚的山水杂记、明人的小品文、《红楼梦》之类散文作品是诗，就因为它们都是纯文学。亚理斯多德论诗，就是用这种看法。他不把音律看作诗的要素，以为诗的特殊功用在“模仿”。他所谓“模仿”颇近于近代人所说的“创造”或“表现”。凡是有创造性的文字都是纯文学，凡是纯文学都是诗。雪莱说：“诗与散文的分别是一个庸俗的错误。”克罗齐主张以“诗与非诗”（poetry and non-poetry）的分别来代替诗与散文的分别。所谓“诗”就包含一切纯文学，“非诗”就包含一切无文学价值的文字。

这种看法在理论上原有它的特见，不过就事实说，在纯文学范围之内，诗和散文仍有分别，我们不能否认。否认这分别就不是解决问题而是逃避问题。如果说宽一点，还不仅纯文学都是诗，一切艺术都可以叫作诗。我们常说王维“诗中有画，画中有诗”。其实一切艺术到精妙处都必有诗的境界。我们甚至于说一个人，一件事，一种物态或是一片自然风景含有诗意。“诗”字在古希腊文中的意义是“制作”。所以凡是制作或创造出来的东西都可以称为诗，无论是文学，是图画或是其他艺术。克罗齐不但否认诗与散文的分别，而且把“诗”“艺术”和“语言”都看作没有多大分别，因为它们都是抒情的，表现的。所以“诗学”“美学”和“语言学”在他的学说中是一件东西。这种看法用意在着重艺术的整一性，它的毛病在太空泛，因过重综合而蔑视分析。诗和诸艺术，诗和纯文学，都有共同的要素，这是我们承认的。但是我们也应该知道，它们在相同之中究竟有不同者在。比如王维的画、诗和散文尺牍虽然都同具一种特殊的风格，为他的个性的流露，但是在精妙处可见于诗者不必尽可见于画，也不必尽可见于散文尺牍。我们正要研究这不同点是什么。

四 诗为有音律的纯文学

我们在上文已经说明过，诗与散文的分别既不能单从形式（音律）上见出，也不能单从实质（情与理的差异）上见出。在理论上还有第三个可能性，就是诗与散文的分别要同时在实质与形式两方面见出。如果采取这个看法，我们可以下诗的定义说："诗是具有音律的纯文学。"这个定义把具有音律而无文学价值的陈腐作品，以及有文学价值而不具音律的散文作品，都一律排开，只收在形式和实质两方面都不愧为诗的作品。这一说与我们在第四章所主张的情感思想平行一致，实质形式不可分之说恰相吻合。我们的问题是：何以在纯文学之中有一部分具有诗的形式呢？我们的答案是：诗的形式起于实质的自然需要。这个答案自然还假定诗有它的特殊的实质。如果我们进一步追问：诗的实质的特殊性何在？何以它需要一种特殊形式（音律）？我们可以回到上文单从实质着眼所丢开的情与理的分别，我们可以说，就大体论，散文的功用偏于叙事说理，诗的功用偏于抒情遣兴。事理直截了当，一往无余；情趣则低回往复，缠绵不尽。直截了当者宜偏重叙述语气，缠绵不尽者宜偏重惊叹语气。在叙述语中事尽于词，理尽于意；在惊叹语中语言是情感的缩写字，情溢于词，所以读者可因声音想到弦外之响。换句话说，事理可以专从文字的意义上领会，情趣必从文字的声音上体验。诗的情趣是缠绵不尽，往而复返的，诗的音律也是如此。举一个实例来说，比如《诗经》中的四句诗：

> 昔我往矣，杨柳依依；今我来思，雨雪霏霏。

如果译为现代散文，则为：

> 从前我走的时候，杨柳还正在春风中摇曳；现在我回来，天已经在下大雪了。

原诗的意义虽大致还在，它的情致就不知去向了。义存而情不存，就因为译文没有保留住原文的音节。实质与形式本来平行一贯，译文不同原诗，不仅在形式，实质亦并不一致。比如"在春风中摇曳"译"依依"就很勉强，费词虽较多而含蓄却反较少。"摇曳"只是呆板的物理，"依依"却含有浓厚的人情。诗较散文难翻译，就因为诗偏重音而散文偏重义，义易译而音不易译，译即另是一回事。这个实例很可以证明诗与散文确有分别，诗的音律起于情感的自然需要。

这一说——诗为有音律的纯文学说——比其他各说都较稳妥，我个人从前也是这样主张，不过近来仔细分析事实，觉得它也只是大概不差，并没有谨严的逻辑性。有两个重要的事实值得我们注意。

第一，有和无是一个绝对的分别，就音律而论，诗和散文的分别也只是相对的而不是绝对的。先就诗说，诗必有固定的音律，是一个传统的信条。从前人对它向不怀疑，不过从自由诗、散文诗等等新花样起来以后，我们对于它就有斟酌修改的必要了。自由诗起来本很早，据说古希腊就有它。近代法国诗人采用自由体的很多，从意象派诗人（imagists）起来之后，自由诗才成为一个大规模的运动。它究竟是什么呢？据法国音韵学者格拉芒（Grammant）说，法文自由诗有三大特征：一、法文诗最通行的亚历山大格，每行十二音，古典派分四顿，浪漫派分三顿，自由诗则可有三顿以至于六顿。二、法文诗通常用 abb 式“平韵”，自由诗可杂用 abab 式“错韵”，abba 式“抱韵”等等。三、自由诗每行不拘守亚历山大格的成规，一章诗里各行长短可以出入。照这样看，自由诗不过就原有规律而加以变化。在中国诗中，王湘绮的《八代诗选》中的杂言就可以当作自由诗。近代象征的自由诗不合格拉芒的三条件的很多，它们有不用韵的。英文自由诗通常更自由。它的节奏好比风吹水面生浪，每阵风所生的浪自成一单位，相当于一章。风可久可暂，浪也有长有短，两行三行四行五行都可以成章。就每一章说，字行排列也根据波动节奏（cadence）的道理，一个节奏占一行，长短轻重无一定规律，可以随意变化。照这样看，它似毫无规律可言，但是它尚非散文，因为它究竟还是分章分行，章与章，行与行，仍有起伏呼应。它不像散文那样流水式地一泻直下，仍有低回往复的趋势。它还有一种内在的音律，不过不如普通诗那样整齐明显罢了。散文诗又比自由诗降一等。它只是有诗意的小品文，或则说，用散文表现一种诗的境界，仍偶用诗所习用的辞藻腔调，不过音律就几乎完全不存在了。从此可知就音节论，诗可以由极谨严明显的规律，经过不甚显著的规律，以至于无规律了。

次就散文而论，它也并非绝对不能有音律的。诗早于散文，现在人用散文写的，古人多用诗写。散文是由诗解放出来的。在初期，散文的形式和诗相差不远。比如英国，从乔叟到莎士比亚，诗就已经很可观，散文却仍甚笨重，辞藻构造都还不脱诗的习惯。从十七世纪以后，英国才有流利轻便的散文。中国散文的演化史也很类似。秦汉以前的散文常杂有音律在内。随便举几条例来看看：

> 今夫古乐，进旅退旅，和正以广，弦匏笙簧，会守拊鼓。始奏以文，复乱以武。治乱以相，讯疾以雅。君子于是语，于是道古，修身及家，平均天下。此古乐之发也。
>
> ——《礼记·乐记》

> 道冲而用之，或不盈。渊乎似万物之宗。挫其锐，解其纷；和其光，同其尘，湛兮似或存。吾不知谁之子，象帝之先。
>
> ——《老子》

> 吾有大树，人谓之樗。其大本臃肿而不中绳墨，其小枝卷曲而不中规矩。立之途，匠者不顾。今子之言，大而无用，众所同去也。
>
> ——《庄子·逍遥游》

这都是散文，但是都有音律。中国文学中最特别的一种体裁是赋。它就是诗和散文界线上的东西：流利奔放，一泻直下，似散文；于变化多端之中仍保持若干音律，又似诗。隋唐以前大部分散文都没有脱诗赋的影响，有很明显地用韵的，也有虽不用韵而仍保持赋的华丽的辞藻与整齐句法段落的。唐朝古文运动实在是散文解放运动。以后流利轻便的散文逐渐占优势，不过诗赋对于散文的影响到明清时代还未完全消灭，骈文四六可以为证。现在白话文运动还在进行，我们不能预言中国散文将来是否有一部分要回到杂用音律的路，不过想起欧战后起来的“多音散文”（polyphonic prose），这并非不可能。弗莱契（Fletcher）说它的重要“不亚于政治上的欧战，科学上镭的发明”，虽未免过甚其词，它是一个值得注意的运动，却是无可讳言的。据罗威尔（A. Lowell）女士说，“多音散文应用诗所有的一切声音，如音节、自由诗、双声、叠韵、回旋之类；它可应用一切节奏，有时并且用散文节奏，但是通常不把某一种节奏用到很长的时间。……韵可以摆在波动节奏的终点，可以彼此紧相衔接，也可以隔很长的距离遥相呼应”。换句话说，在多音散文里，极有规律的诗句，略有规律的自由诗句以及毫无规律的散文句都可以杂烩在一块。我想这个花样在中国已“自古有之”，赋就可以说是最早的“多音散文”。看到欧美的“多音散文”运动，我们不能断定将来中国散文一定完全放弃音律，因为像“多音散文”的赋在中国有长久的历史，并且中国文字双声叠韵最多，容易走上“多音”的路。

总观以上所述事实，诗和散文在形式上的分别也是相对而不是绝对的。我们不能画两个不相交接的圆圈，把诗摆在有音律的圈子里，把散文摆在无音律的圈子里，使彼此壁垒森严，互不侵犯，诗可以由整齐音律到无音律，散文也可以由无音律到有音律。诗和散文两国度之中有一个很宽的叠合部分做界线，在这界线上有诗而近于散文，音律不甚明显的；也有散文而近于诗，略有音律可寻的。所以我们不能说“有音律的纯文学”是诗的精确的定义。

其次，这定义假定某种形式为某种实质的自然需要，也很有商酌的余地。我们先提出一个极浅近的事实，然后进一步讨论原理。先看李白的词：

箫声咽，秦娥梦断秦楼月。秦楼月，年年柳色，灞陵伤别。
乐游原上清秋节，咸阳古道音尘绝。音尘绝，西风残照，汉家陵阙。

再看周邦彦的词：

香馥馥，樽前有个人如玉。人如玉，翠翘金凤，内家装束。
娇羞爱把眉儿蹙，逢人只唱相思曲。相思曲，一声声是，怨红愁绿。

两首词都是杰作。在情调上，它们绝不相同。李词悲壮，有英雄气；周词香艳，完全是儿女气，但是在形式上它们同是填“忆秦娥”的调子，都押入声韵，句内的平仄也没有重要的差别。从此可知形式与实质并没有绝对的必然关系。无论在哪一国，固定的诗的形式都不很多，虽然所写的情趣意象有无穷的变化。法文诗大半用押韵的亚历山大格，英文诗最通行的形式也只有平韵五节格（heroic couplet）及无韵五节格（blank verse）两种。欧洲诗格最谨严的莫如十四行体（sonnet），许多性质相差甚远的诗人都同用这格式去表现千差万别的意境。中国正统的诗形式也不过四言、五古、七古、五律、七律、绝句几种。词调较多，据万氏《词律》、毛氏《填词名解》诸书所载也不过三百余种，常用者不及其半。诗人须用这有限的形式来范围千变万化的情趣和意象。如果形式与实质有绝对的必要关系，每首诗就必须自创一个格律，决不能因袭陈规了。

我们在讨论诗的起源时已经详细说明过，诗的形式大半为歌、乐、舞同源的遗痕。它是沿袭传统的，不是每个诗人根据他的某一时会的意境所特创的。诗不全是自然流露。就是民歌也有它的传统的技巧，也很富于守旧性。它也填塞不必要的字句来凑数，用意义不恰当的字来趁韵，模仿以往的民歌的格式。这就是说，民歌的形式也还是现成的，外在的，沿袭传统的，不是自然流露的结果。

五　形式沿袭传统与情思语言一致说不冲突

这番话与上章情感思想语言平行一致说不互相冲突么？表面上它们似不相容，但是如果细心想一想，承认形式是沿袭的，与承认情感思想语言一致，并不相悖。第一，诗的形式是语言的纪律化之一种，其地位等于文法。语言有纪律化的必要，其实由于情感思想有纪律化的必要。文法与音律可以说都是人类对于自然的利导与征服，在混乱中所造成的条理。它们起初都是学成的习惯，在能手运用之下，习惯就变成了自然。诗人做诗对于音律，就如学外国文者对于文法一样，都是取现成纪律加以学习揣摩，起初都有几分困难，久而久之，驾轻就熟，就运用自如了。一切艺术的学习都须经过征服媒介困难的阶段，不独诗于音律为然。“从心所欲，不逾矩”是一切艺术的成熟境界，如果因迁就固定的音律，而觉得心中情感思想尚未能恰如其分地说出，情感思想与语言仍有若干裂痕，那就是因为艺术还没有成熟。

其次，诗是一种语言，语言生生不息，却亦非无中生有。语言的文法常在变迁，任何语言的文法史都可以证明，但是每种变迁都从一个固定的基础出发，而且它向来只是演化而不是革命。诗的音律与文法一样，它们原来都是习惯，但是也是做演化出发点的习惯。诗的音律在各国都有几个固定的模型，而这些模型也随时随地在变迁。每个诗人常在已成模型范围之内，顺着情感的自然需要而加以伸缩。从诗律变迁史看，这是以往历史所走的一条大道。比如在中国，由四言而五言，由五言而七言，由诗而赋而词而曲而弹词，由古而律，后一阶段都不同前一阶段，但常仍有几分是沿袭前一阶段。宇宙一切都常在变，但变之中仍有不变者在；宇宙一切都彼此相异，但异之中亦仍有相同者在。语言的变化以及诗的音律的变化不过是这公理中一个节目。诗的音律有变的必要，就因为固定的形式不能应付生展变动的情感思想。如果情感思想和语言可以不一致，则任何情感思想都可纳入几个固定的模型里，诗的形式便无变的必要。不过变必自固定模型出发，而变来变去，后一代的模型与前一代的模型仍相差不远，换句话说，诗还是有一个“形式”。这还是因为人类情感思想在变异之中仍有一个不变不易的基础。所以“形式”的存在与应用不能证明情感与语言不是平行一致的。

六　诗的音律本身的价值

关于诗的音律问题，我们要尊重历史的事实，不必一味武断。诗的疆域日渐剥削，散文的疆域日渐扩大，这是一件不容否认的历史的事实。荷马用史诗体写的东西，索福克勒斯和莎士比亚用悲剧体裁写的东西，现代人都用散文小说写；阿里斯托芬和莫里哀用有音律的喜剧形式写的东西，现代人用散文戏剧写；甚至于从前人用抒情诗写的东西，现代人也用散文小品文写。现在还有人用诗的形式来写信来做批评论文么？希腊罗马时代的学者和他们的模仿者用诗写信做论文却是常事。我想徐志摩如果生在六朝，他也许用赋的体裁写《死城》和《浓得化不开》。摩越在《风格论》里说一个作家采用诗或散文来表现他的情感思想，大半取决于当时的风尚。他以为在我们这个时代，爱好小说是健康的趣味，爱好诗有几分是不健康的趣味。这番话很有至理。

不过真理往往有两方面。诗的形式纵然是沿袭传统的，它一直流传到现在，也自然有它的内在价值。它将来也许不至完全被散文吞并。艺术的基本原则在“寓变化于整齐”。诗的音律好处之一，就在给你一个整齐的东西做基础，可以让你去变化。散文入手就是变化，变来变去，仍不过是无固定形式。诗有格律可变化多端，所以诗的形式比散文的实较繁富。

就作者说，迁就已成规律是一种困难，但是战胜技术的困难是艺术创造的乐事，读诗的快感也常起于难能可贵的纯熟与巧妙。许多词律分析起来多么复杂，但是在大词人手里运用起来，又多么自然！把极勉强的东西化成极自然，这是最能使我们惊赞的。同时，像许多诗学家所说的，这种带有困难性的音律可以节制豪放不羁的情感想象，使它们不至于一放不可收拾。情感想象本来都有几分粗野性，写在诗里，它们却常有几分冷静、肃穆与整秩，这就是音律所锻炼出来的。

有规律的音调继续到相当时间，常有催眠作用，“摇床歌”是极端的实例。一般诗歌虽不必尽能催眠，至少也可以把所写的意境和尘俗间许多实用的联想隔开，使它成为独立自足的世界。诗所用的语言不全是日常生活的语言，所以读者也不至以日常生活的实用态度去应付它，他可以聚精会神地观照纯意象。举一个例来说，《西厢记》里“软玉温香抱满怀，春至人间花弄色，露滴牡丹开”这段词其实是描写男女私事，颇近于淫秽，而读者在欣赏它的文字美妙、声音和谐时，往往忘其为淫秽。拿这段词来比《水浒》里潘金莲和西门庆的故事或者《红楼梦》里贾琏和鲍二家的故事，我们就立刻见出音律的功用。同理，许多悲惨、淫秽或丑陋的材料，用散文写，仍不失其为悲惨、淫秽或丑陋，披上诗的形式，就多少可以把它美化。比如母杀子，妻杀夫，女逐父，子娶母之类故事在实际生活中很容易引起痛恨与嫌恶，但是在希腊悲剧和莎士比亚的悲剧中，它们居然成为庄严灿烂的艺术意象，就因为它们表现为诗，与日常语言隔着一层，不致使人看成现实，以实用的态度去对付它们，我们的注意力被吸收于美妙的意象与和谐的声音方面去了。用美学术语来说，音律是一种制造“距离”的工具，把平凡粗陋的东西提高到理想世界。

此外，音律的最大的价值自然在它的音乐性。音乐自身是一种产生浓厚美感的艺术，它和诗的关系待下章详论。

第六章　诗与乐

——节奏

在历史上诗与乐有很久远的渊源，在起源时它们与舞蹈原来是三位一体的混合艺术。声音、姿态、意义三者互相应和，互相阐明，三者都离不开节奏，这就成为它们的共同命脉。文化渐进，三种艺术分立，音乐专取声音为媒介，趋重和谐；舞蹈专取肢体形式为媒介，趋重姿态；诗歌专取语言为媒介，趋重意义。三者虽分立，节奏仍然是共同的要素，所以它们的关系常是藕断丝连的。诗与乐的关系尤其密切，诗常可歌，歌常伴乐。从德国音乐家瓦格纳宣扬"乐剧"运动以后，诗剧与乐曲携手并行，互相辉映，又参之以舞，诗、乐、舞在原始时代的结合似乎又恢复起来了。

论性质，在诸艺术之中，诗与乐也最相近。它们都是时间艺术，与图画、雕刻只借空间见形象者不同。节奏在时间绵延中最易见出，所以在其他艺术中不如在诗与音乐中的重要。诗与乐所用的媒介有一部分是相同的。音乐只用声音，诗用语言，声音也是语言的一个重要成分。声音在音乐中借节奏与音调的"和谐"（harmony）而显其功用，在诗中也是如此。

因为诗与乐在历史上的渊源和在性质上的类似，有一部分诗人与诗论者极力求诗与乐的接近。佩特在《文艺复兴论》里说："一切艺术都以逼近音乐为指归。"他的意思是：艺术的最高理想是实质与形式混化无迹。这个主张在诗方面响应者尤多。有一派诗人，像英国的斯温伯恩（Swinburne）与法国的象征派，想把声音抬到主要的地位，魏尔伦

（Verlaine）在一首论诗的诗里大声疾呼："音乐呵，高于一切！"（de la musique avant toute chose）一部分象征诗人有"着色的听觉"（colour hearing）这种心理变态，听到声音，就见到颜色。他们根据这种现象发挥为"感通说"（correspondence，参看波德莱尔用这个字为题的十四行诗），以为自然界现象如声色嗅味触觉等所接触的在表面虽似各不相谋，其实是遥相呼应、可相感通的，是互相象征的。所以许多意象都可以借声音唤起来。象征运动在理论上演为伯列蒙（Abbé Brémond）的"纯诗"说。诗是直接打动情感的，不应假道于理智。它应该像音乐一样，全以声音感人，意义是无关紧要的成分。这一说与美学中形式主义不谋而合，因为语言中只有声音是"形式的成分"。近来中国诗人有模仿象征派者，音与义的争执闹得很热烈。在本章里我们从分析诗与乐的异同下手，来替音义孰重问题找一个答案。

诗与乐的基本的类似点在它们都用声音。但是它们也有一个基本的异点，音乐只用声音，它所用的声音只有节奏与和谐两个纯形式的成分，诗所用的声音是语言的声音，而语言的声音都必伴有意义。诗不能无意义，而音乐除较低级的"标题音乐"（programme music）以外，无意义可言。诗与乐的一切分别都是从这个基本分别起来的。这个分别本极浅近易解，却有许多人忘记它而陷于偏激与错误。我们先抓住这个基本异点，来分析诗与乐的共同命脉——节奏。

一　节奏的性质

节奏是宇宙中自然现象的一个基本原则。自然现象彼此不能全同，亦不能全异。全同全异不能有节奏，节奏生于同异相承续，相错综，相呼应。寒暑昼夜的来往，新陈的代谢，雌雄的匹偶，风波的起伏，山川的交错，数量的乘除消长，以至于玄理方面反正的对称，历史方面兴亡隆替的循环，都有一个节奏的道理在里面。艺术返照自然，节奏是一切艺术的灵魂。在造型艺术则为浓淡、疏密、阴阳、向背相配称，在诗、乐、舞诸时间艺术则为高低、长短、疾徐相呼应。

在生灵方面，节奏是一种自然需要。人体中各种器官的机能如呼吸、循环等等都是一起一伏地川流不息，自成节奏。这种生理的节奏又引起心理的节奏，就是精力的盈亏与注意力的张弛，吸气时营养骤增，脉搏跳动时筋肉紧张，精力与注意力亦随之提起；呼气时营养暂息，脉搏停伏时筋肉弛懈，精力与注意力亦随之下降。我们知觉外物时需要精力与注意力的饱满凝聚，所以常不知不觉地希求自然界的节奏和内心的节奏相应和。有时自然界本无节奏的现象也可以借内心的节奏而生节奏。比如钟表机轮所作的声响本是单调一律，没有高低起伏，我们听起来，却觉得它轻重长短相间。这是很自然的，呼吸、循环有起伏，精力有张弛，注意力有紧松，同一声音在注意力紧张时便显得重，在注意力松懈时便显得轻，所以单调一律的声音继续响下去，可以使听者听到有规律的节奏。

这个简单的事实可以揭示节奏的一个重要分别。节奏有“主观的”与“客观的”两种。我们所听到的钟表的节奏完全是主观的，没有客观的基础。有时自然现象本有它的客观的节奏，我们所听到的节奏不必与它完全相符合。比如一组相邻两音高低为 1 与 3 之比，另一组相邻两音高低为 1 与 5 之比，同一 1 音在前组听起来较高，在后组听起来较低，因为受邻音高低反衬的影响不同。这正犹如同一炮声在与枪声同听时和与雷声同听时所生的印象有高低之别一样。

主观的节奏的存在证明外物的节奏可以因内在的节奏改变。但是内在的节奏因外物的节奏改变也是常事。诗与音乐的感动性就是从这种改变的可能起来的，有机体本来最善于适应环境，而模仿又是动物的一种很原始的本能。看见旁人发笑，自己也随之发笑；看见旁人踢球，自己的腿脚也随之跃跃欲动；看见山时我们不知不觉地挺胸昂首；看见杨柳轻盈摇荡时，我们也不知不觉轻松舒畅起来。这都是极普遍的经验。外物的节奏也同样地逼着我们的筋肉及相关器官去适应它，模仿它。单就声音的节奏来说，它是长短、高低、轻重、疾徐相继承的关系。这些关系时时变化，听者所费的心力和所用的身心的活动也随之变化。因此，听者心中自发生一种节奏和声音的节奏相平行。听一曲高而急促的调子，心力与筋肉亦随之作一种高而急促的活动；听一曲低而柔缓的调子，心力与筋肉也随之作一种低而柔缓的活动。诗与音乐的节奏常有一种“模型”（pattern），在变化中有整齐，流动生展却常回旋到出发点，所以我们说它有规律。这“模型”印到心里也就形成了一种心理的模型，我们不知不觉地准备着照这个模型去适应，去花费心力，去调节注意力的张弛与筋肉的伸缩。这种准备在心理学上的术语是“预期”（expectation）。有规律的节奏都必能在生理、心理中印为模型，都必能产生预期。预期的中不中就是节奏的快感与不快感的来源。比如读一首平仄相间的诗，读到平声时我们不知不觉地预期仄声的复返，读到仄声时又不知不觉地预期平声的复返。预期不断地产生，不断地证实，所以发生恰如所料的快慰。不过全是恰如所料，又不免呆板单调，整齐中也要有变化，有变化时预期不中所引起的惊讶也不可少。它不但破除单调，还可以提醒注意力，犹如柯勒律治所比譬的上楼梯，步步上升时猛然发现一步梯特别高或特别低，注意力就猛然提醒。

从上面的分析看，外物的客观的节奏和身心的内在节奏交相影响，结果在心中所生的印象才是主观的节奏，诗与乐的节奏就是这种主观的节奏，它是心物交感的结果，不是一种物理的事实。

二　节奏的谐与拗

身心的内在节奏与客观的节奏虽可互相改变，却有一个限度。就内在的节奏影响外物的节奏来说，我们可以从有规律的钟表声听出节奏，不能从闹市的嘈杂声中听出节奏；可以把钟表声听得比实际的高一点或低一点，不能把它听成雷声或蚊声。其次，就外物的节奏影响内在的节奏来说，它是依适应与模仿的原则把外物的节奏模型印到心里去，这种模型必须适合心的感受力，过高过长以及过于错杂的声音，或是过低过短过于单调的声音，都与身心的自然要求相违背。

理想的节奏须能适合生理、心理的自然需要，这就是说，适合于筋肉张弛的限度，注意力松紧的起伏回环，以及预期所应有的满足与惊讶，所谓“谐”和“拗”的分别就是从这个条件起来的。如果物态的起伏节奏与身心内在的节奏相平行一致，则心理方面可以免去不自然的努力，感觉得愉快，就是“谐”，否则便是“拗”。节奏的快感至少有一部分是像斯宾塞所说的，起于精力的节省。

从物理方面说，声音相差的关系本来只可以用数量比例表出，无所谓谐与拗，谐与拗是它对于生理、心理所生的影响。听音乐时，比如京戏或鼓书，如果演奏者艺术完美，我们便觉得每字音的长短、高低、疾徐都恰到好处，不能多一分也不能少一分。如果某句落去一板或是某板出乎情理地高一点或低一点，我们的全身筋肉就猛然感到一种不愉快的震撼。通常我们听音乐或歌唱时用手脚去“打板”，其实全身筋肉都在“打板”。在“打板”时全身筋肉与心的注意力已形成一个“模型”，已潜伏一种预期，已准备好一种适应方式。听见的音调与筋肉所打的板眼相合，与注意力的松紧调剂，与所准备的适应方法没有差讹，我们便觉得“谐”，否则便觉得“拗”。诗的谐与拗也是如此辨别出来的。比如“弃我去者昨日之日不可留，乱我心者今日之日多烦忧”两句诗念起来很顺口，听起来很顺耳。“顺口”“顺耳”就是适合身心的自然需要，就是“谐”。如果把后句改为“今日之日多忧”或“今日之日多烦恼”，意义虽无甚更动，却马上觉得不顺口，不顺耳，那就是“拗”了。

每一曲音乐或是每一节诗都可以有一个特殊的节奏模型，既成为“模型”，如果不太违反生理、心理自然需要的话，都可以印到心里去，浸润到筋肉系统里去，产生节奏应有的效果。所以“谐”与“拗”不是看节奏是否很呆板地抄袭某种固定的传统的模型。从前讲中国诗词的人以为谨遵“仄仄平平仄，平平仄仄平”式的模型便是“谐”，否则便是“拗”，那是一种误解。他们把谐与拗完全看成物理的事实，不知道它们实在是对于生理、心理所生的影响。而且在诗方面，声音受意义影响，它的长短、高低、轻重等分别都跟着诗中所写的情趣走，原来不是一套死板公式。比如我们在第五章所引的李白和周邦彦的两首《忆秦娥》虽然同用一个调子，节奏并不一样。只有不懂诗的人才会把“音尘绝，西风残照，汉家陵阙”（李）和“相思曲，一声声是，怨红愁绿”（周）两段同形式的词句，念成同样的节奏。诗的节奏决不能制成定谱。即依定谱，每首诗的节奏亦决不是定谱所指示的节奏。蒲柏和济慈都用“五节平韵格”（heroic couplet），弥尔顿和布朗宁都用“无韵五节格”（blank verse），陶潜和谢灵运都用五古，李白和温庭筠都用七律，他们的节奏都相同么？这是一个极浅而易见的道理，我们特别提出，因为古今中外都有许多人离开具体的诗而凭空论地讲所谓“声调谱”。

乐的节奏可谱，诗的节奏不可谱；可谱者必纯为形式的组合，而诗的声音组合受文字意义影响，不能看成纯形式的。这也是诗与乐的一个重要的分别。

三 节奏与情绪的关系

声音与情绪的密切关系是古今中外诗人们所常谈论的。《乐记》中有一段话最透辟：

> 乐者音之所由生也，其本在人心之感于物也。是故其哀心感者其声噍以杀，其乐心感者其声啴以缓，其喜心感者其声发以散，其怒心感者其声粗以厉，其敬心感者其声直以廉，其爱心感者其声和以柔。六者非性也，感于物而后动。

在西方哲学中倡音乐表情说者以叔本华为最著。他的音乐定义是“意志的客观化”（the objectification of will），他所谓“意志”包含情绪在内。

声音与情绪的关系是很原始普遍的。师襄鼓琴，游鱼出听，或仅是一种传说。据美国心理学者休恩（Schoen）的实验，则动物确实能随音调变动而生种种情绪与动作。每种音乐都各表现一种特殊的情绪。古希腊人就已注意到这个事实，他们分析当时所流行的七种音乐，以为 E 调安定，D 调热烈，C 调和蔼，B 调哀怨，A 调发扬，G 调浮躁，F 调淫荡。亚理斯多德最推重 C 调，以为它最宜于陶冶青年。近代英国乐理学家鲍威尔

（E. Power）研究所得的结论亦颇相似（详见拙著《文艺心理学》附录第三章《声音美》）。这种事实的生理基础尚待实验科学去仔细探讨，不过粗略的梗概是可以推想的。高而促的音易引起筋肉及相关器官的紧张激昂，低而缓的音易引起它们的弛懈安适。联想也有影响。有些声音是响亮清脆的，容易使人联想起快乐的情绪；有些声音是重浊阴暗的，容易使人联想起忧郁的情绪。

以上只就独立的音调说。诸音调配合、对比、反衬、连续继承而波动，乃生节奏。节奏是音调的动态，对于情绪的影响更大。我们可以说，节奏是传达情绪的最直接而且最有力的媒介，因为它本身就是情绪的一个重要部分。我们生理、心理方面都有一种自然节奏，起于筋肉的伸缩以及注意力的张弛，已如上述。这是常态的节奏。情绪一发动，呼吸、循环种种作用受扰动，筋肉的伸缩和注意力的张弛都突然改变常态，原来常态的节奏自然亦随之改变。换句话说，每种情绪都有它的特殊节奏。人类的基本情绪大致相同，它们所引起的生理变化与节奏也自然有一个共同模型。喜则笑，哀则哭，羞则面红耳赤，惧则手足震颤，这是显而易见的。细微而不易察觉的节奏当亦可由此类推。作者（音乐家或诗人）的情绪直接地流露于声音节奏，听者依适应与模仿的原则接受这声音节奏，任其浸润蔓延于身心全部，于是依部分联想全体的原则，唤起那种节奏所常伴的情绪。这两种过程——表现与接受——都不必假道于理智思考，所以声音感人如通电流，如响应声，是最直接的，最有力的。

“情绪”原来含有“感动”的意思。情绪发生时生理、心理全体机构都受感动，而且每种情绪都有准备发反应动作的倾向，例如恐惧时有准备逃避的倾向，愤怒时有准备攻击的倾向。生理方面（尤其是筋肉系统）的这种动作的准备与倾向在心理学上叫作“动作趋势”（motor sets），节奏引起情绪，通常先激动它的特殊的“动作趋势”。我们听声音节奏，不仅须调节注意力，而且全体筋肉与相关器官都在静听，都在准备着和听到的节奏应节合拍地动作。某种节奏激动某种“动作趋势”，即引起它所常伴着的情绪。但是节奏是抽象的，不是具体的情境，所以不能产生具体的情绪，如日常生活中的愤怒、畏惧、妒忌、嫌恶等等，只能引起各种模糊隐约的抽象轮廓，如兴奋、颓唐、欣喜、凄恻、平息、虔敬、希冀、眷念等等。换句话说，纯粹的声音节奏所唤起的情绪大半无对象，所以没有很明显固定的内容，它是形式化的情绪。

诗于声音之外有文字意义，常由文字意义托出一个具体的情境来。因此，诗所表现的情绪是有对象的、具体的、有意义内容的。例如杜工部的《石壕吏》《新婚别》《兵车行》诸作所表现的不是抽象的凄恻，而是乱离时代因兵役离乡别井、妻离子散的痛苦；陶渊明的《停云》《归园田居》诸作所表现的不是抽象的欣喜与平息，而是乐道安贫与自然相默契者的冲淡胸怀与怡悦情绪。我们读诗常设身处地，体物入微，分享诗人或诗中主角所表现的情绪。这种具体情绪的传染浸润，得力于纯粹的声音节奏者少，于文字意义者多。诗与音乐虽同用节奏，而所用的节奏不同，诗的节奏是受意义支配的，音乐的节奏是纯形式的，不带意义的；诗与音乐虽同产生情绪，而所生的情绪性质不同，一是具体的，一是抽象的。这个分别是很基本的，不容易消灭的。瓦格纳想在乐剧中把这个分别打消，使诗与音乐熔于一炉。其实听乐剧者注意到音乐即很难同时注意到诗，注意到诗即很难同时注意到音乐。乐剧是一种非驴非马的东西，含有一个很大的矛盾。

四　语言的节奏与音乐的节奏

诗是一种音乐，也是一种语言。音乐只有纯形式的节奏，没有语言的节奏，诗则兼而有之。这个分别最重要。以上两节中已略陈端倪，现在把它提出来特别细加分析。

先分析语言的节奏。它是三种影响合成的。第一是发音器官的构造。呼吸有一定的长度，在一口气里我们所说出的字音也因而有限制；呼吸一起一伏，每句话中各字音的长短轻重也因而不能一律。念一段毫无意义的文字，也不免带几分抑扬顿挫。这种节奏完全由于生理的影响，与情感和理解都不相干。其次是理解的影响。意义完成时的声音须停顿，意义有轻重起伏时，声音也随之有轻重起伏。这种起于理解的节奏为一切语言所公有，在散文中尤易见出。第三是情感的影响。情感有起伏，声音也随之有起伏；情感有往复回旋，声音也随之有往复回旋。情感的节奏与理解的节奏虽常相辅而行，不易分开，却不是同一件事。比如演说，有些人先将讲稿做好读熟，然后登台背诵，条理尽管清晰，辞藻尽管是字斟句酌来的，而听者却往往不为之动。也有些人不先预备，临时信口开河，随临时的情感兴会和思路支配，往往能娓娓动听，虽然事后在报纸上读记录下来的演讲词，倒可能很平凡芜琐。前一派所倚重的只是理解的节奏，后一派所倚重的是情感的节奏。理解的节奏是呆板的，偏重意义；情感的节奏是灵活的，偏重腔调。

照以上的分析看，语言的节奏全是自然的，没有外来的形式支配它。音乐的节奏是否也是如此呢？旧乐理学家的答复似乎是肯定的。英国斯宾塞和法国格雷特里（Grétry）都曾经主张音乐起于语言。自然语言的声调节奏略经变化，便成歌唱，乐器的音乐则从模仿歌唱的声调节奏发展出来。所以斯宾塞说："音乐是光彩化的语言。"瓦格纳的乐剧运动就是根据"音乐表现情感"说，拿无文字意义的音乐和有文字意义的诗剧混合在一起。

这一派学说近来已为多数乐理学家所摈弃。德国华拉歇克（Wallashek）和斯徒夫（Stumpf）以及法国德拉库瓦（Delacroix）诸人都以为音乐和语言根本不同，音乐并不起于语言，音乐所用的音有一定的分量，它的音阶是断续的，每音与它的邻音以级数递升或递降，彼此成固定的比例。语言所用的音无一定的分量，从低音到高音一线连贯，在声带的可能性之内，我们可以在这条线上取任何音来使用，前音与后音不必成固定的比例。这只是指音的高低，音的长短亦复如此。还不仅此，我们已再三说过，语言都有意义，了解语言就是了解它的意义；纯音乐都没有意义，欣赏音乐要偏重声音的形式的关系，如起承转合、比称呼应之类。总之，语言的节奏是自然的、没有规律的、直率的，常倾向变化；音乐的节奏是形式化的、有规律的、回旋的，常倾向整齐。

诗源于歌，歌与乐相伴，所以保留有音乐的节奏；诗是语言的艺术，所以含有语言的节奏。就音节而论，诗是"相反者之同一"，像哲学家所说的；自然之中有人为，束缚之中有自由，整齐之中有变化，沿袭之中有新创，“从心所欲”而却能“不逾矩”。诗的难处在此，妙处也在此。想把诗变成音乐，变成一种纯粹的声音组织，那是无异于斩头留尾，而仍想保持有机体的生命。音乐所不能明白表现的，诗可以明白表现，正因为它有音乐所没有的一个要素——文字意义。现在要把它所特有的要素丢开，让它勉强去做只有音乐所能做的事，无论它是否能做得到，纵然做得到，也不过使它变成音乐的附赘悬瘤。我们并非轻视诗的音乐成分。不能欣赏诗的音乐者对于诗的精微处恐终隔膜。我们所特别着重的论点只是：诗既用语言，就不能不保留语言的特性，就不能离开意义而去专讲声音。

五　诗的歌诵问题

诗的节奏是音乐的，也是语言的。这两种节奏分配的分量随诗的性质而异：纯粹的抒情诗都近于歌，音乐的节奏往往重于语言的节奏；剧诗和叙事诗都近于谈话，语言的节奏重于音乐的节奏。它也随时代而异：古歌而今诵；歌重音乐的节奏而诵重语言的节奏。

诵诗在西方已成为一种专门艺术。戏剧学校常列诵诗为必修功课，公众娱乐和文人集会中常有诵诗一项节目。诵诗的难处和做诗的难处一样，一方面要保留音乐的形式化的节奏，一方面又要顾到语言的节奏，这就是说，要在迁就规律之中流露活跃的生气。现在姑举我个人在欧洲所见到的为例。在法国方面，诵诗法以国家戏剧所通用者为标准。法国国家戏院除排演诗剧以外，常有诵诗节目。英国无国家戏院，老维克（Old Vic）戏院“莎士比亚班”诵诗剧的方法也是一个标准。此外私人集团诵诗的也不少。诗人蒙罗（Harold Monro）在世时（他死在一九三二年），每逢礼拜四晚邀请英国诗人到他在伦敦所开的“诗歌书店”里朗诵他们自己的诗。就我在这些地方所得的印象说，西方人诵诗的方法也不一律。粗略地说，戏院偏重语言的节奏，诗人们自己大半偏重音乐的节奏。这两种诵法有“戏剧诵”（dramatic recitation）和“歌唱诵”（sing-song recitation）的称呼。有些诗人根本反对“戏剧诵”，以为诗的音律功用非在产生实际生活的联想，而是造成一种一尘不染的心境，使听者聚精会神地陶醉于诗的意象和音乐。语言的节奏太现实，易起实际生活的联想，使心神分散。不过“戏剧诵”也很流行，它的好处在能表情。有些人设法兼收“歌唱式”与“戏剧式”，以调和语言和音乐的冲突。例如：

Tomórrow is our wédding day.

这句诗在流行语言中只有两个重音，如上文“⸍”号所标记的。但是就“轻重格”（iambic）的规律说，它应该轻重相间，有四个重音，如下式：

Tomórrow iś our wédding dáy.

如此读去，则本来无须着重的音须勉强着重，就不免失去语言的神情了。但是如果完全依流行语言的节奏，则又失去诗的音律性。一般诵诗者于是设法调和，读如下式：

Tomórrow is our wédding dáy.

这就是在音乐节奏中丢去一个重音（is）以求合于语言，在语言节奏中加上一个重音（dáy），以求合于音律。这样办，两种节奏就可并行不悖了。这只是就极粗浅的说。诵诗的技艺到精微处有云行天空卷舒自如之妙。这就不易求诸形迹，所谓“神而明之，存乎其人”了。

中国人对于诵诗似不很讲究，颇类似和尚念经，往往人自为政，既不合语言的节奏，又不合音乐的节奏。不过就一般哼旧诗的方法看，音乐的节奏较重于语言的节奏，性质极不相近而形式相同的诗往往被读成同样的调子。中国诗一句常分若干“逗”（或“顿”），逗有表示节奏的功用，近于法文诗的“逗”（cesure）和英文诗的“步”（foot）。在习惯上逗的位置有一定的。五言句常分两逗，落在第二字与第五字，有时第四字亦稍顿。七言句通常分三逗，落在第二字、第四字与第七字，有时第六字亦稍顿。读到逗处声应略提高延长，所以产生节奏，这节奏大半是音乐的而不是语言的。例如“汉文皇帝有高台”，“文”字在义不能顿而在音宜顿；“鸿雁不堪愁里听，云山况是客中过”，“堪”“是”两虚字在义不宜顿而在音宜顿；“永夜角声悲自语，中天月色好谁看”，“悲”“好”两字在语言节奏宜长顿，“声”“色”两字不宜顿，但在音乐节奏中逗不落在“悲”“好”而反落在“声”“色”。再如辛稼轩的《沁园春》：

> 杯汝来前。老子今朝，点检形骸。甚长年抱渴，咽如焦釜；于今喜睡，气似奔雷。汝说刘伶，古今达者，醉后何妨死便埋。浑如此，叹汝于知己，真少恩哉。……

这首词用对话体，很可以用语言的节奏念出来，但原来依词律的句逗就应该大加改变。例如“杯汝来前”应读为“杯，汝来前！”“老子今朝，点检形骸”应读为“老子今朝点检形骸”。“汝说刘伶，古今达者”应读为“汝说：刘伶古今达者”。

新诗起来以后，旧音律大半已放弃，但是一部分新诗人似乎仍然注意到音节。新诗还在草创时代，情形极为紊乱，很不容易抽绎一些原则出来。就大体说，新诗的节奏是偏于语言的。音乐的节奏在新诗中有无地位，它应该不应该有地位，还须待大家虚心探讨，偏见和武断是无济于事的。

第七章　诗与画

——评莱辛的诗画异质说

一　诗画同质说与诗乐同质说

苏东坡称赞王摩诘说："味摩诘之诗，诗中有画；观摩诘之画，画中有诗。"这是一句名言，但稍加推敲，似有语病。谁的诗，如果真是诗，里面没有画？谁的画，如果真是画，里面没有诗？古希腊诗人西摩尼得斯（Simonides）说过："诗为有声之画，画为无声之诗。"宋朝画论家赵孟溁也说过这样的话，几乎一字不差。这种不谋而合可证诗画同质是古今中外一个普遍的信条。罗马诗论家贺拉斯所说的"画如此，诗亦然"（Ut pictura, poesis）尤其是谈诗画者所津津乐道的。道理本来很简单。诗与画同是艺术，而艺术都是情趣的意象化或意象的情趣化。徒有情趣不能成诗，徒有意象也不能成画。情趣与意象相契合融化，诗从此出，画也从此出。

话虽如此说，诗与画究竟是两种艺术，在相同之中有不同者在。就作者说，同一情趣饱和的意象是否可以同样地表现于诗亦表现于画？媒介不同，训练修养不同，能做诗者不必都能作画，能作画者也不必都能做诗。就是对于诗画兼长者，可用画表现的不必都能用诗表现，可用诗表现的也不必都能用画表现。就读者说，画用形色是直接的，感受器官最重要的是眼；诗用形色借文字为符号，是间接的，感受器官除眼之外耳有同等的重要。诗虽可"观"而画却不可"听"。感官途径不同，所引起的意象与情趣自亦不能尽同。这些都是很显然的事实。

诗的姊妹艺术，一是图画，一是音乐。柏拉图在《理想国》里论诗，拿图画来比拟。实物为理式（idea）的现形（appearance），诗人和画家都仅模仿实物，与哲学探求理式不同，所以诗画都只是“现形的现形”，“模仿的模仿”，“和真实隔着两重”。这一说一方面着重诗画描写具体形象，一方面演为艺术模仿自然说。前一点是对的，后一点则蔑视艺术的创造性，酿成许多误解。亚理斯多德在《诗学》里对于他的老师的见解曾隐含一个很中肯的答辩。他以为诗不仅模仿现形，尤其重要的是借现形寓理式。“诗比历史更近于哲学”，这就是说，更富于真实性，因为历史仅记载殊象（现形），而诗则于殊象中见共象（理式）。他所以走到这种理想主义，就因为他拿来比拟诗的不是图画而是音乐。在他看，诗和音乐是同类艺术，因为它们都以节奏、语言与“和谐”三者为媒介。在《政治学》里他说音乐是“最富于模仿性的艺术”。照常理说，音乐在诸艺术中是最无所模仿的。亚理斯多德所谓“模仿”与柏拉图所指的仅为抄袭的“模仿”不同，它的含义颇近于现代语的“表现”。音乐最富于表现性。以音乐比诗，所以亚理斯多德能看出诗的“表现”一层功用。

拟诗于画，易侧重模仿现形，易走入写实主义；拟诗于乐，易侧重表现自我，易走入理想主义。这个分别虽是陈腐的，却是基本的。柯勒律治说得好：“一个人生来不是柏拉图派，就是亚理斯多德派。”我们可以引申这句话来说：“一个诗人生来不是侧重图画，就是侧重音乐；不是侧重客观的再现，就是侧重主观的表现。”我们说“侧重”，事实上这两种倾向相调和折中的也很多。在历史上这两种倾向各走极端而形成两敌派的，前有古典派与浪漫派的争执，后有法国帕尔纳斯派与象征派的争执，真正大诗人大半能调和这两种冲突，使诗中有画也有乐，再现形象同时也能表现自我。

二　莱辛的诗画异质说

诗的图画化和诗的音乐化是两种根本不同的看法。比较起来，诗的音乐化一说到十九世纪才盛行，以往的学者大半特别着重诗与画的密切关联。

诗画同质说在西方如何古老，如何普遍，以及它对于诗论所生的利弊影响如何，美国人文主义倡导者白璧德（Babbitt）在《新拉奥孔》一书中已经说得很详尽，用不着复述。这部书是继十八世纪德国学者莱辛的《拉奥孔》而作的。这是近代诗画理论文献中第一部重要著作。从前人都相信诗画同质，莱辛才提出很丰富的例证，用很动人的雄辩，说明诗画并不同质。各种艺术因为所使用的媒介不同，各有各的限制，各有各的特殊功用，不容互相混淆。我们现在先概括地介绍莱辛的学说，然后拿它作讨论诗与画的起点。

拉奥孔是十六世纪在罗马发掘出来的一座雕像，表现一位老人——拉奥孔——和他的两个儿子被两条大蛇绞住时的苦痛挣扎的神情。据古希腊传说，希腊人因为要夺回潜逃的海伦后，举兵围攻特洛伊城，十年不下。最后他们佯逃，留着一匹腹内埋伏精兵的大木马在城外，特洛伊人看见木马，视为奇货，把它移到城内，夜间潜伏在马腹的精兵一齐跳出来，把城门打开，城外伏兵于是乘机把城攻下。当移木马入城时，特洛伊的典祭官拉奥孔极力劝阻，说木马是希腊人的诡计。他这番忠告激怒了偏心于希腊人的海神波赛冬。当拉奥孔典祭时，河里就爬出两条大蛇，一直爬到祭坛边，把拉奥孔和他的两个儿子一齐绞死。这是海神对他的惩罚。

这段故事是罗马诗人维吉尔的《伊尼特》（*Aeneid*）第二卷里最有名的一段。十六世纪在罗马发现的拉奥孔雕像似以这段史诗为蓝本。莱辛拿这段诗和雕像参观互较，发现几个重要的异点。因为要解释这些异点，他才提出诗画异质说。

据史诗，拉奥孔在被捆时放声号叫；在雕像中他的面孔只表现一种轻微的叹息，具有希腊艺术所特有的恬静与肃穆。为什么雕像的作者不表现诗人所描写的号啕呢？希腊人在诗中并不怕表现苦痛，而在造型艺术中却永远避免痛感所产生的面孔筋肉挛曲的丑状。在表现痛感之中，他们仍求形象的完美。“试想象拉奥孔张口大叫，看看印象如何……面孔各部免不了呈现很难看的狞恶的挛曲，姑不用说，只是张着大口一层，在图画中是一个黑点，在雕刻中是一个空洞，就要产生极不愉快的印象了。”在文字描写中，这号啕不至于产生同样的效果，因为它并不很脱皮露骨地摆在眼前，呈现丑象。

其次，据史诗，那两条长蛇绕腰三道，绕颈两道，而在雕像中它们仅绕着两腿。因为作者要从全身筋肉上表现出拉奥孔的苦痛，如果依史诗让蛇绕腰颈，筋肉方面所表现的苦痛就看不见了。同理，雕像的作者让拉奥孔父子裸着体，虽然在史诗中拉奥孔穿着典祭官的衣帽。“一件衣裳对于诗人并不能隐藏什么，我们的想象能看穿底细。无论史诗中的拉奥孔是穿着衣或裸体，他的痛苦表现于周身各部，我们可以想象到。”至于雕像却须把苦痛所引起的四肢筋肉挛曲很生动地摆在眼前，穿着衣，一切就遮盖起来了。

在这些地方，我们可以看出诗人与造型艺术家对于材料的去取大不相同。莱辛推原这不同的理由，作这样的一个结论：

> 如果图画和诗所用的模仿媒介或符号完全不同，那就是说，图画用存于空间的形色，诗用存于时间的声音；如果这些符号和它们所代表的事物须互相妥适，则本来在空间中相并立的符号只宜于表现全体或部分在空间中相并立的事物，本来在时间上相承续的符号只宜于表现全体或部分在时间上相承续的事物。全体或部分在空间中相并立的事物叫作“物体”（body），因此，物体和它们的看得见的属性是图画的特殊题材。全体或部分在时间上相承续的事物叫作“动作”（action），因此，动作是诗的特殊题材。

换句话说，画只宜于描写静物，诗只宜于叙述动作。画只宜于描写静物，因为静物各部分在空间中同时并存，而画所用的形色也是如此。观者看到一幅画，对于画中各部分一目就能了然。这种静物不宜于诗，因为诗的媒介是在时间上相承续的语言，如果描写静物，须把本来是横的变成纵的，本来是在空间中相并立的变成在时间上相承续的。比如说一张桌子，画家只需用寥寥数笔，便可以把它画出来，使人一眼看到就明白它是桌子。如果用语言来描写，你须从某一点说起，顺次说下去，说它有多长多宽，什么形状，什么颜色等等，说了一大篇，读者还不定马上就明白它是桌子，他心里还须经过一次翻译的手续，把语言所表现成为纵直的还原到横列并陈的。

诗只宜叙述动作，因为动作在时间直线上先后相承续，而诗所用的语言声音也是如此，听者听一段故事，从头到尾，说到什么阶段，动作也就到什么阶段，一切都很自然。这种动作不宜于画，因为一幅画仅能表现时间上的某一点，而动作却是一条绵延的直线。比如说，“我弯下腰，拾一块石头打狗，狗见着就跑了”，用语言来叙述这事，多么容易，但是如果把这简单的故事画出来，画十幅、二十幅并列在一起，也不一定使观者一目了然。观者心里也还要经过一番翻译手续，把同时并列的零碎的片段贯串为一气呵成的直线。溥心畬氏曾用贾岛的“独行潭底影，数息树边身”两句诗为画题，画上十几幅，终于只画出一些“潭底影”和“树边身”。而诗中“独行”的“行”和“数息”的“数”的意味终无法传出。这是莱辛的画不宜于叙述动作说的一个很好的例证。

莱辛自己所举的例证多出于荷马史诗。荷马描写静物时只用一个普泛的形容词，一只船只是“空洞的”“黑的”或“迅速的”，一个女人只是“美丽的”或“庄重的”。但是他叙述动作时却非常详细，叙行船从竖桅、挂帆、安舵、插桨一直叙到起锚下水；叙穿衣从穿鞋、戴帽、穿盔甲一直叙到束带挂剑。这些实例都可证明荷马就明白诗宜于叙述而不宜于描写的道理。

三　画如何叙述，诗如何描写

但是谈到这里，我们不免疑问：画绝对不能叙述动作，诗绝对不能描写静物么？莱辛所根据的拉奥孔雕像不就是一幅叙述动作的画？他所欢喜援引的荷马史诗里面不也有很有名的静物描写如阿喀琉斯的护身盾之类？莱辛也顾到这个问题，曾提出很有趣的回答，他说：

> 物体不仅占空间，也占时间。它们继续地存在着，在续存的每一顷刻中，可以呈现一种不同的形象或是不同的组合。这些不同的

> 形象或组合之中，每一个都是前者之果，后者之因，如此则它仿佛形成动作的中心点。因此，图画也可以模仿动作，但是只能间接地用物体模仿动作。
>
> 就另一方面说，动作不能无所本，必与事物生关联。就发动作的事物之为物体而言，诗也能描绘物体，但是也只能间接地用动作描绘物体。
>
> 在它的并列的组合中，图画只能利用动作过程中某一顷刻，而它选择这一顷刻，必定要它最富于暗示性，能把前前后后都很明白地表现出来。同理，在它的承续的叙述中，诗也只能利用物体的某一种属性，而它选择这一种属性，必定能唤起所写的物体的最具体的整个意象，它应该是特应注意的一方面。

换句话说，图画叙述动作时，必化动为静，以一静面表现全动作的过程；诗描写静物时，亦必化静为动，以时间上的承续暗示空间中的绵延。先说图画如何能叙述动作。一幅画不能从头到尾地叙述一段故事，它只能选择全段故事中某一片段，使观者举一可以反三。这如何可以办到，最好用莱辛自己的话来解释：

> 艺术家在变动不居的自然中只能抓住某一顷刻。尤其是画家，他只能从某一观点运用这一顷刻。他的作品却不是过眼云烟，一纵即逝，须耐人长久反复玩味。所以把这一顷刻和抓住这一顷刻的观点选择得恰到好处，须大费心裁。最合适的选择必能使想象最自由地运用。我们愈看，想象愈有所启发；想象所启发的愈多，我们也愈信目前所看到的真实。在一种情绪的过程中，最不易产生这种影响的莫过于它的顶点（climax）。到了顶点，前途就无可再进一步；以顶点摆在眼前，就是剪割想象的翅膀，想象既不能在感官所得印象之外再进一步，就不能不倒退到低一层弱一层的意象上去，不能达到呈现于视觉的完美表现。比如说，如果拉奥孔只微叹，想象很可以听到他号啕。但是如果他号啕，想象就不能再往上走一层；如

果下降，就不免想到他还没有到那么大的苦痛，兴趣就不免减少了。在表现拉奥孔号啕时，想象不是只听到他呻吟，就是想到他死着躺在那里。

简单地说，图画所选择的一顷刻应在将达“顶点”而未达“顶点”之前。“不仅如此，这一顷刻既因表现于艺术而长存永在，它所表现的不应该使人想到它只是一纵即逝的。”最有耐性的人也不能永久地号啕，所以雕像的作者不表现拉奥孔的号啕而只表现他微叹，微叹是可以耐久的。莱辛的普遍结论是：图画及其他造型艺术不宜于表现极强烈的情绪或是故事中最紧张的局面。

其次，诗不宜于描写物体，它如果要描写物体，也必定采叙述动作的方式。莱辛举的例是荷马史诗中所描写的阿喀琉斯的护身盾（the shield of Achilles）。这盾纵横不过三四尺，而它的外层金壳上面雕着山川河海、诸大行星、春天的播种、夏天的收获、秋天的酿酒、冬天的畜牧、婚姻丧祭、审判战争各种景致。荷马描写这些景致时，并不像开流水账式地数完一样再数一样。他只叙述火神铸造这盾时如何逐渐雕成这些景致，所以本来虽是描写物体，他却把它变成叙述动作，令人读起来不觉得呆板枯燥。如果拿中国描写诗来说，化静为动，化描写为叙述几乎是常例，如“池塘生春草”，“塔势如涌出，孤高耸天宫”，“鬓云欲度香腮雪”，“千树压西湖寒碧”，“星影摇摇欲坠”之类。

莱辛推阐诗不宜描写物体之说，以为诗对于物体美也只能间接地暗示而不能直接地描绘，因为美是静态，起于诸部分的配合和谐，而诗用先后承续的语言，不易使各部分在同一平面上现出一个和谐的配合来。暗示物体美的办法不外两种：一种是描写美所生的影响。最好的例是荷马史诗中所写的海伦。海伦在古希腊传说中是绝代美人，荷马描写她，并不告诉我们她的面貌如何，眉眼如何，服装如何等等，他只叙述在兵临城下时，她走到城墙上面和特洛伊的老者们会晤的情形：

这些老者们看见海伦来到城堡，都低语道：“特洛伊人和希腊人这许多年来都为着这样一个女人尝尽了苦楚，也无足怪；看起来她是一位不朽的仙子。”

莱辛接着问道：“叫老年人承认耗费了许多血泪的战争不算冤枉，有什么比这能产生更生动的美的意象呢？”在中国诗中，像“回眸一笑百媚生，六宫粉黛无颜色”，“痛哭六军俱缟素，冲冠一怒为红颜”之类的写法，也是以美的影响去暗示美。

另一种暗示物体美的办法就是化美为“媚”（charm）。“媚”的定义是“流动的美”（beauty in motion），莱辛举了一段意大利诗为例，我们可以用一个很恰当的中文例来代替它。《诗经·卫风·硕人》有一章描写美人说：

手如柔荑，肤如凝脂，领如蝤蛴，齿如瓠犀，螓首蛾眉；巧笑倩兮，美目盼兮。

这章诗前五句最呆板，它费了许多笔墨，却不能使一个美人活灵活现地现在眼前。我们无法把一些嫩草、干油、蚕蛹、瓜子之类东西凑合起来，产生一个美人的意象。但是“巧笑倩兮，美目盼兮”两句，寥寥八字，便把一个美人的姿态神韵，很生动地渲染出来。这种分别就全在前五句只历数物体属性，而后两句则化静为动，所写的不是静止的“美”而是流动的“媚”。

总之，诗与画因媒介不同，一宜于叙述动作，一宜于描写静物。“画如此，诗亦然”的老话头并不精确。诗画既异质，则各有疆界，不应互犯。在《拉奥孔》的附录里，莱辛阐明他的意旨说：“我想，每种艺术的鹄的应该是它性所特近的，而不是其他艺术也可做到的。我觉得普鲁塔克（Plutarch）的比喻很可说明这个道理：一个人用钥匙去破柴，用斧头去开门，不但把这两件用具弄坏了，而且自己也就失了它们的用处。”

四　莱辛学说的批评

莱辛的诗画异质说大要如上所述。他对于艺术理论的贡献甚大，为举世所公认。举其大要，可得三端：

一、他很明白地指出以往诗画同质说的笼统含混。各种艺术在相同之中有不同者在，每种艺术应该顾到它的特殊的便利与特殊的限制，朝自己的正路向前发展，不必旁驰博骛，致蹈混淆芜杂。从他起，艺术在理论上才有明显的分野。无论他的结论是否完全精确，他的精神是近于科学的。

二、他在欧洲是第一个看出艺术与媒介（如形色之于图画，语言之于文学）的重要关联的人。艺术不仅是在心里所孕育的情趣意象，还须借物理的媒介传达出去，成为具体的作品。每种艺术的特质多少要受它的特殊媒介的限定。这种看法在现代因为对于克罗齐美学的反响，才逐渐占势力。莱辛在一百几十年以前仿佛就已经替克罗齐派美学下一个很中肯的针砭了。

三、莱辛讨论艺术，并不抽象地专在作品本身着眼，而同时顾到作品在读者心中所引起的活动和影响。比如他主张画不宜选择一个故事的兴酣局紧的“顶点”，就因为读者的想象无法再向前进；他主张诗不宜历数一个物体的各面形相，就因为读者所得的是一条直线上的先后承续的意象，而在物体中这些意象却本来并存在一个平面上，读者须从直线翻译回原到平面，不免改变原形，致失真相。这种从读者的观点讨论艺术的办法是近代实验美学与文艺心理学的。莱辛可以说是一个开风气的人。

不过莱辛虽是新风气的开导者，却也是旧风气的继承者。他根本没有脱离西方二千余年的“艺术即模仿”这个老观念。他说：“诗与画都是模仿艺术，同为模仿，所以同依照模仿所应有法则。不过它们所用的模仿媒介不同，因此又各有各的特殊法则。”这种“模仿”观念是希腊人所传下来的。莱辛最倾倒希腊作家，以为亚理斯多德的《诗学》无瑕可指，有如欧几里得的几何学。他说：“诗只宜于叙述动作。”因为亚理斯多德说过：“模仿的对象是动作。”亚理斯多德所讨论的诗偏重戏剧与史诗，特别着重动作，固无足怪；近代诗日向抒情写景两方面发展，诗模仿动作说已不能完全适用。这种新倾向在莱辛时代才渐露头角，到十九世纪则附庸蔚为大国，或为莱辛所未料及。即以造型艺术论，侧重景物描写，反在莱辛以后才兴起。莱辛所及见的图画雕刻，如古希腊的浮雕瓶画，尤其是文艺复兴时代的叙述宗教传说的作品，都应该使他明白欧洲造型艺术的传统向来就侧重叙述动作。他抹杀事实而主张画不宜叙述动作，亦殊出人意外。

莱辛在《拉奥孔》里谈到作品与媒介和材料的关系，谈到艺术对于读者的心理影响，而对于作品与作者的关系则始终默然。作者的情感与想象以及驾驭媒介和锤炼材料的意匠经营，在他看，似乎不很能影响作品的美丑。他对于艺术的见解似乎是一种很粗浅的写实主义。像许多信任粗浅常识者一样，他以为艺术美只是抄袭自然美。不但如此，自然美仅限于物体美，而物体美又只是形式的和谐。形式的和谐本已存于物体，造型艺术只须把它抄袭过来，作品也就美了。因此，莱辛以为希腊造型艺术只用本来已具完美形象的材料，极力避免丑陋的自然。拉奥孔雕像的作者不让他号啕，因为号啕时的面孔筋肉挛曲以及口腔张开，都太丑陋难看。他忘记他所崇拜的亚理斯多德曾经很明白地说过艺术可用丑材料，他忽略他所推尊的古典艺术也常用丑材料如酒神侍从（satyrs）和人马兽（centaurs）之类，他没有觉到一切悲剧和喜剧都有丑的成分在内，他甚至于没有注意到拉奥孔雕像本身也并非没有丑的成分在内，而很武断地说："就其为模仿而言，图画固可表现丑；就其为艺术而言，它却拒绝表现丑。"并且，就这句话看来，艺术当不尽是模仿，二者分别何在，他也没有指出。他相信理想的美仅能存于人体，造型艺术以最高美为目的，应该偏重模仿人体美。花卉画家和山水画家都不能算是艺术家，因为花卉和山水根本不能达到理想的美。

这种议论已够奇怪，但是"艺术美模仿自然美"这个信条逼得莱辛走到更奇怪的结论。美仅限于物体，而诗根本不能描写物体，则诗中就不能有美。莱辛只看出造型艺术中有美，他讨论诗，始终没有把诗和美联在一起讲，只推求诗如何可以驾驭物体美。他的结论是：诗无法可以直接地表现物体美，因为物体美是平面上形象的谐和配合，而诗因为用语言为媒介，却须把这种平面配合拆开，化成直线式的配合，从头到尾地叙述下去，不免把原有的美的形象弄得颠倒错乱。物体美是造型艺术的专利品，在诗中只能用影响和动作去暗示。他讨论造型艺术时，许可读者运用想象；讨论诗时，似乎忘记同样的想象可以使读者把诗所给的一串前后承续的意象回原到平面上的配合。从莱辛的观点看，作者与读者对于目前形象都只能一味被动地接收，不加以创造和综合。这是他的基本错误。因为这个错误，他没有找出一个共同的特质去统摄一切艺术，没有看出诗与画在同为艺术一层上有一个基本的同点。在《拉奥孔》中，他始终把“诗”和“艺术”看成对立的，只是艺术有形式“美”而诗只有“表现”（指动作的意义）。这么一来，“美”与“表现”离为两事，漠不相关。“美”纯是“形式的”，“几何图形的”，在“意义”上无所“表现”；“表现”是“叙述的”，“模仿动作的”，在“形式”上无所谓“美”。莱辛固然没有说得这样斩钉截铁，但是这是他的推理所不能逃的结论。我们知道，在艺术理论方面，陷于这种误解的不只莱辛一人，大哲学家如康德，也不免走上这条错路。一直到现在，“美”与“表现”的争论还没有了结。克罗齐的“美即表现”说也许是一条打通难关的路。一切艺术，无论是诗是画，第一步都须在心中见到一个完整的意象，而这意象必恰能表现当时当境的情趣。情趣与意象恰相契合，就是艺术，就是表现，也就是美。我们相信，就艺术未传达成为作品之前而言，克罗齐的学说确实比莱辛的强。至少，它顾到外界印象须经创造的想象才能成艺术，没有把自然美和艺术美误认为一事，没有使“美”与“表现”之中留着一条不可跨越的鸿沟。

艺术受媒介的限制，固无可讳言。但是艺术最大的成功往往在征服媒介的困难。画家用形色而能产生语言声音的效果，诗人用语言声音而能产生形色的效果，都是常有的事。我们只略读杜工部、苏东坡诸人题画的诗，就可以知道画家对于他们仿佛是在讲故事。我们只略读陶、谢、王、韦诸工于写景的诗人的诗集，就可以知道诗里有比画里更精致的图画。媒介的限制并不能叫一个画家不能说故事，或是叫一位诗人不能描写物体。而且说到媒介的限制，每种艺术用它自己的特殊媒介，又何尝无限制？形色有形色的限制，而图画却须寓万里于咫尺；语言有语言的限制，而诗文却须以有尽之言达无穷之意。图画以物体暗示动作，诗以动作暗示物体，又何尝不是媒介困难的征服。媒介困难既可征服，则莱辛的“画只宜描写，诗只宜叙述”这个公式并不甚精确了。

一种学说是否精确，要看它能否到处得到事实的印证，能否用来解释一切有关事实而无罅漏。如果我们应用莱辛的学说来分析中国的诗与画，就不免有些困难。中国画从唐宋以后就侧重描写物景，似可证实画只宜于描写物体说。但是莱辛对于山水花卉翎毛素来就瞧不起，以为它们不能达到理想的美，而中国画却正在这些题材上做功夫。他以为画是模仿自然，画的美来自自然美，而中国人则谓“古画画意不画物”，“论画以形似，见与儿童邻”。莱辛以为画表现时间上的一顷刻，势必静止，所以希腊造型艺术的最高理想是恬静安息（calm and repose），而中国画家六法首重“气韵生动”。中国向来的传统都尊重“文人画”，而看轻“院体画”。“文人画”的特色就是在精神上与诗相近，所写的并非实物而是意境，不是被动地接收外来的印象，而是熔铸印象于情趣。一幅中国画尽管是写物体，而我们看它，却不能用莱辛的标准，求原来在实物空间横陈并列的形象在画的空间中仍同样地横陈并列，换句话说，我们所着重的并不是一幅真山水，真人物，而是一种心境和一幅“气韵生动”的图案。这番话对于中国画只是粗浅的常识，而莱辛的学说却不免与这种粗浅的常识相冲突。

其次，说到诗，莱辛以为诗只宜于叙述动作，这因为他所根据的西方诗大部分是剧诗和叙事诗，中国诗向来就不特重叙事。史诗在中国可以说不存在，戏剧又向来与诗分开。中国诗，尤其是西晋以后的诗，向来偏重景物描写，与莱辛的学说恰相反。中国写景诗人常化静为动，化描写为叙述，就这一点说，莱辛的话是很精确的。但是这也不能成为普遍的原则。在事实上，莱辛所反对的历数事物形象的写法在中国诗中也常产生很好的效果。大多数写物赋都用这种方法，律诗与词曲里也常见。我们随便就一时所想到的诗句写下来看看：

大漠孤烟直，长河落日圆。

——王维《使至塞上》

碧云天，黄叶地，秋色连波，波上寒烟翠。山映斜阳天接水。芳草无情，更在斜阳外。

——范仲淹《苏幕遮》

一川烟雨，满城风絮，梅子黄时雨。

——贺铸《青玉案》

疏影横斜水清浅，暗香浮动月黄昏。

——林逋《山园小梅》

枯藤老树昏鸦，小桥流水人家，古道西风瘦马。夕阳西下，断肠人在天涯。

——马致远《天净沙》

在这些实例中，诗人都在描写物景，而且都是用的枚举的方法，并不曾化静为动，化描写为叙述，莱辛能说这些诗句不能在读者心中引起很明晰的图画么？他能否认它们是好诗么？艺术是变化无穷的，不容易纳到几个很简赅固定的公式里去。莱辛的毛病，像许多批评家一样，就在想勉强找几个很简赅固定的公式来范围艺术。

第八章　中国诗的节奏与声韵的分析（上）：论声

一　声的分析

声起于物体的震动。物体的震动酿成空气的震动，再由空气的震动引起耳的鼓膜的震动，成听觉而为声。这种震动如风起水涌，起伏成浪，所以有“声浪”或“音波”的称呼。在物体由震动而生“声浪”，在知觉由声浪刺激而生声觉。声浪如水浪，有长短、高低、疏密各种分别，声的各种不同就是由此起来的。

第一是长短，亦称音长（length，quantity，duration）。比如按同一琴键，按一秒钟和按两秒钟所发的声音有分别。这种分别就是长短，起于音波震动时间的久暂，久生长音，暂生短音。音的长短在物理学上以时间计。在音乐上以拍子或板眼计，这是声音的最易了解的一个分别。

第二是高低，亦称音高（pitch）。比如弹第二协（octave）的C音和第三协的C音，或是笛子上吹“合”音和吹“凡”音，所用时间尽管相同，所发的声音仍有分别。这种分别就是高低，起于音波震动的快慢；震动快，震动数就多，声音就高；震动慢，震动数就少，声音就低。第二协C音（C_2）的震动数为129.33，第三协C音（C_3）的震动数有C_2的两倍，为258.65，所以C_3高于C_2。

第三是重或强弱，亦称音势（stress，force）。比如按同一琴键，出力和不出力所发的声音不同，读同一个字，重读与轻读所发的声音不同。

这种分别就是轻重，起于音波振幅的大小，大就重，小就轻。

以上三种分别在物理学上通常用下列图形表示：

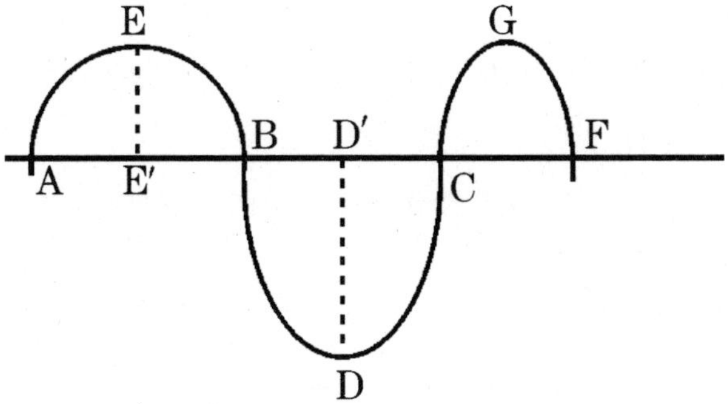

AEB、BDC= 波长 = 音长
AB、BC= 音波震动速度 = 音高
EE'、DD'= 音波振幅 = 音势

此外还有一个音质（quality）的分别。比如一个高低长短轻重都相同的字音在钢琴上奏和在笛子上奏不同，一个高低长短轻重都相同的字音张三发的和李四发的不同。这种音质的分别起于发音体的构造状况不同。就音波说，它由于波纹的曲折式样不同，如上图 AEB 线和 CGF 线显然不一样。

灌声音于蜡片成为留声机片，就是根据这几条音波的道理。"留声片的刻纹便是声音的全体：它的疏与密，是声音高与低；深与浅，是强与弱；长与短，是长与短；高下间的曲折是本质。"（刘复《四声实验录》）

二　音的各种分别与诗的节奏

声音是在时间上纵直地绵延着，要它生节奏，有一个基本条件，就是时间上的段落（time-intervals）。有段落才可以有起伏，有起伏才可以见节奏。如果一个混整的音所占的时间平直地绵延不断，比如用同样力量继续按钢琴上某一个键子，按到很久无变化，就不能有节奏，如果要产生节奏，时间的绵延直线必须分为断续线，造成段落起伏。这种段落起伏也要有若干规律，有几分固定的单位，前后相差不能过远。比如五个相承续的音成1∶5∶4∶3∶9的比例，起伏杂乱无章，也不能产生节奏。节奏是声音大致相等的时间段落里所生的起伏。这大致相等的时间段落就是声音的单位，如中文诗的句逗，英文诗的行与音步（foot）。起伏可以在长短、高低、轻重三方面见出，这三种分别与节奏的关系可用下列线形表示：

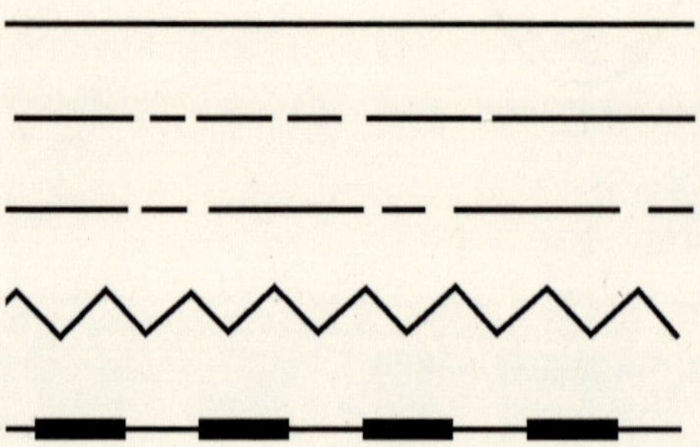

音波始终单调一律，无节奏。

起伏杂乱无章，无节奏。

长短相间见节奏。

高低相间见节奏。

轻重相间见节奏。

诗的节奏通常不外由这三种分别组成，至于音质与节奏有无关系，待下文再论。因为语言的性质不同，各国诗的节奏对于长短、高低、轻重三要素各有所侧重。古希腊诗与拉丁诗都偏重长短。读一个长音差不多等于读两个短音所占的时间。长短有规律地相间，于是现出很明显的节奏。例如维吉尔的名句：

Quadrupe — | dante pu — | trem soni — | tu quatit | ungula | campum

含六音步，每步含三个音，第一音长，第二、三两音短。两短音等于长音，所以最后一音步虽仅含两音，因为都是长音，读起来所占的时间仍略等于其他音步。用“—”为长号，“◡”为短号，拉丁诗的长短音式六音步格可以表示如下：

——◡◡—◡◡—◡◡—◡◡—◡◡——

这种长短相间式是希腊诗和拉丁诗所共同的，所不同者拉丁诗音步中长音同时是重音，希腊诗音步中长音同时是高音。希腊文和拉丁文的长音都是固定的，所以一个音在音步中宜长在语气中也一定是长的，这就是说，音乐的节奏和语言的节奏冲突甚少。

在近代欧洲各国诗中，长短的基础已放弃，——朗费罗（Longfellow）、莫里斯（William Morris）诸人模仿希腊拉丁用长短格的尝试不算成功——代替它的是轻重，尤其是在日耳曼系语言中。比如英文，诗的音步以“轻重格”（iambic）为最普通。重音不一定比轻音长，至于高低则随读者视文义为准而加以伸缩，字音的本身并无绝对的固定的高低，因为音步的轻重有规律而语气的轻重无规律，在音步宜重的音在语气中不一定重，在音步宜轻的音在语气中也不一定轻，这就是说，音乐的节奏和语言的节奏有时不免冲突。例如莎士比亚的名句：

To be | or not | to be： | that is | the ques - | tion

是用轻重五步格，第五步多一音，第一步、第三步的重音同时是长音，在读时比第二、第四音两音步都较长，但英文诗并不十分计较这种长短的分别。第四步的语气的重音应在第一音（that），而音步的重音却落在第二音（is）。如果严格地依音律读，is 应由轻音变为重音。本来轻而要变重，音调也须由低提高。不过就常例说，音的高低对于英文诗音律的影响甚微。这种以字音分步的办法通常叫作“音组制”（syllabic system）。近代英文诗有放弃“音组制”而改用“重音制”（accent system）的倾向，就是每行不管有几音步或多少字音，只管有多少重音。比如一行通常有五个重音，字音不必限于十个或十五个，多少可以自由伸缩，有时两重音之间可以隔四五个轻音。这样一来，长短对于英诗节奏的影响更微细了。

法文诗不用这种“音组制”或“重音制”而用“顿”（cesure），每顿中字音数目不一定。法文诗最普通的格式是亚历山大格（Alexandrine），每行十二音，分顿不分步。顿的数目与位置有古典格与浪漫格的分别，古典格每行有四顿，第六音与第十二音必顿，第六音（中顿）前后各有一顿，唯位置不固定。例如拉辛的名句：

Heureux | qui satisfait | de son hum - | ble fortune. |

浪漫格每行只有三顿，第十二音必顿，余两顿位置不固定。例如雨果的诗句：

Il vit un oeil | tout grand ouvert | dans les ténèbres |

每顿字音数目不一律，所以不能看作“音步”。法文音调和英文音调的重要分别在英文多铿锵的重音，法文则字音轻重的分别甚微，几乎平坦如流水，无大波浪。不过读到顿的位置时，声音也自然提高延长着重，所以法文诗的节奏也是先抑后扬。例如上引拉辛的句子，依音律学家格拉芒的估定，音长、音势和音高合在一起成下列比例：

Heureux qui satisfait de son humble fortune.
2　$3\frac{1}{3}$　1　1 1 3 1 1 3 1 1 3

所以法文诗的节奏起伏同时受音长、音势、音高三种影响，不像英文诗那样着重音势。换句话说，轻重的分别在法文诗中并不甚明显。

总之，欧洲诗的音律有三个重要的类型。第一种是以很固定的时间段落或音步为单位，以长短相间见节奏，字音的数与量都是固定的，如希腊拉丁诗。第二种虽有音步单位，每音步只规定字音数目（仍有伸缩），不拘字音的长短分量；在音步之内，轻音与重音相间成节奏，如英文诗。第三种的时间段落更不固定，每段落中字音的数与量都有伸缩的余地，所以这种段落不是音步而是顿，每段的字音以先抑后扬见节奏，所谓抑扬是兼指长短、高低、轻重而言，如法文诗。英诗可代表日耳曼语系诗，法诗可代表拉丁语系诗。

三　中国的四声是什么

我们费许多功夫讨论欧洲诗的音律，因为中国诗的音律性质究竟如何，最好用比较方法来说明。中国诗音律的研究向来分声（子音）韵（母音）两个要素。这两个要素是否能把中国诗的音律包括无余，此外是否还有其他要素，待下文详论，现在先分析声的性质。

声就是平上去入。我们在上文说过，声音上的节奏可以在长短、高低、轻重三方面见出。所谓平上去入究竟是长短，是高低还是轻重的分别呢？在实际上，每个人都不觉得辨别他所生长的区域中的四声有什么困难；但是分析起来，要断定四声的元素和分别，却是一件极难的事。这种困难有两个来源：第一是各区域发音的差异。我们通常笼统说“四声”，但是南音的四声是平上去入，北音无入声，四声是阴平阳平上去。如果再细分，广东有九声，浙江、福建有些地方有八声，江苏有些地方有七声，西南中部各省有五声，北方只有四声。如果拿长短、高低、轻重作标准来分四声，各区域的读法不一律（比如同是平声，北平人比成都人和武昌人读得较短，入声普通很短而长沙人读得很长），也很难得到普遍的结论。其次，每声在时间上都是绵延的，同是一声或是先高后低，先轻后重，或高低轻重成不规则的波纹，我们不能很单纯地拿高低轻重来形容它。这也是研究四声的困难原因之一。

先说长短。四声显然有长短的分别。有些人在长短以外就听不出四声有其他的分别。顾炎武在《音论》里说：“平声最长，上去次之，入则诎然而止，无余音矣。”近人多持此说。钱玄同说：“平上去入，因一音之留声有长短而分为四。”（《文字学·音篇》）吴敬恒说：“声为长短……长短者音同而留声之时间不同。”易作霖并且拿拍子来说四声，他说：“四声是什么？……它是‘拍子关系’，譬如奏 1 音，奏一拍便像‘都’，奏 $\frac{1}{4}$ 拍便像‘笃’，就时间上分出四种不同的声音，就是平上去入的四声。”

四声有长短的分别，大概无可讳言，不过这种长短的量实不能定，一则各区域发音不同，二则同一区域各人发音不同，甚至于一个人在不同状况之下，对于同一个字发音前后也不能一致。入声最短是通例，但据刘复的《四声实验录》，北平人学发的入声反比平声长，武昌、长沙的入声也特别长。北平的去声比平声长，长沙和浙江江山的去声比平声短。这是刘复所得的结果。但据高元的研究，北平阳平一拍，阴平半拍，上声一拍，去声$\frac{3}{4}$拍，去声实比阳平短。据英人琼斯（D. Jones）和广东胡炯堂的研究，广东平声与上去二声均成一拍与半拍之比；但照刘复的实验，它们相差似没有这样大。这些“结果”可以告诉我们两件事：第一，同是一声，各地长短不同；第二，许多测量结果常相冲突，可见声音长短不易测量，四声长短比例至今还是没有解决的问题。依这样看，四声虽似为长短的分别而实不尽是长短的分别，因为四声的长短并无定量。

次说高低。四声有高低的分别，从前人似乎都忽略过去。近代语音学者才见出它的重要。刘复以为高低是四声的最重要的分别，甚至于是唯一的分别。他说：“我认定四声是高低造成的……我们耳朵里所听见的各声的区别，只是高低起落的区别；实际上长短虽然有些区别，却不能算得区别。”至于轻重，他认为与四声绝对地无关（下文详论）。四声有高低的分别大概不成问题，成问题的是高低的测定。如果一个声音在它的习惯的音长之内，始终维持一律的音高，则高低容易断定。比如钢琴上第二协的C声与第三协的C音的分别不但是很明白，而且也很纯粹。四声的高低难判定，不但因为各地发音不同，尤其因为每声在它的习惯的音长之内，不能维持一律的音高，有时前高后低，有时前低后高，有时起伏不平。如果用线形表示，音高所走的路程不是平直线而是不规则的曲线。姑举刘复《四声实验录》所载的北平四声为例，其线形如下：

北平四声高低长短

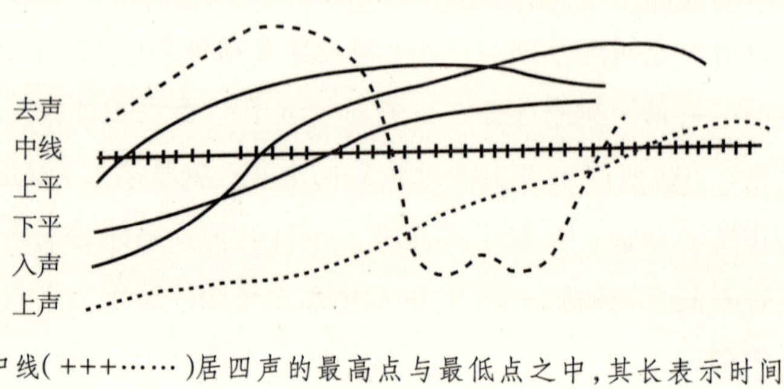

图中中线（+++……）居四声的最高点与最低点之中，其长表示时间长短。

据赵元任的《国音新诗韵》，五声的标准读法如下：

> 阴声高而平。阳声从中音起，很快地扬起来，尾部高音和阴声一样。上声从低音起，微微再下降些，在最低音停留些时间，到末了高起来片刻就完。去声从高音起，一顺尽往下降。入声和阴声音高一样，就是时间只有它一半或三分之一那么长。

赵氏的阴声即刘氏的上平，阳声即下平。如果取赵氏的解释和刘氏的线图比较，我们可以看出，上平下平大致符合，其余三声都互有出入。如果取刘氏所实验的十二个地方四声所得的线图看，则各地四声的高低起伏，各不相同。不过有一点是很明白的，就是同一声音的高低前后不一律，我们不能概括地说某声高或某声低，只能说某声在某一个阶段高，某一个阶段低。因为各声内部都有较高较低部分，所以四声的分别也很难说完全在高低。

最后说轻重。从前人分别四声，大半着重轻重或强弱的标准。最早的关于四声的解释当推唐释神珙所引《元和韵谱》的话：

> 平声者哀而安，上声者厉而举，
> 去声者清而远，入声者直而促。

流行的四声歌诀也说：

> 平声平道莫低昂，上声高呼猛烈强，
> 去声分明哀远道，入声短促急收藏。

按这两段话的语气，似都以平去较轻，上入较重。顾炎武在《音论》里说：

> 其重其急则为入为上为去，其轻其迟则为平。

依这一说，则三个仄声都比平声较重。近人王光祈则以为“平声强于仄声”。（《中国诗词曲之轻重律》）

否认四声与轻重有关的也有人。据高元的研究，轻重在江苏七声上特别重要，在其他区域影响甚微。刘复《四声实验录》则绝对否认强弱或轻重与四声有关。他的理由是：“无论哪一声都可以读强，也都可以读弱，而其声不变。”这话似有语病。我们的问题不是某一声是否因读强读弱而变为另一声，而是某一音的四声有无强弱的比较。我们可以套刘氏话来说：“无论哪一声都可以读高，也可以读低，而其声不变。”男音低于女音，文字声音的高低可随意义伸缩，都是事实。我们能否据此否认声与高低有关呢？刘氏的实验把强弱完全丢开，我想是因为他所信任的浪纹计根本不能测声的强弱。强弱的痕迹相当于浪纹的深浅。浪纹计用细笔尖在熏烟的滑纸上画出声浪的纹，而画得又非常之快，如何能见出可测量的深浅呢？

就大体说，发四声时所出的力有强弱，所得的音自有轻重之分。读上入二声似比读平去二声较费力，所以较重，如《元和韵谱》及四声歌诀所指示的。不过这还是臆测，各区域发音不同，同一声的轻重容易有出入，还待精细的测验去断定。总之，四声虽似有轻重的分别，而轻重的比例仍是问题。

高元谓四声为“在同一声（子音）韵（母音）中音长、音高、音势三种变化相乘之结果”。就目前而论，这也许是四声的最妥当的定义。不过这个定义对于诗音律研究有多大的价值，殊为问题，因为各声的音长、音高、音势都没有定量，而且随时随地更动。

四　四声与中国诗的节奏

以上分析四声，都仅就独立的音来说，问题已够复杂。在诗里音没有独立的，都与若干其他音合成一组而成句，四声的问题比较更复杂了。

第一，在音组里每音的长短高低轻重都可以随文义语气而有伸缩。意义着重时，声音自然随之而长而高而重；意义不着重时，声音也自然随之而短而低而轻。同是一个字，在这一音组里读长读高或读重，在另一音组里读低读短或读轻，全看行文口气。比如同是“子”字，在“子书”里比在“扇子”里；同是“又”字，在“他又来了”比在“他来了又去了”，都读得较长较高较重。在独立音上所推敲出来的长短、高低、轻重，在诗文里应用起来，可以完全变过。

其次，除意义轻重影响以外，一音组中每音的长短、高低、轻重，有时受邻音的影响而微有伸缩。这可分两层说：第一，两音相邻时由前一音滑入后一音，有顺有拗。大约双声而叠韵的两音读来最顺口，由甲声转入性质不同的乙声（例如由唇音转喉音），由甲韵转入性质不同的乙韵（例如由开口转撮口），则比较费力。如“玉女”的“玉”与“玉山”的“玉”，“堂堂”的第一个“堂”与“堂庙”“堂宇”的“堂”，都略有分别。第二，各国语言节奏大半有先抑后扬的倾向（英文 iambic 节奏最占势力，法文在顿上略扬，都可以为证）。中国语言中有许多叠音字，两字同声同韵，而长短高低轻重仍略有分别，例如“关关”“凄凄”“萧萧”“冉冉”“荡荡”“漠漠”之类都先抑后扬。这两层分别虽然甚微，但对于节奏仍有若干影响。

第三，如上节所分析，四声不纯粹是长短、高低或轻重的分别，平仄相间即不能认为长短、高低或轻重相间。加以诗的习惯，平不分阴阳，仄则包含上去入。在长短、高低、轻重三方面，阴阳平已有悬殊，上去入彼此相差尤远。如“平平”为一阴一阳，而“仄仄”为一上一入，则长与短、高与低、轻与重即不免经过几分抵消作用，结果使“平平”与“仄仄”在长短、高低、轻重上并无多大差别。

因为上述各种缘故，拿西方诗的长短、轻重、高低来比拟中国诗的平仄，把“平平仄仄平”看作“长长短短长”，“轻轻重重轻”或“低低高高低”，一定要走入迷路。王光祈在《中国诗词曲之轻重律》里说：

> 在质的方面，平声则强于仄声。按平声之字，其发音之初，既极宏壮，而继续延长之际，又能始终保持固有之强度。因此，余将中国平声之字，比之近代西洋语言之重音，以及古代希腊文之长音，

而提出平仄二声为造成中国诗词曲“轻重律”之说。

王氏为研究乐理学者，其言殊令人失望。在音势（并非“质”）方面，平并不一定强于仄，已如前所述。平仄的分别不能以西诗长短轻重比拟，另有一事实可证明。在希腊拉丁诗中，一行不能全是长音或全是短音，在英文诗中，一行不能全是重音或全是轻音。假如全行只有一种音，就不会有节奏。但是在中文诗中，一句可以全是平声，如“关关雎鸠”“修条摩苍天”“枯桑鸣中林”“翩何姗姗其来迟”之类，一句也可以全是仄声，如“窈窕淑女”“岁月忽已晚”“伏枕独展转”“利剑不在掌”之类。这些诗句虽非平仄相间，仍有起伏节奏，读起来仍很顺口。古诗在句内根本不调平仄，而单就节奏说，古诗大半胜于律诗，因为古诗较自然而律诗往往为格调所束缚。从此可知四声对于中国诗的节奏影响甚微。王光祈以平仄二声作“轻重”以及其他类似的企图，在学理与事实上均无根据。

我们说四声对于中国诗的节奏影响甚微，说它比不上希腊拉丁文的长短和英文的轻重，并非说它毫无影响。凡是两个不同的现象有规律地更替起伏，多少都要产生节奏的效果。平与仄的分别究竟在哪里，固为问题；它们有分别，则不成为问题。这显然有分别的两种声音有规律地更替起伏，自然也要产生节奏。中国律诗就要把这种节奏制成固定的模型。这模型本来是死板的东西，它所定的形式的节奏在具体的诗里必随语言的节奏而变异。两首平仄完全相同的诗，节奏不必相同，所以声调谱之类作品是误人的（详见第六章）。

五 四声与调质

钱玄同、吴敬恒、高元诸人提倡注声字母，觉得四声不适用，主张废弃它们。胡适根据“由最古的广州话的九声逐渐减少，到后起的北部西部的四声”之事实，断定“这个趋势是应该再往前进的，是应该走到四声完全消灭的地位的”（高元《国音学·胡序》）。他在《谈新诗》一文里主张“推翻词谱、曲谱的种种束缚，不拘平仄，不拘长短”。

在我们看，语音的演变是一种自然现象，有风土习惯、生理构造以及心理性格诸要素在后面支配，决不是三数学者唱废弃或唱保守所能左右的。至于简单化是语音与文法的共同趋势，但因“简单化”而推测到“零化”，恐怕也是一个过于大胆的预言。比如英文文法，从盎格鲁–撒克逊时代起，一直到现在，都在逐渐简单化，我们能由此断定英文文法会“走到完全消灭的地位”么？

我们研究语音，像研究任何自然现象一样，要接受事实，就事论事，武断和预言都是危险的事。就事实说，声音的分别是牢不可破地在那里。研究语音学者就要分析和解释这分别，研究诗者就要研究它在诗里有什么功用。从以上分析四声与长短、高低、轻重的关系所得的结果看，我们知道四声虽非毫无节奏性，但是这种节奏性并不十分明了确定。然则四声对于诗，除节奏以外，还有其他功用没有？诗的节奏，除略见于四声以外，还有其他成因没有？这是两个不同的问题，先讨论第一个。

在诗和音乐中，节奏与“和谐”（harmony）是应该分清的。比如磨坊的机轮声和铁匠铺的钉锤声都有节奏而没有和谐，古寺的一声钟和深林的一阵风声可以有和谐而不一定有节奏。节奏自然也是帮助和谐的，但和谐不仅限于节奏，它的要素是“调质”（tone quality）的悦耳性。这在单音和复音上都可以见出。节奏在声音上只是纵直的起伏关系，和谐则同时在几种乐音上可以见出，所以还含有横的关系。比如钢琴声与提琴声同奏，较与鼓声同奏为和谐，虽然节奏可相同。四声不但含有节奏性，还有调质（即音质）上的分别。凡是读书人都能听出四声，都知道某字为某声，丝毫没有困难，但是许多音韵学专家都不能断定四声的长短、高低、轻重的关系。这可证明四声最不易辨别的是它的节奏性，最易辨别的是它的调质或和谐性。

一般人以为四声是中国语言的特殊现象。这种见解不完全是对的。比如说英文母音，a 长音就是上声，e、i、o、u 长音都是去声，e、i、u 短音都是入声。独立的母音没有平声，但是母音与鼻音（w、n）相拼时，如果不是重音，往往读成阴平，例如 stephen 之 phen 音，London 之 don

音，phantom之tom音。子音万国音标式发音时大率为入声（如b读如博，p读如泼）；用普通读法，b、c、l都近于上声，d、g、k、p都近于去声，f、s、m、n都以上声起，以阴平收。这种调质的分别在英文中叫作tone quality，在法文中叫作timbre。西方诗论家常把它称为“诗的非节奏的成分”（non-rhythmical element of verse）。

诗讲究声音，一方面在节奏，在长短、高低、轻重的起伏；一方面也在调质，在字音本身的和谐以及音与义的调协。在诗中调质最普通的应用在双声叠韵。双声（alliteration）是同声纽（子音）字的叠用。古英文诗不用韵脚，每行分前后两部分，前部必有一两个字与后部一两个字成双声，把散漫的音借同声纽的字联络贯串起来，例如：

Beowulf wæs breme blæd wide sprang.

这句诗的前后两部用b和w的双声做联络线。这种双声有韵的功用，所以有时叫作“首韵”（beginning rhyme），与“尾韵”（end rhyme）相对。近代西方诗大半有脚韵，无须用双声作首韵，但仍常用双声产生和谐。中国字尽单音，所以双声字极多，例如《国风》第一篇里就有“雎鸠”“之洲”“参差”“辗转”等双声字。

叠韵（assonance）是同韵纽（母音）字的叠用。古法文以叠韵为韵脚。例如《罗兰之歌》中用bise和dire成韵。近代西方诗于行尾母音相同之外，再加上母音后子音亦必相同一个条件，例如dire和cire成韵，bise和mise成韵，而dire和bise则不能成韵。近代中国语除含鼻音的字以外，凡字都以纯粹的母音收，所以西方诗用韵的后一个条件在中文里几无意义，而“叠韵”和“押韵”根本只是一回事，不过普通所谓“押韵”只限于押句尾一字罢了。中国文字大半以母音收，所以同韵字特别多，押韵和叠韵是最容易的事。

双声叠韵都是要在文字本身见出和谐。诗人用这些技巧，有时除声音和谐之外便别无所求，有时不仅要声音和谐，还要它与意义调协。在诗中每个字的音和义如果都互相调协，那是最高的理想。音律的研究就是对于这最高理想的追求，至于能做到什么地步，则全凭作者的天资高低和修养深浅。每国文字中都有些谐声字（onomatopoetic words）。谐声字在音中见义，是音义调协的极端例子。例如英文中的murmur、cuckoo、crack、ding-dong、buzz、giggle之类。中国字里谐声字在世界中是最丰富的。它是"六书"中最重要最原始的一类。江、河、嘘、啸、呜咽、炸、爆、钟、拍、砍、唧唧、萧萧、破、裂、猫、钉……随手一写，就是一大串的例子。谐声字多，音义调协就容易，所以对于做诗是一种大便利。西方诗人往往苦心搜索，才能找得一个暗示意义的声音，在中文里暗示意义的声音俯拾即是。在西文诗里，评注家每遇一双声叠韵或是音义调协的字，即特别指点出来，视为难能可贵。在中文诗里则这种实例举不胜举。

音义调协不必尽在谐声字上见出。有时一个字音与它的意义虽无直接关系，也可以因调质暗示意义。就声纽说，发音部位与方法不同，则所生影响随之而异；就韵纽说，开齐合撮以及长短的分别也各有特殊的象征性。姑举例为证，"委婉"比"直率"，"清越"比"铿锵"，"柔懦"比"刚强"，"局促"比"豪放"，"沉落"比"飞扬"，"和蔼"比"暴躁"，"舒徐"比"迅速"，不但意义相反，即在声音上亦可约略见出差异。

音律的技巧就在选择富于暗示性或象征性的调质。比如形容马跑时宜多用铿锵疾促的字音；形容水流，宜多用圆滑轻快的字音。表示哀感时宜多用阴暗低沉的字音，表示乐感时宜用响亮清脆的字音。例如韩愈《听颖师弹琴歌》的头四句：

昵昵儿女语，恩怨相尔汝；划然变轩昂，勇士赴敌场。

"昵昵""儿""尔"以及"女""语""汝""怨"诸字，或双声，或叠韵，或双声而兼叠韵，读起来非常和谐；各字音都很圆滑轻柔，子音没有夹杂一个硬音、摩擦音或爆发音；除"相"字以外没有一个字是开口呼的。所以头两句恰能传出儿女私语的情致。后二句情景转变，声韵也就随之转变。第一个"划"字音来得非常突兀斩截，恰能传出一幕温柔戏转到一幕猛烈戏的突变。韵脚转到开口阳平声，与首二句闭口上声韵成一强烈的反衬，也恰能传出“猛士赴敌场”的豪情胜概。从这个短例看，我们可以见出四声的功用在调质，它能产生和谐的印象，能使音义携手并行。做诗虽不必依声调谱去调平仄，在实际上宜用平声的地方往往不能易以仄声字，宜用仄声的地方也不能随意换平声。例如白居易的《琵琶行》：

大弦嘈嘈如急雨，小弦切切如私语。
嘈嘈切切错杂弹，大珠小珠落玉盘。

第一句“嘈嘈”决不可换仄声字，第二句“切切”也决不可换平声字。第三句连用六个舌齿摩擦的音，“切切错杂”状声音短促迅速，如改用平声或上声、喉音或牙音，效果便绝对不同。第四句以“盘”字落韵，第三句如换平声“弹”字为去声“奏”字，意义虽略同，听起来就不免拗。第四句“落”字也胜似“堕”“坠”等字，因为入声比去声较斩截响亮。我们如果细心分析，就可见凡是好诗文，平仄声一定都摆在最适宜的位置，平声与仄声的效果决不一样。（最好的分析材料是状声的诗文，如《庄子·齐物论》人籁天籁段，《文选》“音乐”类的赋，李颀写听音乐的诗，欧阳修《秋声赋》，元曲里《秋夜梧桐雨》之类。）

平仄调和所生的影响并不亚于双声叠韵。胡适在《谈新诗》里着重双声叠韵而看轻平仄和韵脚。他说：

> 诗的音节全靠两个重要分子：一是语气的节奏，二是每句内部所用字的自然和谐。至于句末韵脚，句中的平仄，都是不重要的事。语气自然，用字和谐，就是句末无韵也不要紧。

下面他引了几首新诗，证明双声叠韵的重要。他的话似易引人误会他所说的“用字和谐”全在双声叠韵，而“句末韵脚，句中的平仄”，则为“用字和谐”以外的事，所以“不重要”。其实韵脚也还是一种叠韵，双声在古英文诗里也当作韵用过。双声、叠韵、押韵和调平仄，同是选配“调质”的技巧。如果论“和谐”，“句末韵脚，句中的平仄”，也似不比双声叠韵差一等。在同是“调质”的现象之中，取双声叠韵而否认押韵调平仄的重要，似欠公平。

总之，四声的“调质”的差别比长短、高低、轻重诸分别较为明显，它对于节奏的影响虽甚微，对于造成和谐则功用甚大。

第九章　中国诗的节奏与声韵的分析（中）：论顿

一　顿的区分

中国诗的节奏不易在四声上见出，全平全仄的诗句仍有节奏，它大半靠着“顿”。它又叫作“逗”或“节”。它的重要从前人似很少注意过。“顿”是怎样起来的呢？就大体说，每句话都要表现一个完成的意义，意义完成，声音也自然停顿。一个完全句的停顿通常用终止符号“。”表示。比如说：

我来。
我到这边来。
我到这边来，听听这些人们在讨论什么。

这三句话长短不同，却都要到最后一字才停得住，否则意义就没有完成。第三句为复合句，包括两个可独立的意义。通常说话到某独立意义完成时，可以略顿一顿，虽然不能完全停止住。这种辅句的顿通常用逗点符号“，”表示。论理，我们说话或念书，在未到逗点或终止点时都不应停顿。但在实际上我们常把一句话中的字分成几组，某相邻数字天然地属于某一组，不容随意上下移动。每组自成一小单位，有稍顿的可能。比如上例第三句可以用“—”为顿号区分为下式：

我到—这边来，—听听—这些—人们—在讨论—什么。

这种每小单位稍顿的可能性，在通常说话中，说慢些就觉得出，说快些一掠就过去了。但在读诗时，我们如果拉一点调子，顿就很容易见出。例如下列诗句通常照这样顿：

陟彼—崔嵬，—我马—虺隤—。我姑—酌彼—金罍，—维以—不永怀。

涉江—采芙—蓉，—兰泽—多芳—草。

花落—家童—未扫，—鸟啼—山客—犹眠。

永夜—角声—悲自—语，—中天—月色—好谁—看。

五更—鼓角—声悲—壮，—三峡—星河—影动—摇。

这里我们要特别注意的就是说话的顿和读诗的顿有一个重要的分别。说话的顿注重意义上的自然区分，例如“彼崔嵬”“采芙蓉”“多芳草”“角声悲”“月色好”诸组必须连着读。读诗的顿注重声音上的整齐段落，往往在意义上不连属的字在声音上可连属，例如“采芙蓉”可读成“采芙—蓉”，“月色好谁看”可读成“月色—好谁看”，“星河影动摇”可读成“星河—影动摇”。粗略地说，四言诗每句含两顿，五言诗每句表面似仅含两顿半而实在有三顿，七言诗每句表面似仅含三顿半而实在有四顿，因为最后一字都特别拖长，凑成一顿。这样看来，中文诗每顿通常含两字音，奇数字句诗则句末一字音延长成为一顿，所以顿颇与英文诗“音步”相当。

说话的顿和读诗的顿不同，就因为说话完全用自然的语言节奏，读诗须掺杂几分形式化的音乐节奏。胡适在《谈新诗》里把诗的“顿挫段落”看成“自然的节奏”，似还有商酌的余地。比如他所举的例：

风绽—雨肥—梅。

江间—波浪—兼天—涌。

这两句诗照习惯的旧诗读法，应该依他这样顿。但是这样顿法不能说是依意义的自然区分，因为就意义说，“肥”字和“天”字都是不应顿的。

诗里有一个形式化的节奏，我们不能否认；不过同时我们也须承认读诗者与做诗者都不应完全信任形式化的节奏，应该设法使它和自然的语言的节奏愈近愈好。我们在上列各例中完全用形式化的节奏去顿，这种顿法并非一成不变，每个读诗者都有伸缩的自由，比如下列顿法：

涉江—采芙蓉。
风绽—雨肥梅。
中天—月色好—谁看。
江间—波浪—兼天涌。

较近于语言节奏，也未尝不可用。有时如果严守形式化的节奏，与意义的自然区分相差太远，听起来反觉有些不顺，比如下列诸例，照习惯的顿法：

似梅—花落—地，—如柳—絮因—风。
送终—时有—雪，—归葬—处无—云。
静爱—竹时—来野—寺，—独寻—春偶—到溪—桥。
管城—子无—食肉—相，—孔方—兄有—绝交—书。

似不如顿成下式，较为自然：

似梅花—落地，—如柳絮—因风。
送终时—有雪，—归葬处—无云。
静爱竹—时来—野寺，—独寻春—偶过—溪桥。
管城子—无食肉—相，—孔方兄—有绝交—书。

不过这些实例，在音节上究竟有毛病，因为语言节奏与音乐节奏的冲突太显然，顾到音就顾不到义，顾到义就顾不到音。在中文诗习惯，两字成一音组，这两字就应该同时是一义组。如果有三字成义组，无论在五言中还是在七言中，它最好是摆在句末，才可以免去头重脚轻的毛病。例如：

五言｛涉江—采芙蓉。
似梅花—落地。

七言｛暗香—浮动—月黄昏。
独寻春—偶过—溪桥。

前后两句相较，后句显然是头重脚轻，与语言的先抑后扬的普通倾向相违背。

二 顿与英诗“步”、法诗“顿”的比较

中文诗每顿通常含两个字音，相当于英诗的“音步”（foot），已如上所述。但有一点它与英诗步不同。步完全因轻重相间见节奏，普通虽是先轻后重，而先重后轻亦未尝不可。中诗顿绝对不能先扬后抑，必须先抑后扬，而这种抑扬不完全在轻重上见出，是同时在长短、高低、轻重三方面见出。每顿中第二字都比第一字读得较长、较高、较重。就这一点说，中诗顿所产生的节奏很近于法诗顿。严格地说，中诗音步用“顿”字来称呼，只是沿用旧名词，并不十分恰当，因为在实际上声音到“顿”的位置时并不必停顿，只略延长、提高、加重。就这一点说，它和法文诗的顿似微有不同，因为法文诗到“顿”（尤其是“中顿”）的位置时往往实在是要略微停顿的。

在英诗的“步”和中诗、法诗的“顿”里，长短都没有定准。英诗每步含两字音的也可以偶尔夹入三单音步或一单音步以生变化，例如：

Shadowing | more beau - | ty in | their ai - | ry brows.

第一音步含三音，是无疑地比第三音步两个短促而不着重的音较长。法诗的顿长短往往悬殊更大，尤其是浪漫格，因为顿的数目固定而位置不固定。例如：

J'aime | la majesté | de la souffrance | humaine.

第三顿特别长，第一顿特别短，是很显然的。中诗的顿在字面上虽似少伸缩（大半两音），但读起来长短悬殊仍然很大，这全取决于语言的自然节奏以及字音本身的调质。例如：

念天地—之悠悠，—独怆然—而涕下。

第一句“念天地”顿不能有“之悠悠”顿那么长，第二句“独怆然”顿也不能有“而涕下”顿那么短。再如：

寻寻—觅觅，—冷冷—清清，—凄凄—惨惨—戚戚。

七个叠字虽各占一顿，而长短却略有不同，入声的叠字自然比平上声的叠字较短。

近来论诗者往往不明白每顿长短有伸缩的道理，发生许多误会。有人把顿看成拍子，不知道音乐中一个拍子有定量的长短，诗中的顿没有定量的长短，不能相提并论。

中文诗因为读时长短有伸缩和到顿必扬的两个缘故，四声的分别对于节奏的影响越显得微小。这件事实是研究中国诗的声律者所应特别注意的。它很明白地告诉我们：中国诗的节奏第一在顿的抑扬上看出，至于平仄相间，还在其次。明白这个道理，我们更可见拿平仄比拟英德文诗的“轻重律”，实在是牵强附会。

三 顿与句法

中国诗文旧有句读的分别。“读”读如“逗”，近于本篇所谓“顿”，但与“顿”微有不同。“顿”完全是音的停顿，“读”则兼为义的停顿。例如“关关雎鸠，在河之洲。窈窕淑女，君子好逑”。偶句为“句”，奇句则从前人误认为“句”而实为“读”。“句”（sentence）必含有一完成意义，“读”可仅含一个意义不完成而可稍停顿的“词句”（phrase）或“子句”（clause）。如只就音说，“关关”“窈窕”等均可“顿”。不过严格说起，中文的“读”从古代起似就偏重音而不甚重义。上例“鸠”字于义亦本不应“顿”，所以读成“顿”者，仍是偏重声音段落。此外如“翩翩飞鸟，息我庭柯”，“幸有弦歌曲，可以喻中怀”，“何不策高足，先据要路津”，“结庐在人境，而无车马喧”，“彤庭所分帛，本自寒女出”，“遂令天下父母心，不重生男重生女”，“天台四万八千丈，对此欲倒东南倾”，例证甚多，数不胜数。

这样把一个于义不能拆开的句子拆为两部分，使声音能成为有规律的段落，是一个很有趣的现象。我们很可以拿它和西文诗的“上下关联格”（enjambement）来比较。西文诗单位是“行”（line），每行不必为一句，上行文义可以一直流注到下行去，总能完成它的意义。例如莎士比亚的：

> ...and blest are those
> Whose blood and judgment are so well co-meddled
> That they are not a pipe for Fortune's finger
> To sound what stop she please.

四行实只一句，每行最后一字于义均不能停顿，所以通常都连着下行一气读。最后终止点（即句子完成处）却不在行末而在行中腰。行末既不顿，何以要分行呢？这全是因为“无韵五节格”每行要五个音步，上行音步的数目够了，下文便移到下行写，余例推。这种分排何以能见节奏呢？就全在每行的五音步有轻重的抑扬。中文诗以句为单位，每句大半是四言、五言或七言。在大多数诗中，一句完了，意义也就完成，声音也就停顿。所以在表面看，中文诗似无“上下关联”的现象。但事实上仍是有的，上引诸例可以为证。它与西诗“上下关联格”所不同者，在西诗行末意义未完成时，声音即不可停顿，必须与下行一气连读；在中诗一“句”之末意义尽管未完成而声音仍必须停顿，至少在习惯的读法是如此，它合理与不合理却是另一问题。

在古代诗歌中，大半是奇“读”偶“句”，在《楚辞》中“读”后常加一衬字如“兮”之类，表示声音略停留延长。例如“惟草木之零落兮，恐美人之迟暮”，“忽反顾以流涕兮，哀高丘之无女”，“吾令丰隆乘云兮，求宓妃之所在”，这类句子都借衬字“兮”字把前后两部划得很分明。这些句子在意义上本可小顿，但《楚辞》中也有本来不可分拆的句子而用“兮”字拆开为两“顿”者，例如“穆将愉兮上皇”，“盖将把兮琼芳”，“旦余济兮江湘”，把动词和宾词拆开；“悲莫悲兮生别离”，“搴芙蓉兮木末”，“遗余佩兮澧浦”，把“兮”字当作前置词“于”字而与它的宾词拆开；“时不可兮骤得”，“荃独宜兮为民正”，把动词与副动词拆开；“令湘沅兮无波”，“望夫君兮归来”，“子慕予兮善窈窕”，把补足语和补足的部分拆开；“采芳洲兮杜若”，“抚长剑兮玉珥”，“望涔阳兮极浦”，把“兮”当作所有词“之”字而与所指名词分开，都是文义所不容许的，作者所以用这种句读者全以声韵段落为主。

这个倾向在词中尤其显然。词有谱调，到某字必顿，到某字必停，都依一定格律。但是词中的顿常仅表示声音段落，与意义无涉。例如“四十三年，望中犹记，烽火扬州路”顿于“记”字，“水精双枕，傍有堕钗横”顿于“枕”字，“那堪更被明月，隔墙送过秋千影”顿于“月”字，“梦随风万里，寻郎去处，又还被，莺呼起”顿于“里”字“被”字，“却笑东风，从此便熏梅染柳”顿于“风”字，“谩赢得青楼，薄幸名存”顿于“楼”字，“算只有并刀难剪，离愁千缕”顿于“剪”字，“一声声是，怨红愁绿”顿于“是”字，“这双燕何曾，会人言语”顿于“曾”字之类，都于词义为不通，于音律为必要。我们读惯了，听惯了，觉得声音过得去，连文义的破绽都忽略过去了。

以上所举许多实例可证明中国诗词有类似西诗“上下关联格”的句子，不过意义虽上下关联，而声音则于习惯的停顿处停顿。这种停顿完全是形式的，正如一般诗句两字成顿一样。西诗“上下关联”时上行之末无须停顿，而中诗“上下关联”时则上“句”之末必须停顿，这件事实也足证明顿对于中诗节奏的重要性。

四　白话诗的顿

旧诗的顿完全是形式的、音乐的，与意义常相乖讹。凡是五言句都是一个读法，凡是七言句都另是一个读法，几乎千篇一律，不管它内容情调与意义如何。这种读法所生的节奏是外来的，不是内在的，沿袭传统的，不是很能表现特殊意境的。自然，在能手运用之下，它也有几分弹性，可以使音与义达到若干程度的调协。不过无论如何，它只能在囚笼里绕圈子，不能有很大的自由。古体诗还可以在句法变化、长短伸缩、韵的转换上弥补这个缺陷，律诗就处处受拘束了。节奏不很能跟着情调走，这的确是旧诗的基本缺点。

补救这个缺陷，是白话诗的目的之一。它要解除传统束缚，争取自由与自然，所以把旧诗的句法、章法和音律一齐打破。这么一来，“顿”就根本成为问题。旧诗的“顿”是一个固定的空架子，可以套到任何诗上，音的顿不必是义的顿。白话诗如果仍分“顿”，它应该怎样读法呢？如果用语言的自然的节奏，使音的“顿”就是义的“顿”，结果便没有一个固定的音乐节奏，这就是说，便无音“律”可言，而诗的节奏根本无异于散文的节奏。那么，它为什么不是散文，又成问题了。如果照旧诗一样拉调子去读，使它有一个形式的音乐节奏，那就有更多的难点。第一，它还是没有补救旧诗的缺点，或者说，那还是用白话做的旧诗。第二，拉调子读流行的语言，听起来不自然，未免带有几分喜剧的意味。第三，像胡适在《谈新诗》里所说的：

> 白话里的多音字比文言多得多，并且不止两个字的联合，故往往有三个字为一节或四五个字为一节的。

这是事实，它的原因是文言省略虚字而白话不省略。白话文的虚字大半在“顿”的尾子上，如下例：

> 门外—坐着——一个—穿破衣裳的—老年人。

虚字本应轻轻滑过，而顺着中国旧诗节奏先抑后扬的倾向，却须着重提高延长，未免使听者起轻重倒置的感觉了。而且各顿的字数相差往往很远，拉调子读起来，也很难产生有规律的节奏。

第十章　中国诗的节奏与声韵的分析（下）：论韵

一　韵的性质与起源

中国学者讨论诗的音节，向来分声、韵两层来说。四声的分析已见上文。韵有两种：一种是句内押韵，一种是句尾押韵。它们实在都是叠韵，不过在中文习惯里，句内相邻两字成韵才叫“叠韵”，诸句尾字成韵则叫作“押韵”。

韵与声是密切相关的。在古英文诗中，双声有韵的功用（详见第八章）。依阮元说，齐梁以前，“韵”兼包近代的“声”“韵”两个意义。齐梁时有“有韵为文，无韵为笔”之说，但昭明太子所选的叫《文选》，里面不押韵的文章还是很多。阮氏在《文韵说》里根据这个事实下结论说：

> 梁时恒言所谓韵者固指押韵脚，亦兼指章句中之声韵，即古人所言之宫羽，今人所言之平仄也。……声韵流变而成四六，亦只论章句中之平仄，不复有押脚韵也。四六乃韵文之极致，不得谓之为无韵之文也。昭明所选不押韵脚之文，本皆奇偶相生，有声音者，所谓韵也。

这个学说很可注意，因为它很明白地指点出来，中国韵文之中有不押韵脚的一种，就是赋与四六之类。“韵”在古代兼包“声”“韵”两义，尚另有一证。钟嵘《诗品》谓“若‘置酒高堂上’、‘明月照高楼’为韵之首”，他所谓“韵”显然是指“声”。不过阮氏谓昭明所选皆“韵文”，也还有疑义，因为“序”“论”“书”“笺”诸类中有许多文章不但不押韵脚，也并不讲求“奇偶相生”。我们姑沿用“韵”的流行的意义，专指“押韵脚”。中国文字除鼻音外都以母音收，所谓同韵只是同母音。西文同韵字则母音之后的子音亦必相同。所以中文同韵字最多，押韵较易。

韵在中国发生最早。流传到现在的古籍大半都有韵。《诗经》为韵文，固不用说，即记事说理的著作，像《书经·大禹谟》“帝德广润”段，《伊训》“圣谟洋洋”段，《易经》中《彖》《象》《杂卦》诸篇，《礼记·曲礼》“行前朱鸟而后玄武”段，《乐记》“今夫古乐”和“夫古者天地顺而四时当”诸段以至《老子》《庄子》都有用韵的痕迹。在古代文学中，最清楚的分别是伴乐与不伴乐，至于有韵无韵，还在其次。诗和散文的分别并不在韵的有无。诗皆可歌，歌必伴乐，散文不伴乐，但仍可有韵。

韵的起源如何，从前人说法颇多，最普遍的是韵文便于记忆。章学诚在《文史通义·诗教》中说：

> 演畴皇极，训诰之韵者也，所以便讽诵，志不忘也。……后世杂艺百家，诵拾名数，率用五言七字，演为歌谣，咸以便记诵，皆无当于诗人之义也。

不过这种说法只指出韵的一种功用，不一定可说明韵的起源。章氏所举的尽是说理记事的应用文，大半是“笔之于书”的。人类在发明文字之前已经开始唱歌、跳舞，已有一部分韵语文学“活在口头上”，所以诗歌的韵必在应用文的韵之前，韵的起源必须在原始诗歌里去找。原始诗歌的韵也未尝没有便于记忆一层功用，但它的主要的成因或许是歌、乐、舞未分时用来点明一节乐调和一段舞步的停顿，应和每节乐调之末同一乐器的重复的声音（详见第一章第五节）。所以韵是歌、乐、舞同源的一种遗痕，主要功用仍在造成音节的前后呼应与和谐。

二　无韵诗及废韵的运动

中国诗向来以用韵为常例。诗偶有不用韵者大半都有特殊原因。顾炎武在《日知录》里曾反对有韵与无韵的分别说：

> 古人之文，化工也。自然而合于音，则虽无韵之文而往往有韵；苟其不然，则虽有韵之文而时亦不用韵，终不以韵而害义也。三百篇之诗，有韵之文也。乃一章之中有二三句不用韵者，如“瞻彼洛矣，维水泱泱”之类是矣；一篇之中有全章不用韵，如《思齐》之四章五章，《召旻》之四章是矣；又有全篇无韵者如《周颂》：《清庙》《维天之命》《昊天有成命》《时迈》《武》诸篇是矣。说者以为当有余声，然以余声相协，而不入正文，此则所谓不以韵而害意者也。……太史公作赞，亦时一用韵，而汉人乐府反有不用韵者。据此则文有韵无韵，皆顺乎自然。诗固用韵，而文亦未必不用韵。东汉以降，乃以无韵属之文，有韵属之诗，判而二之，文章日衰，未始不因乎此。

顾氏的大旨在诗与文不应以有韵无韵分，因为诗可不用韵而文亦可用韵。在原理上这是不错的。不过就事实说，无韵诗在中国为绝少的特例，究不足以破原则。他所举的实例也有可置疑之点。二三句不用韵而其余皆用韵，仍是用韵的变格。《周颂》多阙文，而且题材风格近于应用文，与普通抒情诗有别。顾氏固不反对“余声相协”之说，所谓“余声相协”就是在词句本身上虽不用韵，而歌唱时仍补上一个协韵的余声。

中国历史上有两次废韵的尝试。第一次是六朝人用有律无韵的文章译佛经中有音律的部分（例如“偈”和“行赞”），第二次就是现代白话诗运动。译佛经者大半是印度和尚，以外国人用中文，总不免有些困难；而且佛经译笔大半着重忠实，本意不在于为诗，用韵很容易因迁就文字而失去真意，不用韵固无足怪（中土僧人自作“偈”，也尝用韵，《六祖坛经》

可以为证）。宋人诗颇受佛经的影响，而且宋人大半欢喜文字游戏，所以苏东坡一班人也模仿过佛经的“偈”，但是从来没有看见一个诗人仿“偈”体做无韵诗。白话诗还在萌芽时期，它的废韵的尝试显然受西方诗的影响。不过白话诗用韵的也很多。以后新诗演变如何，我们不必作揣摩其词的预言。我们现在只讨论韵在以往的中国诗里何以那样根深蒂固。也许这个问题解决了，我们对于将来中国诗韵的关系如何，也可以推知大概。

三 韵在中文诗里何以特别重要

诗与韵本无必然关系。日本诗到现在还无所谓韵。古希腊诗全不用韵。拉丁诗初亦不用韵，到后期才有类似韵的收声，大半用在宗教中的颂神诗和民间歌谣。古英文只用双声为“首韵”而不押脚韵。据现有的证据看，诗用韵不是欧洲所固有的，而是由外方传去的。韵传到欧洲至早也在耶稣纪元以后。据十六世纪英国学者阿斯铿（Ascham）所著的《教师论》，西方诗用韵始于意大利，而意大利则采匈奴和高兹诸“蛮族的陋习”。阿斯铿以博学著名，他的话或不无所据。匈奴的影响达到欧洲西部在纪元后一世纪左右，匈奴侵入罗马则在第五世纪。韵初传到欧洲，颇风行一时。德国史诗《尼伯龙根之歌》以及法国的中世纪许多叙事诗都用韵。但丁的《神曲》是欧洲第一部伟大的有韵诗。文艺复兴以后，欧洲学者倾向复古，看到希腊拉丁古典名著都不用韵，于是骂韵是“野蛮人的玩意儿”。弥尔顿在《失乐园》序里，芬涅伦（Fénelon）在给法兰西学院的信里，都竭力攻击诗用韵。十七世纪以后，用韵的风气又盛起来。法国浪漫派诗人尤其欢喜在炼韵上做功夫。批评家圣伯夫（Sainte Beuve）作颂韵诗称韵为“诗中的唯一和谐”。诗人邦维尔（Bainville）在《法国诗学》里几乎把善于用韵看作诗人的最大能事。近代“自由诗”起来以后，韵又没有从前那样盛行。总观韵在欧洲的历史，它的兴衰有一半取决于当时的风尚。

诗应否用韵，与各国语言的个性也很密切相关。比如拿英诗与法诗相较，韵对于法诗比对于英诗较为重要。法诗从头到现在，除散文诗及一部分自由诗外，无韵诗极不易发现。自由诗大半仍用韵，据音韵学家格拉芒的意见，自由诗易散漫，全靠韵来联络贯串，才可以完整。英文诗长篇大著大半用无韵五节格（blank verse），短诗不用韵者虽较少见，却亦非绝对没有。如果以行为单位来统计英诗名著，则无韵的实较有韵的为多。作家想达到所谓“庄严体”者往往不肯用韵，因为韵近于纤巧，不免有伤风格，而且韵在每句末回到一个类似的声音，与大开大合的节奏亦不相容。弥尔顿的《失乐园》全不用韵。莎士比亚在悲剧里尽用“无韵五节格”。他的早年作品中还偶在每幕或每景收场时夹入几句韵语，到晚年就简直不用。法国最著名的悲剧作家高乃依（Corneille）和拉辛的作品中却没有一种不用韵，至于抒情诗作者如雨果、拉马丁（Lamartine）、马拉美（Mallarmé）诸人一律用韵，更不用说。韵对于英、法诗的分别在这个简单的统计中就可以见出了。

这个分别的原因是值得推求的。法文音的轻重分别没有英文音的轻重分别那么明显。这可以说是拉丁系语音和日耳曼系语音的一个重要异点。英文音因为轻重分明，音步又很整齐，所以节奏容易在轻重相间上见出，无须借助于韵脚上的呼应。法文诗因为轻重不分明，每顿长短又不一律，所以节奏不容易在轻重的抑扬上见出，韵脚上的呼应有增加节奏性与和谐性的功用。

我们既明了韵对于英、法诗的分别和它的原因，就不难知道韵对于中国诗的重要了。以中文和英法文相较，它的音轻重不甚分明，颇类似法文而不类似英文。我们在第八章已经说过，中文诗的平仄相间不是很干脆地等于长短、轻重或高低相间，一句诗全平全仄，仍可以有节奏，所以节奏在平仄相间上所见出的非常轻微。节奏既不易在四声上见出，即须在其他元素上见出。上章所说的“顿”是一种，韵也是一种。韵是去而复返、奇偶相错、前后相呼应的。韵在一篇声音平直的文章里生出节奏，犹如京戏、鼓书的鼓板在固定的时间段落中敲打，不但点明板眼，还可以加强唱歌的节奏。中国诗的节奏有赖于韵，与法文诗的节奏有赖于韵，理由是相同的：轻重不分明，音节易散漫，必须借韵的回声来点明、呼应和贯串。

四声的研究最盛于齐梁时代，齐梁以前诗人未始不知四声的分别，不过在句内无意于调四声，只求其自然应节。他们却必用韵，而对于韵脚一字的平仄仍讲究很严，平押平，仄押仄，很少有破格的。这件事实也可证明韵对于中国诗的节奏，比声较为重要。

四　韵与诗句构造

就一般诗来说，韵的最大功用在把涣散的声音联络贯串起来，成为一个完整的曲调。它好比贯珠的串子，在中国诗里这串子尤不可少。邦维尔在《法国诗学》里说："我们听诗时，只听到押韵脚的一个字，诗人所想产生的影响也全由这个韵脚字酝酿出来。"这句话对于中文诗或许比对于西文诗还更精确。我们在第九章说过，西文诗常用"上下关联格"，上行连着下行一气读，行末一字既没有停顿的必要，我们就不必特别着重它，可以让它轻轻易易地滑了过去，它对于听觉的影响和行内其他字音相差不远，它有韵无韵是无关重要的。中文诗大半每"句"成一单位，句末一字在音义两方面都有停顿的必要。纵然偶有用"上下关联格"者，"句"末一字义不顿而音仍必须顿（详见第九章）。句末一字是中文诗句必顿的一个字，所以它是全诗音节最着重的地方。如果最着重的一个音，没有一点规律，音节就不免杂乱无章，前后便不能贯串成一个完整的曲调了。例如《佛所行赞经》是用五言无韵诗译的，我们试读几句看看：

尔时婇女众，庆闻优陀说，增其踊悦心，如鞭策良马。
往到太子前，各进种种术，歌舞或言笑，扬眉露白齿。
美目相眄睐，轻衣见素身，妖摇而徐步，诈亲渐习远。
情欲实其心，兼奉大王言，漫行媟隐陋，忘其惭愧情。

就意象说，这种材料很可以写成好诗；就音节说，它是一盘散沙，读起来不能起和谐之感。我们试拿它和郭璞的《游仙诗》比较：

阊阖西南来，潜波涣鳞起。
灵妃顾我笑，粲然启玉齿。
蹇修时不存，要之将谁使。

这就可以见出韵对于中国诗的音节之重要了。

五　旧诗用韵法的毛病

从前中国诗人用韵的方法分古诗、律诗与词曲三种。古诗用韵变化最多，尤其是《诗经》。江永在《古韵标准》里统计《诗经》用韵方法有数十种之多。例如连句韵（连韵从两韵起一直到十二句止）、间句韵、一章一韵、一章易韵、隔韵、三句见韵、四句见韵、五句见韵、隔数句遥韵、隔章尾句遥韵、分应韵、交错韵、叠句韵等等（江氏举例甚多，可参考），其变化多端，有过于西文诗，汉魏古风用韵方法已渐窄狭，唯转韵仍甚自由，平韵与仄韵仍可兼用。齐梁声律风气盛行以后，诗人遂逐渐向窄路上走，以至于隔句押韵、韵必平声（注：律诗也偶有押仄韵者，但是例外）。一章一韵到底，成为律诗的定律。一韵到底的诗音节最单调，不能顺情景的曲折变化，所以律诗不能长，排律中佳作最少。词曲都有固定的谱调，不过有些谱容许转韵，而且词的仄声三韵可通用，曲则四声的韵都可通用，也较富于伸缩性。

中国旧诗用韵法的最大毛病在拘泥韵书，不顾到各字的发音随时代与区域而变化。现在流行的韵书大半是清朝的《佩文韵》，《佩文韵》根据宋平水刘渊所做的和元人阴时夫所考定的《平水韵》，而《平水韵》的一百零六韵则是合并隋（陆法言《切韵》）唐（孙愐《唐韵》）北宋（《广韵》）以来的二百零六韵而产生的。所以我们现在用的韵至少还有一大部分是隋唐时代的。这就是说，我们现在用韵，仍假定大半部分字的发音还和一千多年前一样，稍知语音史的人都知道这种假定是很荒谬的。许多在古代为同韵的字在现在已不同韵了。做诗者不理会这个简单的道理，仍旧盲目地

（或者说聋耳地）把“温”“存”“门”“吞”诸音和“元”“烦”“言”“番”诸音押韵；“才”“来”“台”“垓”诸音和“灰”“魁”“能”“玫”诸音押韵，读起来毫不顺口，与不押韵无异。这种做法实在是失去用韵的原意。

这个毛病前人也有人看出的。李渔在《诗韵序》里有一段很透辟的议论：

> 以古韵读古诗，稍有不协，即叶而就之者，以其诗之既成，不能起古人而请易，不得不肖古人之吻以读之，非得已也。使古人至今而在，则其为声也，亦必同于今人之口。吾知所为之诗，必尽如“关关雎鸠，在河之洲。窈窕淑女，君子好逑”数韵合一之诗；必不复作“絺兮绤兮，凄其以风。我思古人，实获我心”之诗，使人叶“风”为“孚金反”之音，以就“心”矣；必不复作“鹑之奔奔，鹊之彊彊。人之无良，我以为兄”之诗，使人叶“兄”为“虚王反”之音，以就“彊”矣。我既生于今时而为今人，何不学《关雎》悦耳之诗，而必强效《绿衣》《鹑奔》之为韵，以聱天下之牙而并逆其耳乎？

钱玄同在《新青年》里骂得更痛快：

> 那一派因为自己通了一点小学，于是做起古诗来，故意把押“同”“蓬”“松”这些字中间，嵌进“江”“窗”“双”这些字，以显其懂得古诗“东”“江”同韵；故意把押“阳”“康”“堂”这些字中间，嵌进“京”“庆”“更”这些字，以显其懂得古音“阳”“庚”同韵。全不想你自己是古人吗？你的大作个个字能读古音吗？要是不能，难道别的字都读今音，就单单把这“江”“京”几个字读古音吗？

这理由是无可反驳的，诗如果用韵必用现代语音，读的韵才能产生韵所应有的效果。

第十一章　中国诗何以走上"律"的路（上）：赋对于诗的影响

一　自然进化的轨迹

中国诗的体裁中最特别的是律体诗。它是外国诗体中所没有的，在中国也在魏晋以后才起来。起来以后，它的影响就非常广大。在许多诗集中律诗要占一大部分。各朝"试帖诗"都以律诗为正体。唐以后的词曲实在都是律诗的化身。律诗的影响并且波及散文方面，四六文是很明显的例证。

无论近人怎样唾骂律诗，它的兴起是中国诗的演化史上的一件重大事变，这是不能否认的。律诗极盛于唐朝，但是创始者是晋宋齐梁时代的诗人。唐朝诗人许多都是六朝诗人的私淑弟子。唐初四杰固不用说，杜甫很坦白地承认：

> 熟知二谢将能事，颇学阴何苦用心。

不过唐朝从陈子昂起，也有一种排斥六朝的运动。陈子昂《与东方公书》说：

> 仆尝暇时观齐梁间诗，彩丽竞繁，而兴寄都绝，每以永叹。

李白的"佳句"，虽"往往似阴铿"，也"数典忘祖"，用"自从建安来，绮丽不足珍”一句话把六朝诗人不分皂白地骂尽。后来一般论诗者往往尾随陈子昂、李白，以“绮丽”二字看成六朝人的大罪状，一味推尊盛唐。他们好像以为唐诗是平地一声雷似的起来的。历史家分诗的时期，也往往把六朝归入一个段落，唐朝又归入另一段落，好像以为两段落中间有一个很清楚的分水线。这种卑六朝而尊唐的传统的看法不但是对于六朝不公平，而且也没有认清历史的连续性。平心而论，如果我们把六朝诗和唐诗摆在一个平面上去横看，六朝自较唐稍逊。六朝诗人才打新方向走，还在努力新风格的尝试，自然不免有许多缺点。但是如果把六朝诗和唐诗摆在一条历史线上去纵看，唐人却是六朝人的继承者，六朝人创业，唐人只是守成。说者常谓诗的格调自唐而始备，其实唐诗的格调都是从六朝诗的格调演化出来的。

文学史本来不可强分时期，如果一定要分，中国诗的转变只有两个大关键。第一个是乐府五言的兴盛，从《十九首》起到陶潜止。它的最大的特征是把《诗经》的变化多端的章法、句法和韵法变成整齐一律，把《诗经》的低回往复一唱三叹的音节变成直率平坦。我们试来比较两首诗，一是《秦风·蒹葭》：

> 蒹葭苍苍，白露为霜。所谓伊人，在水一方。溯洄从之，道阻且长；溯游从之，宛在水中央。
>
> 蒹葭凄凄，白露未晞。所谓伊人，在水之湄。溯洄从之，道阻且跻；溯游从之，宛在水中坻。
>
> 蒹葭采采，白露未已。所谓伊人，在水之涘。溯洄从之，道阻且右；溯游从之，宛在水中沚。

一是《古诗十九首》的《涉江采芙蓉》：

> 涉江采芙蓉，兰泽多芳草。采之欲遗谁？所思在远道。
> 还顾望旧乡，长路漫浩浩。同心而离居，忧伤以终老。

两诗相比较，便可领略出来这种转变的风味。两诗情感境界都略相似，而写法则完全不同。《蒹葭》要用三章来复述同一情节；而《涉江采芙蓉》只用一章写完一个意境；前者低回往复，缠绵不尽，后者便一气到底，不再说回头话；前者章句长短有伸缩，后者则为整齐的五言。这个大转变是由于诗与乐歌的分离。《诗经》是大半伴乐可歌的；汉魏以后，诗逐渐不伴乐，不可歌。

第二个转变的大关键就是律诗的兴起，从谢灵运和“永明诗人”起，一直到明清止，词曲只是律诗的余波。它的最大特征是丢开汉魏诗的浑厚古拙而趋向精妍新巧。这种精妍新巧在两方面见出，一是字句间意义的排偶，一是字句间声音的对仗。我们试拿上面所引的《涉江采芙蓉》和薛道衡的《昔昔盐》相比较：

垂柳覆金堤，蘼芜叶复齐。水溢芙蓉沼，花飞桃李蹊。
采桑秦氏女，织锦窦家妻。关山别荡子，风月守空闺。
恒敛千金笑，长垂双玉啼。盘龙随镜隐，彩凤逐帷低。
飞魂同夜鹊，倦寝忆晨鸡。暗牖悬蛛网，空梁落燕泥。
前年过代北，今岁往辽西。一去无消息，那能惜马蹄。

便可知道这转变的意味。两诗都是写别后相思，汉人寥寥数语，不绕弯也不雕饰，一气直注，浑朴天然而意味无穷。薛道衡便四方八面地渲染，句句对称，句句精巧。他对于自然的观察也比汉魏人精细。他着重颜色和空气，着重常被人忽略的景致，着重景与情的协调。著名的“暗牖悬蛛网，空梁落燕泥”一联，最能见出这个新时代的精神。

这两个大转变之中，尤以律诗的兴起为最重要；它是由“自然艺术”转变到“人为艺术”，由不假雕琢到有意刻画。如果《国风》是民歌的鼎盛期；汉魏是古风的鼎盛期，或者说，民歌的模仿期；晋宋齐梁时代就可以说是“文人诗”正式成立期。由“自然艺术”到“人为艺术”，由民间诗到文人诗，由浑厚纯朴至精妍新巧，都是进化的自然趋势，不易以人力促进，也不易以人力阻止。我们嫌齐梁以后诗为声律所束缚，以至渐失古风；但试问声律纵不存在，齐梁以后诗就能恰如《国风》以及汉魏五言么？律诗有流弊，我们毋庸讳言，但是不必因噎废食，任何诗的体裁落到平凡诗人的手里都可有流弊。律诗之拘于形式，充其量也不过如欧洲诗中之十四行体（sonnet）。我们能藐视彼特拉克、莎士比亚、弥尔顿、济慈诸人用十四行体所做的诗么？我们能够藐视杜甫、王维诸人用律体所做的诗么？

声律这样大的运动必定有一个进化的自然轨迹做基础，决不能像妇人缠小脚，是由少数人的幻想和癖嗜所推广成的风气。它当然也有一个存在的理由，研究诗学者应该寻出它的因果线索，不当仅如王凤洲批《纲鉴》，自居“老吏断狱”，说是说非。科学的第一要务在接收事实，其次在说明因果，演绎原理，至于维护与攻击，犹其余事。本篇就根据这个态度，讨论中国诗何以走上“律”的路。

二　律诗的特色在音义对仗

中国诗走上“律”的路，最大的影响是“赋”。赋本是诗中的一种体裁。汉以前的学者都把赋看作诗的一个别类。《诗经·毛序》以赋为诗的“六义”之一，《周官》列赋为“六诗”之一。班固在《两都赋》的“序”里说，“赋者古诗之流”。据《汉书·郊祀志》，赋与诗同隶于汉武帝所立的乐府。到齐梁时，刘勰在《文心雕龙》里仍承认“赋自诗出”。赋的鼎盛时代是从汉朝到梁朝，隋唐以后虽然代有作者，已没有从前那样蓬勃了。后人逐渐把诗和赋分开，把赋归到散文一方面去。比如姚鼐的《古文辞类纂》原是一部散文选，诗歌不在内而“辞赋”却占很重要的位置。近来文学史家也往往沿袭这种误解，不把“辞赋”放在“诗歌”项下来讲。胡适在《白话文学史》里把辞赋完全丢去，还可以说是因为着重“白话文学”的缘故；陆侃如、冯沅君著《中国诗史》却也不留一点篇幅给辞赋，似未免忽略辞赋对于中国诗体发展的重要性了。

什么叫作赋呢？班固在《两都赋》序里所说的“赋者古诗之流”，和在《艺文志》里所说的“不歌而诵谓之赋”，是赋的最古的定义。刘勰在《诠赋》篇说：

> 赋者铺也。铺采摛文，体物写志也。

刘熙载在《艺概》里《赋概》篇说：

> 赋起于情事杂沓，诗不能驭，故为赋以铺陈之，斯于千态万状层见迭出者吐无不畅，畅无或竭。

赋的意义和功用已尽于这几段话了。归纳起来，它有三个特点：一、就体裁说，赋出于诗，所以不应该离开诗来讲。二、就作用说，赋是状物诗，宜于写杂沓多端的情态，贵铺张华丽。三、就性质说，赋可诵不可歌。二、三两点是赋所以异于一般抒情诗的，虽可分开说，实在互相关联。赋大半描写事物，事物繁复多端，所以描写起来要铺张，才能曲尽情态。因为要铺张，所以篇幅较长，辞藻较富丽，字句段落较参差不齐，所以宜于诵不宜于歌。一般抒情诗较近于音乐，赋则较近于图画，用在时间上绵延的语言表现在空间上并存的物态。诗本是“时间艺术”，赋则有几分是“空间艺术”。

赋是一种大规模的描写诗。《诗经》中已有许多雏形的赋。例如《郑风·大叔于田》铺陈打猎的排场：“叔于田，乘乘马，执辔如组，两骖如舞。叔在薮，火烈具举，襢裼暴虎，献于公所。将叔无狃，戒其伤女。”以及《小雅·无羊》描写牛羊的姿态：“谁谓尔无羊？三百维群。谁谓尔无牛？九十其犉。尔羊来思，其角濈濈。尔牛来思，其耳湿湿。”“或降于阿，或饮于池，或寝或讹。尔牧来思，何蓑何笠，或负其糇。三十维物，尔牲则具。”如果出于汉魏以后人的手笔，这种题材就可以写成长篇的赋了。《大叔于田》可以参较司马相如的《上林赋》和扬雄的《羽猎赋》，《无羊》可以参较祢衡的《鹦鹉赋》和颜延之的《赭白马赋》。诗所以必流于赋者，由于人类对于自然的观察，渐由粗要以至于精微；对于文字的驾驭，渐由敛肃以至于放肆。在《诗经》中可以几句话写完的，到后来就非长篇大幅不办了。

诗既流为赋，纡回往复的音节遂变为流畅直率。中国诗转变的第一大关键是由《诗经》到汉魏乐府五言，我们已经说过。这个转变之中有一个媒介，就是《楚辞》。《楚辞》是辞赋的鼻祖，它还带有几分《国风》的流风余韵，但是它的音节已不像波纹线而像直线，它的技巧已渐离简朴而事铺张了。乐府五言大胆地丢开《诗经》的形式，是因为《楚辞》替它开了路。所以辞赋对于诗的影响还不仅在律诗，古风也是由它脱胎出来的。

赋是介于诗和散文之间的。它有诗的绵密而无诗的含蓄，有散文的流畅而无散文的直截。赋的题材并非绝对需要韵文的形式。《荀子》的文章大半都很富丽，《赋篇》《成相》虽用赋体，实在还和他的其他论文差不多。周秦诸子里有许多散文是可以用赋体写的，例如《庄子·齐物论》：

> 夫大块噫气，其名为风。是唯无作，作则万窍怒呺。而独不闻之翏翏乎？山林之畏佳，大木百围之窍穴，似鼻、似口、似耳、似枅、似圈、似臼、似洼者、似污者，激者、謞者、叱者、吸者、叫者、譹者、宎者、咬者，前者唱于而随者唱喁。泠风则小和，飘风则大和，厉风济则众窍为虚，而独不见之调调、之刁刁乎？

这段散文在宋玉的手里就可以写成《风赋》，在欧阳修的手里就可以写成《秋声赋》了。赋是韵文演化为散文的过渡期的一种联锁线。所以历来选家对于“辞赋”一类颇费踌躇。它本出于诗，它的影响却同时流灌到诗和散文两方面。诗和散文的骈俪化都起源于赋，要懂得中国散文的变迁趋势，赋也是不可忽略的。

何以说诗和散文的骈俪化都起源于赋呢？赋侧重横断面的描写，要把空间中纷陈对峙的事物情态都和盘托出，所以最容易走上排偶的路。比如上文所引的《无羊》诗就已有排偶的痕迹。诗人固不必有意于排偶，但是既同时写牛又写羊，自然会拿它们来两两对较。文字排偶不过是翻译自然事物的排偶。我们如果把班固的《两都赋》、张衡的《两京赋》和左思的

《三都赋》的写法略加分析，便可明白这个道理。它们都从东西南北、上下左右、四面八方地铺张，又竭力渲染每一方的珍奇富庶（如其东有什么什么，其西又有什么什么之类）。这样“双管齐下”，排偶是当然的结果。

本来各种艺术都注重对称。几上的花瓶，门前的石兽，喜筵上的红蜡烛，以至于墓道旁的松柏都是成双成对，如果是奇零的，观者就不免觉得有些欠缺。图画、雕刻、建筑都是以对称为原则。音乐本来有纵而无横，但抑扬顿挫也往往寓排偶对仗的道理。美学家以为这种排偶对仗的要求像节奏一样，起于生理作用。人体各器官以及筋肉的构造都是左右对称。外物如果左右对称，则与身体左右两方面所费的力量也恰相平衡，所以易起快感。文字的排偶与这种生理的自然倾向也有关系。

我们在第二章已经说过，赋源于隐，隐是一种谐，含有若干文字游戏的成分。在作赋猜谜时，人类已多少意识到文字本身的美妙，于是拿它来玩把戏。排偶对仗是自然的要求。他们发觉它的美妙，于是尽量地用它。如果艺术是精力富裕的流露，赋可以说是文字富裕的流露。律诗和骈体文也是如此。

西方诗人，就常例说，都比较中国诗人欢喜铺张。他们的许多中篇诗其实都只是“赋”，格雷（Gray）的《墓园吟》、弥尔顿的《快乐者》和《沉思者》、雪莱的《西风歌》、济慈的《夜莺歌》以及雨果的《高山听闻》和《拿破仑赎罪吟》诸作，都是好例。西方艺术也素重对称，何以他们的诗没有走上排偶的路呢？这是由于文字的性质不同。

第一，中文字尽单音，词句易于整齐划一。“我去君来”，“桃红柳绿”，稍有比较，即成排偶。西文单音字与复音字相错杂，意象尽管对称而词句却参差不齐，不易对称。例如雪莱的：

> Music，when soft voices die，
> Vibrates in the memory；
> Odours，when sweet violets sicken，
> Live within the sense they quicken.

和丁尼生的：

The long light，shakes across the lakes，

And the wild cataract leaps in glory.

都是排偶，但是不能产生中国律诗的影响，就因为意象虽成双成对而声音却不能两两对称。比如“光”和“瀑”两字在中文里音和义都相对称，而在英文里 light 和 cataract 意虽相对而音则多寡不同，不能成对，犹如“司马相如”不能对“班固”，虽然它们都是专名。

第二，西文的文法严密，不如中文字句构造可自由伸缩颠倒，使两句对得很工整。比如“红豆啄余鹦鹉粒，碧梧栖老凤凰枝”两句诗，若依原文构造直译为英文或法文，即漫无意义，而在中文却不失其为精练，就由于中文文法构造比较疏简有弹性。再如“疏影横斜水清浅，暗香浮动月黄昏”两句诗没有一个虚字，每个字都实指一种景象，若译为西文，就要加上许多虚字，如冠词、前置词之类。中文不但冠词和前置词可以不用，即主词动词亦可略去。在好诗里这种省略是常事，而且也很少发生意义的暧昧。单就文法论，中文比西文较宜于诗，因为它比较容易做得工整简练。

文字的构造和习惯往往能影响思想。用排偶文既久，心中就于无形中养成一种求排偶的习惯，以至观察事物都处处求对称，说到“青山”便不由你不想到“绿水”，说到“才子”便不由你不想到“佳人”。中国诗文的骈偶起初是自然现象和文字特性所酿成的，到后来加上文人求排偶的心理习惯，于是就“变本加厉”了。

艺术上的技巧都是由自然变成人为的。古人诗文本来就质朴自然，后人则连质朴自然都还要出力去学，其他可想而知。骈俪的演化也是如此。《诗经》里已偶有对句，例如“参差荇菜，左右流之；窈窕淑女，寤寐求之”，“觏闵既多，受侮不少”，“手如柔荑，肤如凝脂”，“昔我往矣，杨柳依依；今我来思，雨雪霏霏”之类。在这些实例中诗人意到笔随，固无心求排偶。到《楚辞》就逐渐有意于排偶了。例如《九歌》中的《湘君》：

> 采薜荔兮水中，搴芙蓉兮木末。心不同兮媒劳，恩不甚兮轻绝。石濑兮浅浅，飞龙兮翩翩。交不忠兮怨长，期不信兮告予以不闲。

接连几句排偶，决非出之无心，不过虽排偶尚不失质朴。汉人虽重辞赋，而作者如司马相如、枚乘、扬雄诸人都只在整齐而流畅的韵文中偶作骈语，亦不求其精巧，例如枚乘的《七发》：

> 龙门之桐，高百尺而无枝。中郁结之轮菌，根扶疏以分离。上有千仞之峰，下临百尺之溪。湍流溯波，又澹淡之。

这一段虽然也见出作者有意于排偶，但整齐之中仍寓疏落荡漾之致，富丽而不伤芜靡，排比而不伤板滞。后来班固、左思、张衡诸人乃逐渐向堆砌雕琢的路上走，但仍不失汉人浑朴古拙的风味。魏晋以后，风气变更，就一天快似一天了。例如鲍照的《芜城赋》：

> 若夫藻扃黼帐，歌堂舞阁之基；璇渊碧树，弋林钓渚之馆。吴蔡齐秦之声，鱼龙爵马之玩，皆薰歇烬灭，光沉响绝。东都妙姬，南国丽人，蕙心纨质，玉貌绛唇，莫不埋魂幽石，委骨穷尘，岂忆同舆之愉乐，离宫之苦辛哉！

就有几点与汉赋不同。第一，它很显然地在炼字琢句，尤其是比喻格用得多，例如“璇渊碧树”“玉貌绛唇”“埋魂”之类。第二，它着重声色臭味的渲染，如“藻”“黼”“碧”“绛”“薰”“烬”“光”“响”“歌”“声”之类，辞赋的富丽就是由这种渲染起来的。第三，句法逐渐趋向四六的类型，这就是说，句的字数四六相间，上下相排偶。第四，声音方面也渐有对仗的趋势，尤其是句末的字，例如“基”与“馆”“声”与“玩”之类。这几点都是“律赋”的特色。齐梁时律诗仍不多见，而律赋则连篇皆是。梁元帝、江淹、庾信、徐陵诸人的作品不但意精词妍，声音也像沈约所说的“前有浮声则后有切响”了。

总观辞赋演化的痕迹可以分为三个阶段：

一、放大简短整齐的描写诗为长篇大幅的流畅富丽的韵文。就形式说，赋打破诗和散文的界限，或则说，它是诗演变为美术散文的关键。在这个阶段里，赋虽偶作骈语而不求精巧。在音调方面，它还没有有意求对称的痕迹。它的风格还保持古代文艺的浑厚质朴。例如汉赋。

二、技巧渐精到，意象渐尖新，辞藻渐富丽，作者不但求意义的排偶，也逐渐求声音的对称和谐。例如魏晋的赋。

三、技巧成熟，汉魏古拙朴直的风味完全失去，但是词句极清丽，声音极响亮，声色臭味的渲染极浓厚，四六骈俪的典型成立，运用典故及比喻格的风气也日盛。在这个阶段里，古赋已变为律赋。例如宋齐梁陈诸代的作品。

这个演化次第中有一点最值得注意，就是讲求意义的排偶在讲求声音的对仗之前。意义的排偶在《楚辞》、汉赋里已常见，声音的对仗则到魏晋以后才逐渐成为原则。从这件事实看，我们可以推测声音的对仗实以意义的排偶为模范。辞赋家先在意义排偶中见出前后对称的原则，然后才把它推行到声音方面去。意义所含的迹象大半关于视觉，声音则全关听觉。人类的听觉本较视觉为迟钝，所以在诗方面，声虽先于义，而关于技巧的讲求，则意义反在声音之前。

三　赋对于诗的三点影响

赋的演化大概如上所述，现在我们回头来说它对于诗的影响。关于这层，有三点最值得注意：

一、意义的排偶，赋先于诗。诗在很古时代就有对句，我们前已说过，但是它们不是从有意刻画得来的。如果我们顺时代次第，拿赋和诗比较，就可以见出赋有意地求排偶，比诗早。汉人作赋，接连数十句用骈语，已是常事。枚乘《七发》、班固《两都赋》、左思《三都赋》之类的作品，都是骈句多于散句。至于汉人的诗则骈句仅为例外。《上山采蘼芜》和《陌上桑》诸诗是不可多见的连用排比的诗，但是它们都是出于自然，而且也不是严格的骈语。《上山采蘼芜》拿新人和旧人对比，双管齐下，对称本是意中事。如果同样的材料落到赋家手里，一定没有那样质朴。本来是易落骈偶的材料，而诗人却没有落到骈偶，只此一端，可见汉人做诗还没有很受赋的影响。《陌上桑》的“青丝为笼系”一段虽已近于赋的铺张，但历数事物，本易重叠，如果拿它来比和它同时代的历数事物的赋（如左思《蜀都赋》“孔雀群翔，犀象竞驰”以下一段），工拙之分便显然易见了。魏晋间的赋去汉已远，而诗却仍有若干汉人的风骨。曹植的《洛神赋》和《七启》是何等纤丽的文字，而他的诗却仍有几分汉诗的浑厚古朴，虽然这种浑厚古朴已经是人为的，由模仿揣摩得来的。不过他究竟是以赋家而兼诗人，他的诗已是新时代的预兆。例如《情诗》里“始出严霜结，今来白露晞”已俨然是律句，《公宴诗》里连用四联对句，已开谢、鲍的端倪，“朱华冒绿池”一句每字都有雕琢痕迹。区区一字往往可以见出时代的精神，例如陆机的“凉风绕曲房”的“绕”字，张协的“凝霜竦高木”的“竦”字，谢灵运的“白云抱幽石，绿筱媚清涟”的“抱”字和“媚”字，鲍照的“木落江渡寒，雁还风送秋”的“渡”字和“送”字之类，都有意力求尖新，在汉诗中决找不出。《木兰辞》的时代已不可考，但就“朔气传金柝，寒光照铁衣”“当窗理云鬓，对镜贴花黄”诸句看，似非魏晋以前的作品。从谢灵运和鲍照起，诗用赋的写法日渐其盛。律诗第一步只求意义的对仗，鲍、谢是这个运动的两大先驱（当时虽无“律”的名称，“律”的事实却在那里）。在汉朝赋已重排偶而诗仍不重排偶，魏晋以后诗也向排偶路上走，而且集排偶大成的两位大诗人——谢灵运和鲍照——都同时是辞赋家。从这个事实看，我们推测到诗的排偶起于赋的排偶，并非穿凿附会了。

二、声音的对仗，赋也先于诗。曹丕在《典论》里已辨明声音的清浊，陆机在《文赋》里已倡“声音迭代”之说，都远在沈约的“前有浮声则后有切响”之说之前。魏晋以后人所谓“文”，与“笔”相对。“笔”就是散文，“文”则专指韵文，包括辞赋诗歌在内。但是在陆机的时代实行“声音迭代”的理论者只有辞赋，而诗歌则除韵脚以外，不拘拘于平仄的对称。陆机的《文赋》、鲍照的《芜城赋》之类都是大体已用平仄对称的声调，至于诗则谢灵运和鲍照诸人虽已用全篇排偶的写法，而对于声音则只计较句尾一字平仄，句内尚无有意求平仄对称的痕迹。“永明”诗人虽然讲究句内各字的声律，究竟不过是一种理论，沈约自己做诗，犯八病规则的就很多。句内的声音对仗由“永明”诗人开其端倪，到隋唐时才成为律诗的通例。

辞赋讲究音和义的对称都先于诗，也有一个道理。辞赋意在体物敷词，本以嘹亮妍丽为贵。诗的大旨在抒情，质朴古茂，自汉人已成为风气。辞赋比一般诗歌离民间艺术较远，文人化的程度较深。它的作者大半是以辞章为职业的文人，汉魏的赋就已有几分文人卖弄笔墨的意味。扬雄已有“雕虫小技”的讥诮。音律排偶便是这种“雕虫小技”的一端。但是虽说是“小技”，趣味却是十足。他们越做越进步，越做越高兴，到后来随处都要卖弄它，好比小儿初学会一句话或是得到一个新玩具，就不肯让它离口离手一样。他们在辞赋方面见到音义对称的美妙，便要把它推用到各种体裁上去。艺术本来都有几分游戏性和谐趣。于难能处见精巧，往往也是游戏性和谐趣的流露。辞赋诗歌的音义排偶便有于难能处见精巧的意味。要完全领会六朝人的作品，这一点也不可忽视。晋宋时代已有做“巧联”“打诨”的玩意，像“四海习凿齿，弥天释道安”“日下荀鸣鹤，云间陆士龙”之类的联语在当时都传为佳话。晋宋文人的趣味不难由此推知，而音律排偶的研究也自然是意中事了。

三、在律诗方面和在赋方面一样，意义的排偶也先于声音的对仗。“律诗”的名称到唐初才出现，一般诗史家以为它是宋之问和沈佺期两人所提倡起来的。但是律诗在晋宋时已成为事实。如果单说意义的排偶，我们在上文已经说过，《诗经》《楚辞》里就有很多的例，汉魏诗更不必说。不过汉魏以前，排句在一首诗里仅偶占一小部分，对仗亦不求工整，它们大半出于自然，作者并不必有意于排偶，尤其没有把排偶悬为定格。全篇对仗工整的诗在谢灵运集里才常见。我们如果统计他的五言诗，便可以发现排句多于不排句。例如他的《登池上楼》：

潜虬媚幽姿，飞鸿响远音。薄霄愧云浮，栖川怍渊沉。

进德智所拙，退耕力不任。徇禄反穷海，卧疴对空林。
衾枕昧节候，褰开暂窥临。倾耳聆波澜，举目眺岖嵚。
初景革绪风，新阳改故阴。池塘生春草，园柳变鸣禽。
祁祁伤豳歌，萋萋感楚吟。索居易永久，离群难处心。
持操岂独古，无闷征在今。

就俨然近似排律，所以还未走到严格的排律者，就因为意义虽排偶而声音却不平仄对仗，平常对平，仄常对仄。这种体格从谢灵运发端之后，在当时极流行。我们试翻阅鲍照、谢朓、王融诸人诗集，就可以见排偶的风气之盛。不过这种排偶都只限于意义。全篇意义排偶又加上声音对仗，俨然成为律诗的作品到梁时才出现。这个新运动的元勋——说来很奇怪——不是提倡四声八病的沈约而是与他同时的何逊。何逊的集中才开始有很工整的五律，例如：

秋风木叶落，萧瑟管弦清。望陵歌对酒，向帐舞空城。
寂寂檐宇旷，飘飘帷幔清。曲终相顾起，日暮松柏声。

——《铜雀伎》

夕鸟已西渡，残霞亦半消。风声动密竹，水影漾长桥。
旅人多忧思，寒江复寂寥。尔情深巩洛，予念返渔樵。
何因宿归愿，分路一扬镳。

——《夕望江桥》

像这样音义都对称的诗在沈约的集中反不易寻出。何逊以后，五律的健将要推阴铿，虽然范云、王融、梁元帝诸人也常做五言律诗。梁代的五律与唐代的五律有一点不同，就是韵脚不一定押平声。谢灵运、鲍照（意义的排偶）和何逊、阴铿（声音的对仗）是律诗的四大功臣。唐人讲究律诗，受他们的影响最大，所以杜甫有“熟知二谢将能事，颇学阴何苦用心”之句。七律起来较晚，北周庾信的《乌夜啼》是最早的例子。到唐朝宋之问、沈佺期诸人的手里，它才成立一格。唐人所谓“律诗”包括绝句在内，因为它虽不必讲意义的排比，却常讲声音的对仗（有人说，“绝”意指“截”，绝句截取律诗的首联与第二联或末联）。陈隋时代已有很好的五绝，例如：

山中何所有？岭上多白云。只可自怡悦，不堪持赠君。

——陶弘景《答诏》

入春才七日，离家已二年。人归落雁后，思发在花前。

——薛道衡《人日思归》

都颇佳妙。像这一类作品摆在唐人集中已不易辨出了。

四　律诗的排偶对散文发展的影响

说来很奇怪，中国散文讲音义对仗，反在诗之前。《孟子》《荀子》《老子》诸书中常有连篇的排句。这大概是因为作者的思想丰富，同时顾到多方面的头绪，所以造语自然排偶，与辞赋状物，易趋于排偶，同一道理。汉人著作，除史书外，大半仍骈多于散。这一方面是承继周秦诸子的遗风余韵，一方面也多少受辞赋的影响。左丘明的《春秋传》和司马迁的《史记》之类史书是中国散文离开排偶而趋向直率的一个最大的原动力。这般作者在秦汉时代是反时代潮流的。史书所以最早有直率流畅的散文，也有一个道理，因为史专叙事，叙事的文章贵轻快，最忌板滞，而排偶最易流于板滞。清朝古文运动中的作者最推尊左国班马，就是因为这些“古典”所给的是最纯粹的散文。

文章的排偶在汉赋中规模大具。魏晋以后，它对于散文本来已具雏形的排偶又加以推波助澜。六朝散文受辞赋的影响是很显然的。魏晋人在书牍里就已作很工整的骈语，例如曹丕《与朝歌令吴质书》：

> 高谈娱心，哀筝顺耳；驰骋北场，旅食南馆；浮甘瓜于清泉，沉朱李于寒水。

曹植《与杨德祖书》：

> 昔仲宣独步于汉南，孔璋鹰扬于河朔，伟长擅名于青土，公幹振藻于海隅，德琏发迹于北魏，足下高视于上京。当此之时，人人自谓握灵蛇之珠，家家自谓抱荆山之玉。

我们试想想：前一例散文和《上山采薇》《西北有浮云》诸诗同一作者，后一段散文与《箜篌引》《名都篇》《赠白马王彪》诸诗同一作者；诗和散文的风味相差几远！这种在散文中讲骈偶对仗的风气到齐梁时代更甚。从诏令疏表之类的应用文以至《文心雕龙》之类的著述文，都是以骈俪为常轨。我们只略翻阅当时的文集或选本，就可以知道散文的骈俪化——或则说“辞赋化”——到了什么程度。

说魏晋以后的散文受辞赋的影响而讲音义排偶，多数人也许承认；说魏晋以后的诗受辞赋的影响而讲音义排偶，听者也许怀疑。但是事实在那里，用不着雄辩。意义的排偶和声音的对仗都发源于辞赋，后来分向诗和散文两方面流灌。散文方面排偶对仗的支流到唐朝为古文运动所挡塞住，而诗方面排偶对仗的支流则到唐朝因律诗运动（或则说“试帖诗”运动，试帖诗以律诗为常轨，自唐已然）而大兴波澜，几夺原来辞赋正流的浩荡声势。这种演变的轨迹非常明显，细心追索，渊源来委便一目了然了。

第十二章 中国诗何以走上“律”的路（下）：声律的研究何以特盛于齐梁以后

一 律诗的音韵受到梵音反切的影响

律诗有两大特色，一是意义的排偶，一是声音的对仗。我们在上文里所得的结论是：一、意义的排偶与声音的对仗都起于描写杂多事物的赋。二、在赋的演化中，意义的排偶较早起，声音的对仗是从它推演出来的，这就是说，对称原则由意义方面推广到声音方面。三、诗的意义排偶和声音对仗都是受赋的影响。“律赋”早于“律诗”，在律诗方面，声音的对仗也较意义的排偶稍后起。

从历史看，韵的考究似乎先于声的考究。中国自有诗即有韵，至于声的考究起于何时，向来没有定论，一般人以为它起于齐永明时代（第五世纪末）。《南史·陆厥传》说：

> （永明）时，盛为文章。吴兴沈约、陈郡谢朓、琅邪王融，以气类相推毂。汝南周颙善识声韵。约等文皆用宫商，将平上去入四声，以此制韵，有平头、上尾、蜂腰、鹤膝。五字之中，音韵悉异；两句之内，角徵不同，不可增减。世呼为“永明体”。

周颙曾著《四声切韵》，沈约曾著《四声谱》，两书为声韵书始祖，可惜都不传。一般人以声律起于永明，大半根据这段史实。其实声的分别是中国语言所固有的，中国自有诗即有韵，亦即有声。我们现在所讨论的，不是韵是否先于声？而是韵的考究是否先于声的考究？声的考究可分两种：一种是考究韵脚的声，一种是考究句内每字的声。考究韵的声和考究韵一样古。打开《诗经》和汉魏人的作品看，平韵大半押平韵，仄韵大半押仄韵。例如《国风》第一篇诗《关雎》首二章，一律用平声韵，第三章一律用入声韵，第四章一律用上声韵，第五章一律用去声韵。这就是古人早已在韵脚字论声的证据。考究句内各字的声音则似从齐梁时起。齐梁时才有论声律的专著，齐梁诗人才在作品里讲声音的对仗。

声律的研究何以特盛于齐梁时代呢？上篇所讲的赋的影响是主因之一。赋到齐梁时代达到它的精妍的阶段，于意义排偶之外又讲究声音对仗。诗赋同源，声律的推敲由赋传染到诗，自是意料中事。这种演变是逐渐形成的，虽然到齐梁时才达到它的顶点，而萌芽则早伏于汉魏时代。在这长时期的演变中，诗赋又同时受一个很大的外来的影响，就是佛教经典的翻译和梵音研究的输入。佛教何时传入中国，世无定论；但是佛经的翻译从东汉时起，有《魏书·释老志》以及《隋书·经籍志》可据。明帝派遣蔡愔和秦景使印度，求得《四十二章经》，又带了几位印度和尚摄摩腾、竺法兰回到洛阳，立白马寺，译佛经。以后印度和尚川流不息地赍经到中国来，作译经和传道工作。到了隋朝，佛经已译出二千三百九十部之多。这种大规模的印度文化的输入，在中国文化史上是第一件大事迹。它对于哲学、文学、艺术以及政治风俗的影响都还待历史家详细探讨，以往的书籍对于这一方面大半太疏略。

我们现在只谈字音的研究。梵音的输入是促进中国学者研究字音的最大原动力。中国人从知道梵文起，才第一次与拼音文字见面，才意识到一个字音原来是由声母（子音）和韵母（母音）拼合成的。本来两字音读快时合成一音，在中文里是常见的现象。《尔雅》已有“不律谓之笔”之语。不过汉儒注书训音，只用“譬况假借”，如某字读若某音之类，并不曾根据合两音为一音的现象为反切。据《颜氏家训·音辞》篇和陆德明的《经典释文序录》，反切起于魏朝孙炎。据章太炎说，应邵注《汉书·地理志》，已有“垫音徒浃反”“潼音长答反”之例，反切起于东汉。无论如何，反切在汉魏之交才起始，在当时仍是一件新发明的东西，所以“高贵乡公不解反语，以为怪异”（《颜氏家训·音辞》）。反切是应用拼音的方法于本非拼音的文字。如果不受拼音文字的启示，中国学者决难在本非拼音的中国文字中发现拼音的道理。所以反切是无疑地承受梵音的影响。反切起于汉魏之交，恰在印度和尚来中国和译佛经的风气大行之后，也可以证明造反切者是应用梵音的拼音于中文。郑樵《通志》说切韵之学起于西域，本是不错的话。陈澧《切韵考》以为反切起于汉而三十六字母起于唐，便断定《通志》错误，实在没有明白反切虽因三十六字母而有系统条理，却不必和字母同时起来。他没有明白反切就是拼音；而中国人知道拼音的道理是从梵音输入起始的。

反切是梵音影响中国字音研究的最早实例，不过梵音对于中国字音研究的影响还不仅限于反切。梵音的研究给中国研究字音学者一个重大的刺激和一个有系统的方法。从梵音输入起，中国学者才意识到子母复合的原则，才大规模地研究声音上种种问题。从东汉到隋唐的时期，字音研究的情形极类似我们现在的情形。清朝许多小学家虽极注意音韵，但是他们费了许多功夫的结果反不如现代学者略加涉猎所得的精密准确，就因为他们没有，而我们有西方语言学做榜样。对于字音之研究，六朝人比汉人进一层，也就因为汉人没有，而汉以后人有梵音做比较的资料。齐梁时代的研究音韵的专书都多少是受梵音研究刺激而成的。比如说四声分别，它决不是沈约的发明而是反切研究的当然的结果。反切之下一字有两重功用，一是指示同韵（同母音收音），一是指示同调质（同为平声或其他声）。例如“公，古红反”，“古”与“公”同用一个子音；“红”与“公”不仅以同样母音收声，而且这个母音必同属平声。四声的分别是中国字音所本有的；意识到这种分别而且加以条分缕析，大概起于反切；应用这种分别于诗的技巧则始于晋宋而极盛于齐永明时代。当时因梵音输入的影响，研究音韵的风气盛行，永明诗人的声律运动就是在这种风气之下酝酿成的。

二　齐梁时代诗求在文辞本身见出音乐

赋的影响和梵音的影响之外，中国诗在齐梁时代走上“律”的路，还另有一个更重要的原因，就是乐府衰亡以后，诗转入有词而无调的时期，在词调并立以前，诗的音乐在调上见出；词既离调以后，诗的音乐要在词的文字本身见出。音律的目的就是要在词的文字本身见出诗的音乐。

永明声律运动起来之后，惹起许多反响。钟嵘在《诗品》里说：“古曰诗颂，皆被之金竹，故非调五音无以谐会。……今既不被管弦，亦何取于声律耶？”《诗品》中本多谬论，此其一端，古诗并未尝有意地“调五音”，正因其“被之金竹”，音见于金竹即不必见于文字；今诗“取声律”，正因其“不被管弦”，音既不见于管弦即须见于文字。要明白这个道理我们须略讲各国诗歌音义离合的进化公例。就音与义的关系说，诗歌的进化史可分为四个时期：

一、有音无义时期。这是诗的最原始时期。诗歌与音乐、舞蹈同源，共同的生命在节奏。歌声除应和乐、舞节奏之外，不必含有任何意义。原始民歌大半如此，现代儿童和野蛮民族的歌谣也可以作证。

二、音重于义时期。在历史上诗的音都先于义，音乐的成分是原始的，语言的成分是后加的。换句话说，诗本有调而无词，后来才附词于调；附调的词本来没有意义，到后来才逐渐有意义。词的功用原来仅在应和节奏，后来文化渐进，诗歌作者逐渐见出音乐的节奏和人事物态的关联，于是以事物情态比附音乐，使歌词不唯有节奏音调而且有意义。较进化的民俗歌谣大半属于此类。在这个时期里，诗歌想融化音乐和语言。词皆可歌，在歌唱时语言弃去它的固有节奏和音调，而迁就音乐的节奏和音调。所以在诗的调与词两成分之中，调为主，词为辅。词取通俗，往往很鄙俚，虽然也偶有至性流露的佳作。

三、音义分化时期。这就是“民间诗”演化为“艺术诗”的时期。诗歌的作者由全民众变为自成一种特殊阶级的文人。文人做诗在最初都以民间诗为蓝本，沿用流行的谱调，改造流行的歌词，力求辞藻的完美。文人诗起初大半仍可歌唱，但是着重点既渐由歌调转到歌词，到后来就不免专讲究歌词而不复注意歌调，于是依调填词的时期便转入有词无调的时期。到这个时期，诗就不可歌唱了。

四、音义合一时期。词与调既分立，诗就不复有文字以外的音乐。但是诗本出于音乐，无论变到怎样程度，总不能与音乐完全绝缘。文人诗虽不可歌，却仍须可诵。歌与诵所不同的就在歌依音乐（曲调）的节奏音调，不必依语言的节奏音调；诵则偏重语言的节奏音调，使语言的节奏音调之中仍含有若干形式化的音乐的节奏音调。音乐的节奏音调（见于歌调者）可离歌词而独立；语言的节奏音调则必于歌词的文字本身上见出。文人诗既然离开乐调，而却仍有节奏音调的需要，所以不得不在歌词的文字本身上做音乐的功夫。诗的声律研究虽不必从此时起（因为词调未分时，词已不免有迁就调的必要），却从此时才盛行。在欧洲各国，诗人有意地求在文字本身上见出音乐，起源虽然都很早，但是技巧的成熟则在十九世纪，象征派所产生的“纯诗运动”把文字的声音看得比意义更重要，是诗人在文字本身求音乐的一个极端的例子。

这四个时期是各国诗歌进化所共经的轨迹。中国诗也是这个普遍公式中的一个实例。诗的有音无义的时期除少数现行儿歌之外，已无史迹可据；因为文字所记载的诗都限于有歌词的诗。见于文字记载的诗以《诗经》为最早。《诗经》里的诗大半可歌，歌必有调，调与词虽相谐合而却可分立，正如现在歌词与乐谱的关系一样。班固《艺文志》说：

> 《书》曰：“诗言志，歌永言。”故哀乐之心感而歌咏之声发。诵其言谓之“诗”，咏其声谓之“歌”。

所谓“言”就是歌词，所谓“声”就是乐调。现在《诗经》只有“言”而无“声”，我们很难断定在《诗经》发生时代“言”与“声”的关系究竟如何。如果拿一般民俗歌谣与祭祀宴享诗来比拟，我们可以推测《诗经》时期还是音重于义时期。它的最大功用在伴歌音乐，离开乐调的词在起始时似无独立存在的可能。孔子删诗，已在“王迹息而诗亡”之后，所谓“诗亡”自然只能指“调亡”而不能指“词亡”。《史记》虽有“诗三百篇，孔子皆弦歌之”的传说，但就《论语》所载孔子论诗的话来看，他着重“不学诗，无以言”。诵诗须能“从政”“专对”，诗的要旨在“思无邪”，学诗的功用在能“事父”“事君”以及“多识于草木鸟兽之名”，他的兴趣似已偏重诗的词，带有几分文人的口味了。本来在他的时代，诗的乐调已散失，他所捉摸得着的也只有词。这就是说，《诗经》在孔子时代已由音重于义时期转到音义分化时期了。后来齐、鲁、韩三家诗学都偏重训诂解释，诗的乐调更无人过问了。

诗到汉朝流为乐府。班固在《汉书》记乐府起源如下：

> （武帝）立乐府，采诗夜诵，于是有代赵秦楚之讴。以李延年为协律都尉，多举司马相如等数十人造为诗赋，略论律吕以合八音之调，作十九章之歌。
>
> ——《礼乐志》

> 是时上方兴天地诸祠，欲造乐，令司马相如等作诗颂，延年辄承意弦歌所造诗，为之新声曲。
>
> ——《李延年传》

从这两段话看，“乐府”原来是一种掌音乐诗歌的衙门。它的职务不外三种：收集各地民歌（词与调兼收，调叫作“曲折”），制新词，谱新调。后来这个衙门所收集的和所制作的诗歌乐调便统称为“乐府”。乐府含有两大类材料：一是民间歌谣，如郭茂倩《乐府诗集》中的《鼓吹曲辞》《横吹曲辞》《相和歌辞》《清商曲辞》《杂曲歌辞》之类，一是文人乐师所做的歌功颂德、告神祈福的作品，如《乐府诗集》中的《郊庙歌辞》《燕射歌辞》之类。这两种材料相当于《诗经》中的《风》和《雅》《颂》。假如孔子迟生几百年，所谓“代赵秦楚之讴”自然纳入《代风》《赵风》等等中，至于《安世房中歌》《郊祀歌》之类则入《汉颂》了。

乐府在初期还是属于“音重于义”的时期。有调的虽不尽有词，有词的却必都有调。既有衙门专司其事，歌词就不像从前专靠口头传授，都要写在书本上了。写的方法或如近代歌词旁注工尺谱。沈约在《宋书》里推原汉《铙歌》难解的原因说："乐人以声音相传，训诂不可复解。"明杨慎在《乐曲名解》替沈约的话下注解说："凡古乐录，皆大字是词，细字是声，声词合写，故致然耳。"这大概是不错的话。当初原以声音为最重要，所以对于词的真确不留意保存。

乐府是酝酿汉魏五七言古诗的媒介。古诗既成立，乐府便由"音重于义"时期转入"音义分化"时期。乐府递化为古诗，最大的原因是乐府（衙门）中乐师与文人各有专职。制调者不制词，制词者不制调，于是调与词成为两件事，彼此有分立的可能。后来人兴味偏于音乐者或取调而弃词，兴味偏于文学者或取词而弃调。乐府初成立时，乐师本是主体，文人只是附庸。李延年是协律都尉，一切都由他统辖。乐府所收，大半词调俱备。宗庙祭祀乐歌，在起始时或沿《房中乐》《文始舞》（这都是汉人沿用前朝乐调）诸乐的旧例，采用已有的乐调，但是已有的歌词不适宜于新朝代，有改造的必要。司马相如一般文人的职务原来大概就在依旧调谱新词。新情感和新事实不必尽可以旧乐调传出，所以有谱新调的必要。谱新调时往往先制词而后制调。据《汉书·李延年传》所说："司马相如等作诗颂，延年辄承意弦歌所造诗，为之新声曲。"可见乐师已听文人的调动，词在先而乐在后，词渐变为主体而乐调反降为附庸了。这个变动很重要，因为它是词离调而独立的先声。

乐府能否成功，全靠文人和乐师能否合作。像司马相如和李延年那样相得益彰，颇非易事。汉乐府制到哀帝时已废，文人虽无乐师合作，但仍有做诗的兴趣，于是索性不承认乐调为诗歌的必要伴侣，独立地去做不用乐调的诗歌了。汉魏间许多文人本来不隶籍乐府，也常仿乐府诗的体裁，采乐府诗的材料，甚至于用乐府诗的旧题目做诗，虽然这种诗和乐府的精神相差甚远，也还叫作"乐府"。"青青河畔草"诗本言远别相思，而题目却为《饮马长城窟行》。唐元稹所以有"虽用古题，全无古义"，"如《出门行》不言离别，《将进酒》特书列女"之诮。这好比商人赁旧门面开新店，卖另一种货物，却仍打旧店主的招牌以招揽生意一样。汉魏人所以有这种把戏，是由于弃乐调而做诗的新运动还没有完全成功。一般人还以为诗必有乐调，所以在本来是独立的诗歌上冒上一个乐调的名称。汉魏以后，新运动完全成功，诗歌遂完全脱离乐调而独立了。诗离乐调而独立的时期就是文人诗正式成立的时期。总之，乐府递变为古风，经过三个阶段。第一是“由调定词”，第二是“由词定调”，第三是“有词无调”。这三个阶段后来在词和戏曲两方面也复演过。

诗既离开乐调，不复可歌唱，如果没有新方法来使诗的文字本身上见出若干音乐，那就不免失其为诗了。音乐是诗的生命，从前外在的乐调的音乐既然丢去，诗人不得不在文字本身上做音乐的功夫，这是声律运动的主因之一。齐梁时代恰当离调制词运动的成功时期，所以当时声律运动最盛行。齐梁是上文所说的音义离合史上的第四时期，就是诗离开外在的音乐，而着重文字本身音乐的时期。现在我们总结上章和本章的话，对于“中国诗何以走上律的路”这个问题作一个简赅的答复：

一、声音的对仗起于意义的排偶，这两个特征先见于赋，律诗是受赋的影响。

二、东汉以后，因为佛经的翻译与梵音的输入，音韵的研究极发达。这对于诗的声律运动是一种强烈的刺激剂。

三、齐梁时代，乐府递化为文人诗到了最后的阶段。诗有词而无调，外在的音乐消失，文字本身的音乐起来代替它。永明声律运动就是这种演化的自然结果。

附　替诗的音律辩护

——读胡适的《白话文学史》后的意见

作史都不能无取裁，胡适之先生的《白话文学史》像他的《词选》一样，所以使我们惊讶的不在其所取而在其所裁。我们不惊讶他拿一章来讲王梵志和寒山子，而惊讶他没有一字提及许多重要诗人，如陈子昂、李东川、李长吉之类；我们不惊讶他以全书五分之一对付《佛教的翻译文字》，而惊讶他讲韵文把汉魏六朝的赋一概抹杀，连《北山移文》《荡妇秋思赋》《闲情赋》《归去来辞》一类的作品，都被列于僵死的文学；我们不惊讶他用二十页来考证《孔雀东南飞》，而惊讶他只以几句话了结《古诗十九首》，而没有一句话提及中国诗歌之源是《诗经》。但是如果我们能接收他的根本原则，采取他的观点，他的这部书却是中国文学史的有价值的贡献。他把民间文学影响文人诗词的痕迹用着颜色的笔勾出来了。尽管有许多人不满意这部书，这一点特色就够使它活一些年代了。但是我们看，他的根本原则是错误的。他的根本原则是什么呢？一言以蔽之，“做诗如说话”。这个口号不仅是《白话文学史》的出发点，也是近来新诗运动的出发点。《白话文学史》不过是白话诗运动中的一个重要事件！就许多事件说，做诗决不如说话。在这篇文章里我把“做诗不如说话”的理由说出来，以就教于胡先生和一般讲诗学者。

作者附记

向来论诗的人们对于“诗”字的意义都用得很含混，有些人把它看得太广，有些人把它看得太窄。就最广的意义说，语言本身就是诗，因为语言就是情思的表现，活语言都是创造的，带有技巧的。我们并且可以把一切艺术的表现都看作“语言”，诗就是一切艺术所公有的特质，所以我们说画中有诗，说瓦格纳的音乐含有很浓厚的诗意，甚至于说一个人或一个动作是带有诗的风味的。意大利学者克罗齐以为一切艺术都是直觉的抒情的表现，而语言也是其中之一种。他把语言学和美学看作一件东西。这是用“诗”字的最广义。

就次广的意义说，凡是纯文学都是诗。我们说柏拉图的《对话集》、《新旧约》或是柳子厚的山水杂记是诗时，就是因为这些作品都属于纯文学。英国诗人雪莱说过：“诗和散文的分别是一个鄙俗的分别。”克罗齐在《十九世纪欧洲文学论文集》里主张用“诗和非诗”的分别来代替“诗和散文”的分别。这都是用“诗”字的次广义。

这两种意义都是忽视形式而偏重实质的，它们在理论上都不可非难，不过在实际应用时有许多不便利，这就像遇到张三李四不肯呼他们为“张三”“李四”而只肯叫他们为“人”一样，太混太泛了。“诗”字还有一个最滥的意义，就是专从形式上分别诗和散文，把一切具有诗的形式的文字通叫作“诗”。冬烘学究堆砌腐典滥调，诙谐者嘲笑邻家的姑娘，凑成四句七言，自己也说是“做诗”。“诗”字的这样用法是最不合理的。如果依它，李白杜甫的诗集和《三字经》《百家姓》《七言杂字》以及医方脉诀之类的东西都是一样高低了。

在这篇文章里我们提议用“诗”字的最寻常的意义，把它专指具有音律的纯文学，专指在形式和实质双方都是诗的文学作品。这个意义确定了，我们现在来研究纯文学之中何以有一部分要用音律或诗的形式，并且研究这一类纯文学作品何以要别于散文。

我先要表明我的美学的立场，诗人的本领在见得到，说得出。通常人把见得到的叫作“实质”，把说得出的叫作“形式”。他们以为实质是语言所表现的情思，形式是情思所流露的语言，实质在先，形式在后，情思是因，语言是果，先有情思然后用语言把它表现出来。这是弥漫古今中外的一个大误解。许多关于诗的无谓的争论都由它酿成。我们先要打破这个误解。

诗有音义，它是语言和音乐合成的。要明白诗的性质，先要明白语言的性质和音乐的性质。音乐的性质到下文再讲，现在先讲语言的性质。语言是什么呢？一般语言学家说：“语言是表现思想和感情的。”这个定义细经分析是漫无意义的。它误在“表现”两个字。“表现”是一个及物的动词，它所指的动作须有主动者和被动者。比如说“猫吃鼠”，猫是主动者，鼠是被动者，而“吃”字则表示这个及物的动作。说“语言表现情思”时，语言和情思的关系是否如说“猫吃鼠”时猫和鼠的关系呢？语言是否把已在里面的东西翻到“表”面来“现”给人看呢？猫可离鼠而独立，语言却不能离情思而独立。什么叫作“思想”？它是心感于物时，喉舌及其他语言器官的活动（这是行为派心理学的主张，我从前反对它，近年来发现它和克罗齐的“直觉即表现”说暗合，对于这个问题再加了一番思考，觉得它是确实的）。什么叫作“感情”呢？它是心感于物时，各种器官（如筋肉血脉等等）变化的总称。旧心理学家说：“笑由于喜，哭由于悲。”

詹姆斯把它反过来说："喜由于笑，悲由于哭。"其实这两说都不精确，我们应该说："笑就是喜，哭就是悲。"这就是说，情感和它的表现原来不是两件可分离的东西。语言是情感发生种种器官变化中之一种，它是喉舌及其他语言器官的变化。照这样看，语言与思想和感情的关系都非常密切；但是这种关系，一不是因果的关系，二不是空间上表里的关系，三不是时间上先后的关系；所以"情感在先，语言在后；情思是因，语言是果；情思是实质，语言是形式"的见解根本是一个错误的见解。在各种艺术之中，情思和语言，实质和形式，都在同一顷刻之内酝酿成功。世间没有无情思的语言，世间也没有无语言的情感。"以言达意"是一句不精确的话。

语言与情思的真正关系如此，何以多数人有"情思在先，语言在后；情思在里面，语言在表面；情思是原因，语言是结果"的误解呢？语言是情思发动时许多器官变化中之一种，但是它和其他器官变化有一点不同。其他器官变化与时境同时消灭，语言可借文字留下痕迹来。情思过去了，语言的声响消散了，文字还可以独立存在，一般人把有形声可求的符号通叫作文字，其实文字有死有活的分别。文字的生命是情思。通常散在字典中的单字都已失去它在特殊的具体的情境之中所伴的情思，它已经是没有血肉的枯骸，这是死文字。每个人在特殊的具体的情境之中所说的话或是所做的诗文，都有情思充溢其中，这是活文字。活文字都离不开活语言，都离不开切己的情思，而死文字则是从活语言之中割宰下来的残缺的肢体，就是字典中的单字。比如说"莲"字。假如你的爱人叫作"莲"，你呼唤"莲"时所伴的情思是在字典里"莲"字脚下所寻不出的。"莲"字在你的口里是一个活文字，在字典里是一个死文字。一般人不知道文字有死活两种，以为文字就是字典中的单字，于是把死文字误认为一切文字。他们以为未有活人说的话做的诗文之前，世间先已有了一部字典。这部字典里的字就是他们所谓"文字"，也就是他们所谓"语言"。他们以为人在说话做诗文时就是在这部字典里取字来配合，好比姑娘们在针线篮里拣红线白线来绣花一样。这么一来，语言和情思便变成两件分立的东西，可随意拉拢起来，也可随意拆开来了，世间就可以先有独立的情思而后拿独立的语言来"表现"了。我们如果稍加思索，这种误解是显而易见的。

这番话像是题外话，其实是这篇文字的出发点。懂得情思和语言不可分离，实质和形式不可分离，它们中间并无“先后”“表里”“因果”种种关系。然后才可以进一步讨论诗要有音律，要与散文有别的道理。

诗和散文的分别不单在形式，也不单在实质；它是同时在形式和实质两方面见出来的。就形式说，散文的节奏是直率的无规律的，诗的节奏是低回往复的有规律的；就实质说，散文宜于叙事说理，诗宜于歌咏性情，流露兴趣。要明白诗和散文的分别，须先明白情趣和事理的分别。事理是直截了当，一往无余的；情趣是低回往复，缠绵不尽的。直截了当的事理宜用“叙述的语气”，缠绵不尽的情趣宜用“惊叹的语气”。在叙述语中事尽于辞，理尽于言；在惊叹语中语言只是情感的缩写字，情溢于辞，所以读者可凭想象而见出弦外之响。这是诗和散文的根本分别。

这个道理可以拿一个浅例来说明。比如看见一位年轻的美人，如果把这段经验当作“事”来叙，你说：“我看见一位年轻的美人。”话既说出，事就叙完了；如果把它当作“理”来说，你说“她年轻，所以漂亮”。话既说出，理也就说明了。你不必再说什么，人家就可以完全明白你的意义，人家也就不会在你的语言之外别求意义。但是如果你一见就爱了她，动了情感，你只说“我遇见她”，只说“她年轻所以漂亮”，甚至于说，“我爱她”，就还不算能了事，因为“我爱她”和其余两句话一样，还是在叙述一件事而不是吟咏一种情感。如果你真爱她，你此刻记念她，过一刻还是记念她。你想而又想，念而又念，你就要用一种特殊的语气才可以传出这种缠绵不尽的神情了。《左传》桓公二年有一条说：“宋华父督见孔父之妻于路，目逆而送之曰‘美而艳’！”这一段寥寥数字写尽华父督垂涎他人妻子的神情，在散文中可谓妙笔，而究竟不能说是诗，因为全文语气是“叙述的”而不是“惊叹的”。《诗经·郑风·出其东门》有两章诗：

> 出其东门，有女如云。虽则如云，匪我思存！缟衣綦巾，聊乐我员。
>
> 出其闉阇，有女如荼。虽则如荼，匪我思且！缟衣茹藘，聊可与娱。

这两章诗所写的经验颇类似《左传》所记华父督的故事，但是它是诗，因为它的语气是“惊叹的”，它的音节是低回往复的，它不是叙一件事，而是流露一种感情。

在“叙述语”中作者可以不露切己的情感，甚至于可以说假话。比如你纵然不爱一个女子而说“我爱她”，别人不能单从这文字上看出你的情感的真伪和深浅。在“惊叹语”中情见乎词，别人可以单从文字上多少窥测出你的情感的程度。上例“出其东门”的作者距我们年代虽很远，我们虽无从知其历史，但是他对于那些如云如荼的女子，并没有十分深挚的情感，因为他只表示出和她们“娱”“乐”的希望，音节方面也见不出缠绵悱恻的神情。我们拿《诗经·周南·卷耳》中四章诗和它比较看看：

采采卷耳，不盈顷筐。嗟我怀人，寘彼周行。
陟彼崔嵬，我马虺隤！我姑酌彼金罍，维以不永怀。
陟彼高冈，我马玄黄！我姑酌彼兕觥，维以不永伤。
陟彼砠矣，我马瘏矣。我仆痡矣！云何吁矣！

这诗也是描写爱情的，我们也无从知道作者的身世，但是我们知道她的情感比“出其东门”的作者深挚百倍。她的疲劳一章重似一章，她的声音一章凄婉似一章，最后她的力竭声嘶的情况更活跃欲现。这才是真情流露的文章。

然则诗绝对不叙事不说理么？诗有说理的，但是它的“理”融化在炽热的情感和灿烂的意象之中，它决不说抽象的未受情感饱和的理。诗也有叙事的，但是它的“事”也是通过情感的放大镜的，它决不叙完全客观的干枯的事。“哲学诗”和“史诗”，表面上虽似说理叙事，实际上都还是抒情。凡是号称“哲学诗”的作品，你如果从“哲学”观点去看，“理”往往很平凡甚至于荒谬，但是它们中间的上乘仍不失其为“诗”，因为作者毕竟是情胜于理的。这个道理我们只要稍留心英国十七世纪的“哲学派诗”和法国十九世纪维尼（A. de Vigny）的作品，便可以见出。至于叙事诗如《木兰辞》《孔雀东南飞》《长恨歌》等等的作者大半是对于豪情盛概的赞颂者或惋惜者，他们大半仍是用“惊叹的语气”。严格地说，一切艺术都是主观的，抒情的。

诗的生命在情趣。如果没有情趣，纵然有很高深的思想和很渊博的学问，也决不会做出好诗来，至多只能嚼名理或是翻书簏。严沧浪在他的诗话里说过一段很精辟的话：

> 夫诗有别材，非关书也；诗有别趣，非关理也。然非多读书，多穷理，则不能极其至。所谓不涉理路，不落言筌者，上也。诗者，吟咏情性也。盛唐诸人惟在兴趣……近代诸公乃作奇特解会，遂以文字为诗，以才学为诗，以议论为诗。夫岂不工，终非古人之诗也。盖于一唱三叹之音，有所歉焉。

“以文字为诗，以才学为诗，以议论为诗”三句话说尽中国许多诗人的通病，不独宋人为然。走上这条路的诗人上焉者仅可如韩昌黎做“押韵文”，下焉者则不免如文匠堆砌典故，卖弄寒酸。

胡适在《白话文学史》里批评韩昌黎说：

> 韩愈是个有名的文家，他用作文的章法来作诗，故意思往往能流畅通达，一扫六朝初唐诗人扭扭捏捏的丑态。这种“作诗如作文”的方法，最高的境界往往可到“作诗如说话”的地位，便开了宋朝诗人“作诗如说话”的风气。后人所谓“宋诗”，其实没有什么玄妙，只是“作诗如说话”而已。这是韩诗的特别长处。（页四一四）

胡先生的全部书都是隐约含着一个“作诗如说话”的标准，所以他特别赞扬韩愈和宋朝诗人的这一副本领。其实“作诗如作文”“作诗如说话”都不是韩愈和宋朝诗人的“特别长处”。作文可如说话，作诗决不能如说话，说话像法国喜剧家莫里哀所说的，就是“做散文”，它的用处在叙事说理，它的意义贵直截了当，一往无余，它的节奏贵直率流畅（胡先生的散文就是如此）。做诗却不然，它要有情趣，要有“一唱三叹之音”，低回往复，缠绵不尽。《诗经》是诗中的最上品，如果拿“作诗如说话”的标准来批评它，就未免太不经济了。比如《王风·黍离》：

> 彼黍离离，彼稷之苗。行迈靡靡，中心摇摇。知我者谓我心忧，不知我者谓我何求！悠悠苍天，此何人哉！
>
> 彼黍离离，彼稷之穗。行迈靡靡，中心如醉。知我者谓我心忧，不知我者谓我何求！悠悠苍天，此何人哉！
>
> 彼黍离离，彼稷之实。行迈靡靡，中心如噎。知我者谓我心忧，不知我者谓我何求！悠悠苍天，此何人哉！

这诗第二三两章都只换两个字，只有“苗”“穗”“实”三个字指示时间的变迁，而“醉”“噎”两字只是为叶韵，于意义上无增加。说话时谁能这样重复？如果“作诗如说话”，一句话何必说至两次三次呢？作文和说话都只贵达意，要能做到胡先生所推尊的“流畅通达”，最忌重复；作诗所以言情，感情愈深刻愈缠绵，音节也因而愈低回往复，它的语音就义说是重复，而就性情说却不是重复，它要有严沧浪所推尊的“一唱三叹之音”。

照胡先生的话看，韩愈不仅是“文起八代之衰”，诗也是如此，韩愈“作诗如作文”，开宋人“作诗如说话”的风气，在后世影响很大，这是确实的话，胡先生说这是他的“特别长处”，则是以为他的影响是好的。但是这恰适得其反。韩愈可以说是严沧浪所谓“以文字为诗，以议论为诗，以才学为诗”的开山始祖。他是由唐转宋的一大关键，也是中国诗运衰落的一大关键。

诗本是趣味性情中事，谈到究竟，只能凭灵心妙悟，别人和我有不同意见时，我只能说是趣味的不同，很难以口舌争。所以关于“宋诗”，我只能用“印象派”批评家的办法，聊说私人的感想。尽管近代有许多人推尊“宋诗”，我自己玩味宋人作品时，总感觉到由唐诗到宋诗，味道是由浓而变淡，由广而变窄，由深而变浅的。诗本来不能全以时代论，唐人有坏诗，宋人也有好诗。宋诗的可取处大半仍然是唐诗的流风余韵，宋诗的离开唐诗而自成风气处，就是严沧浪所谓“以文字为诗，以议论为诗，以才学为诗”，就是胡先生所谓“做诗如说话”；“兴趣”和“一唱三叹之音”都是宋诗的短处（词不在内）。宋诗的“兴趣”是文人癖性的表现。这个癖性中最大的成分是“诙谐”，最缺乏的成分是“严肃”。酬唱的风气在宋朝最盛，在酬唱诗文人都喜欢显本领，苏东坡做诗好和韵，做词好用回文体，仍然是韩愈好用拗字险韵的癖性。他们多少是要以文字为游戏的，多少是要在文字上逞才气的，所以韵愈押得“工”，话愈说得俏皮，自己愈高兴，旁人愈赞赏。总而言之，宋人是多少带有几分“做打油诗”的精神去做诗的。苏东坡的名句如“忽闻河东狮子吼，拄杖落手心茫然”，“舟行无人岸自移，我卧读书牛不知”，“诗人老去莺莺在，公子归来燕燕忙”之类；黄山谷的名句如“管城子无食肉相，孔方兄有绝交书”，“在吾甚爱之，勿使牛砺角，牛砺角尚可，牛斗残我竹”之类都是好例。

做打油诗可如说话，因为它本来只是文字游戏，没有缠绵不尽的情感，不必有“一唱三叹之音”，它所以用声韵，还是以此为游戏。胡先生既然定了一个“作诗如说话”的标准，在历史上遍处找合这标准的作品，看见最合式的是打油诗，所以特别推重王梵志和寒山子，他说，“后世所传的魏晋诗人的几首白话诗，都不过是嘲笑之作，游戏之笔，如后人的‘打油诗’”。他甚至于附和钟嵘的陶诗“出于应璩”之说，“应璩是做白话谐诗的，左思也做过白话的谐诗，陶潜的白话诗如《责子》《挽歌》也是诙谐的诗，故钟嵘说他出于应璩”。他在“杜甫”一章里也偏重杜甫的诙谐，并且把打油诗的历史渊源做过这样一段很是精彩的结束：

> 《北征》像左思的《娇女》，《羌村》最近于陶潜。钟嵘说陶诗出于应璩左思，杜诗同他们也都有点渊源关系。应璩做谐诗，左思的《娇女》也是谐诗，陶潜与杜甫都是有诙谐风趣的人，诉穷说苦都不肯抛弃这一点风趣。因为他们有这一点说笑话做打油诗的风趣，故虽在穷饿之中不至于发狂，也不至于堕落。这是他们几位的共同之点，又不仅仅是同做白话谐诗的渊源关系呵。（页三三四）

我们在上文说过，宋人也是多少带有几分做打油诗的精神去做诗的。在这一方面他们是韩愈的徒弟，而却不是陶潜杜甫的徒弟，因为他们偏向文字方面显诙谐，陶潜杜甫则只是在极严肃的人生态度之中偶露一点诙谐风趣。但是宋人也微合“作诗如说话”的标准，所以胡先生在批评韩愈时也颇称赞他们。

诗本来都要有几分诙谐，但是骨子里却要严肃深刻。它要有几分诙谐，因为一切艺术都和游戏有密切关系，都是在实际人生之外另辟一个意象世界来供观赏；它骨子里要严肃深刻，因为它须是至性深情的流露。过于诙谐的人不能做诗，过于严肃的人也不能做诗，陶潜杜甫都是把这两种成分配合得很适宜的。陶潜的《挽歌》和《责子》在集中不能算是代表作品，尤其不能完全以“打油诗”看待，虽然陶诗常常有谐趣。杜甫的《北征》和《羌村》也是如此。这几首诗在胡先生看只有诙谐，其实它们都是极严肃极沉痛的哀歌。宋人大半缺乏这种沉痛和严肃，但是也只在缺乏沉痛和严肃时才做出类于打油诗的作品，他们也有时能够达到很豪放或是很委婉的境界，尤其是在词的方面。

诙谐像柏格森所说的，出于理智，入于理智，不是情感的流露。我们不把打油诗认为诗，和柏格森不把喜剧认为纯粹的艺术，是一个道理。打油诗不是诗，我们就不能因为做打油诗如说话，而断定做诗如说话，胡先生的错误在认王梵志寒山子诸人的打油诗为诗，以为做这些打油诗既可如说话，做诗自亦不过尔尔。他又摭拾陶杜集中几首（或是几句）带有谐趣的诗，以一鳞一爪概一鱼一鸟，说陶杜的精神正从此种“做诗如说话”处见出。我们把胡先生所认为打油诗的陶潜的《挽歌》：

> 有生必有死，早终非命促。昨暮同为人，今旦在鬼录。
> 魂气散何之？枯形寄空木。娇儿索父啼，良友抚我哭。
> 得失不复知，是非安能觉！千秋万岁后，谁知荣与辱。
> 但恨在世时，饮酒不得足。

和最为人所传诵的王梵志的打油诗：

梵志翻着袜，人皆道是错。乍可刺你眼，不可隐我脚。

比较比较，看它们相差几远！胡先生引《挽歌》为谐诗的例子而密圈“但恨在世时，饮酒不得足”。大概是说它所以谐就是谐在这两句，这样解法不但把《挽歌》全章的严肃沉痛的语气都失去，连陶潜的性情品格都被误解了。

做诗决不能如说话。既可以用话说出来就不用再做诗。诗的情思是特殊的，所以诗的语言也是特殊的，每一种情思都只有一种语言可以表现（我把“表现”当作一个不及物的动词用如英文的 appear），增一字则太多，减一字则太少，换一种格调则境界全非。在各国文学中，某种格调宜于表现某种情思，某种体裁宜于产生某种效果，往往都有一定原则。《后山诗话》里有一条说：“杜之诗，韩之文，法也。诗文各有体，韩以文为诗，杜以诗为文，故不工耳。”专就韵文说，五古宜于朴茂，七古宜于雄肆，律诗宜于精细的刻画，绝句宜于抓住一纵即逝的片段的情景。诗与词的分别尤易见出。词只宜于清丽小品，以惯于做词的人去做诗，往往没有气骨；以惯于做诗的人去做词，往往失之鲁莽生硬。王直方《诗话》中有一条说：“东坡尝以所作小词示无咎、文潜曰：‘何如少游？’二人皆对云：‘少游诗似小词，先生小词似诗。’”这实在是确论。

凡诗都不可译为散文，也不可译为外国文，因为诗中音义俱重，义可译而音不可译。成功的译品都是创造而不是翻译。英人费兹杰拉德所译的奥马康颜的《劝酒行》差不多是译诗中唯一的成功，但是这部译诗实在是创作，和波斯原文出入甚多。在胡先生所举的佛教翻译文学的实例中，我寻不出一首可以叫作“诗”的“偈”。这就是由于“偈”本来为便于记忆而用诗的形式，本来未必是诗，加以印度原文的音节在译文中完全不能见出。

记得郭沫若先生曾选《诗经》若干首译为白话文，成《卷耳集》，手头现无此书可考，想来一定是一场大失败。诗不但不能译为外国文，而且不能译为本国文中的另一体裁或是另一时代的语言，因为语言的音和义是随时变迁的，现代文的音节不能代替古代文所需的音节，现代文的字义的联想不能代替古文的字义的联想。比如《诗经》：

昔我往矣，杨柳依依；今我来思，雨雪霏霏！

四句诗看来是极容易译为白话文的。如果把它译为：

从前我去时，杨柳还在春风中摇曳；现在我回来，已是雨雪天气了。

总算可以勉强合于“做诗如说话”的标准，却不能算是诗。一般人或许说译文和原文的实质略同，所不同者只在形式。其实它们的实质也并不同。译文把原文缠绵悱恻、感慨不尽的神情失去了，因为它把原文低回往复的音节失去了。专就义说，“依依”两字就无法可译，译文中“在春风中摇曳”只是不经济不正确的拉长，“摇曳”只是呆板的物理，而“依依”却带有浓厚的人情。原文用惊叹的语气，译文是叙述的语气。这种语气的分别以及用字构句的分别都由于译者的情思不能恰如作者的情思。如果情思完全相同，则所用的语言也必完全相同。善谈诗的人在读诗可以说是在用诗人自己的语言去译诗人的情思，这也是一种创造的工作。诗不可译，即此一端，就可以见出做诗不如说话了。

以上所说的话是关于诗有音律而散文无音律的基本原理，以及我对于“做诗如说话”一说的批评。现在来讨论几个关于音律本身的重要问题，并且研究中国诗何以走到讲声讲韵的一条路上来的道理。

中文诗的音乐在声与韵，在历史上韵的考究先于声的考究，我们先讲韵。中国旧有“有韵为诗，无韵为文”之说，“诗”和“韵文”差不多是同义字。其实“韵文”只是一种诗的形式，不足以赅括“诗”。中国文学演化的痕迹，和世界文学相较，有许多反乎常轨的地方，韵就是其中之一端。韵在中国文学史中发生最早，现存的古书大半有韵。《诗经》固不用说，即叙事说理的述作，如《书经》《易经》《老子》都有用韵的痕迹。据说日本诗到现在还无所谓韵。在西方文学中，希腊拉丁诗都不用韵，韵起于中世纪，据说是由匈奴传去的。韵初到欧洲时颇盛行。法国和德国最早的史诗（在第十世纪以后做成的）都有韵的痕迹。但丁的《神曲》（十四世纪）就是一部用韵而成功的诗。十六世纪以后，学者受文艺复兴的影响，看见希腊拉丁诗不用韵，于是对于韵颇施攻击，弥尔顿在《失乐园》的序里便有骂韵的话。近代诗用韵又颇流行，但是仍尝有攻击韵的运动，法国哲学家芬涅伦《给法兰西学院书》便是著例。在英文中想做“庄严体”的诗人都不肯用韵。莎士比亚的悲剧和弥尔顿的《失乐园》都是用无韵五节格做成的。法文诗间有不用韵的，但是用韵是常事。

日本诗和西方诗都可以不用韵，中文诗也可以不用韵么？韵在中国是常和诗相连的，自有诗即有韵；声的考究乃后起，和西方的演化次第恰相反。有人说古采莲诗是中国唯一不用韵的诗，其实它开头两句“江南可采莲，莲叶何田田”，就是用韵的。中国历史上只有两次反韵的运动。第一次是唐人译佛经的“偈”用有规律的文字而不用韵，第二次是近代白话诗的运动。此外诗人没有不用韵的。宋人的诗受佛经的影响，他们尝遍五花八门的文字的游戏，却没有仿“偈”体做过一首不用韵的诗。白话诗在初出时尝不用韵，但是后来又有复韵的倾向。我们可以说：唐人译经偈和白话诗初期不用韵，都是有意要革旧创新，并非顺着语言的自然的倾向，中国语言的自然倾向是朝韵走的。这是一件事实，我们要寻出解释这事实的理由。

诗和音乐一样，生命全在节奏（rhythm）。节奏就是起伏轻重相交替的现象，它是非常普遍的，例如呼吸循环的一动一静，四时的交替，团体工作的同起同止，都是顺着节奏。我们在说话时，声调顺情思的变化而异其轻重长短，某处应说重些，某处应说轻些，某字应说长些，某字应说短些，都不能随意苟且，这种轻重长短的起伏就是语言的节奏。散文和诗都一样要有节奏，不过散文的节奏是直率流畅不守规律的，诗的节奏是低回往复遵守规律的。这种分别我们在上文已详细说过。中文诗和西文诗都有节奏，不过它们有一个重大的分别，西文诗的节奏偏在声上面，中文诗的节奏偏在韵上面，这是由于文字构造的不同。西文字多复音，一字数音时各音的轻重自然不能一致，西文诗的音节（metre）就是这种轻重相间的规律，例如英文中最普通的十音句（Pentametre）的音节取“轻重轻重轻重轻重轻重”式；法文中最普通的十二音句的音节分“古典式”和“浪漫式”两种。“古典式”十二音之中有四个重音，第二第四两重音必定落在第六音和第十二音上面，其余两重音可任意移动；“浪漫式”十二音之中只有三个重音，除第三重音必定落在最后的一音（即第十二音）上面之外，重音的位置是可随意更换的，不过通常都避免把重音放在第六音上面，因为怕和“古典式”相混。观此可知西文诗的节奏在音节轻重相间上（声）见得最明显。中文字尽单音，每字的音都是独立的，见不出轻重的分别。比如读“明月照高楼”我们不能特别把某字音特别着重，读成“重轻轻重重”式或是“轻重重轻轻”式，而西文诗的音节却恰如此轻重相间。中文诗相当于西文诗音节者为“声”。声通常分平上去入，上去入三声合为仄声。“声”是怎么一回事呢？从音学的观点来分析它，它是三种分别合成的。第一是长短的分别，由平声到入声，音调渐由长而短。第二是高低的分别，由平声到入声，音调渐由低而高。第三是“音色”的分别，平声主音所带的辅音和仄声主音所带的辅音震动度数多寡不同。“音色”与轻重无关，与轻重有关者只是长短高低。西方古代希腊拉丁诗在长短音相间上见出音节，近代语言以重轻代长短。重音略当于长音，轻音略当于短音，重音通常较高，轻音通常较低。中文字平声专就低说，应该是很轻，但是因为它长，所以失其为轻；仄声字专就高说应该是很重，但是因为它短，所以失其为重。一言以蔽之，中文诗的节奏不像西文诗，在声的轻重上见得不甚显然。

其次，西文诗的单位是行。每章分若干行，每行不必为一句，一句诗可以占不上一行，也可以连占数行。行只是音的阶段而不是义的阶段，所以诵读西文诗时，到每行最末一音常无停顿的必要。每行末一音既无停顿的必要，所以我们不必特别着重它；不必特别着重它，所以它对于节律的影响较小，不必一定要有韵来帮助谐和。中文诗则不然。它常以四言五言七言成句，每句相当于西文诗的一行而却有一个完足的意义。句是音的阶段，也是义的阶段；每句最末一字是义的停止点也是音的停止点，所以通读中文诗时到每句最末一字都须略加停顿，甚至于略加延长，每句最末一字都须停顿延长，所以它是全诗音乐最着重的地方。如果在这一字上面不用韵，则到着重的一个音上，时而用平声，时而用仄声，时而用开口音，时而用合口音，全诗节奏就不免杂乱无章了。中文诗大半在双句用韵而单句不当用韵，这有两个理由，一方面是要寓变化于整齐，一方面要继续不断地把注意力放松放紧，以收一轻一重的效果。我们可以说，中文诗的轻重的节奏是在单句不押韵，双句押韵上见出。韵在中文诗中是必要的，所以它发生得最早，所以一两次反韵的运动都不能扭转这自然的倾向。法文诗音节的重轻没有英文诗音节的重轻那样明显，所以法文诗用韵比英文诗用韵较普遍，这是我们学说的一个旁证。

中文诗用韵以显出节奏，是中国文字的特殊构造所使然。历来诗人用韵的方法分律古两种。律诗多在双句用平声韵，单句则只开首一句时或用韵。古诗用韵的变化较多，它可以句句用韵，一韵到底，可以如律诗在双句用韵，但不必限于平声。它的最大的特点在能换韵。中文诗偏在韵上见节奏，律诗一韵到底，节奏最为单调，不能顺着情感的变化而变化，所以律诗不能长。排律中佳作最少，因为容易板滞。古诗可换韵，所以节奏有变化，能曲肖情感的起伏或思路的转变。例如李东川的《古意》：

> 男儿事长征，少小幽燕客。赌胜马蹄下，由来轻七尺。杀人莫敢前，须如猬毛磔。黄云陇底白云飞，未得报恩不能归。辽东小妇年十五，惯弹琵琶解歌舞。今为羌笛出塞声，使我三军泪如雨！

这首诗的情感和意象凡经三次转折，每一转折都换一韵。“黄云陇底”二句猛然在五言仄韵句之后换七言平韵句，尤堪玩味。平声比较深长激昂，恰好传出这位“幽燕客”的豪情胜概。后面情感转凄婉，所以又回到仄韵。再如李长吉的《六月》诗：

> 裁生罗，伐湘竹，帔拂疏霜簟秋玉。炎炎红镜东方开，晕如车

轮上徘徊，啾啾赤帝骑龙来。

这六句诗前三句写凉的意象，后三句写热的意象。前三句用仄韵，后三句忽叠用三个平韵。恰好形容六月天的太阳轰轰烈烈的忽然从东方跳出来的情景。我们在上文提过古采莲诗：

江南可采莲，莲叶何田田！鱼戏莲叶间，——鱼戏莲叶东，——鱼戏莲叶西，——鱼戏莲叶南，——鱼戏莲叶北。

这首诗头两句用韵而后面忽然不用韵，有人以为它是中国唯一的无韵诗，其实与其说它是无韵诗，不如说它后半每句一换韵。这种没有定准的音节恰能描写鱼戏时飘忽不定的情趣。连用平声字收句，最末一句忽然用一个声音短促的仄声“北”字收句，尤足以状鱼戏时忽然而止的神情。

这里我们只随意拈出几个短例，说明韵能帮助传情的道理，在大家作品中我们随处都可以见出这个道理。

韵的存在理由如此。现在来讲声。我们在上文已分析过声的元素，说明过中文诗的节奏在声的轻重上见得不甚显然的道理，我们并没有说声绝对不能表出节奏。平仄相间是一种秩序的变化，有变化就有节奏，不过在中文诗中，声的节奏没有韵的节奏那样鲜明。从历史上看，韵的考究似乎先于声的考究，中国自有诗即有韵，至于声的起源究竟在何时，向来没有定论，多数人以为它起于齐沈约。其实声是语言所本有的，有诗即有韵，有诗也即有声。我并非讨论韵是否先于声，我只讨论韵的考究是否先于声的考究。声的考究可分两种：一种是考究韵的声，一种是考究每字的声。考究韵的声和考究韵一样古。打开《诗经》和汉魏诗人的作品看，平韵总是压平韵，仄韵总是压仄韵，这是极好的证据。考究每字的声则似从齐梁时起，齐梁时才有论音律的专著，齐梁诗人作品才多类于律诗的音节。我们在下文所说的声指每字的声，不单指韵的声。

从谢朓沈约之后，做诗考究声律逐渐成为风气。律诗论平仄固然甚严，依王渔洋的《古诗平仄论》说，古体诗也须调平仄。至于后世词曲对于声律苛求更甚，平声要论阴阳，仄声要论上去入，甚至于要辨“清”“浊”，要辨“开”“齐”“合”“撮”。但是声律的影响虽大，而攻击之者从钟嵘到胡适亦常振振有词。文字大半顺自然的轨迹而演化，声律这样大的运动当然不能像缠小脚一样，由一两个人的幻想遂推广成为风气，它当然也有一个存在的理由。讲历史的人应该理出前因后果的线索，不当学王凤洲批《纲鉴》，自居“老吏断狱”，说是说非。他们不应该只骂齐梁人拿声律来束缚诗，应该考求声律在齐梁时代何以猛然盛行，应该问它的存在理由是什么。我在这里提出一个答案来，虽然不敢自以为是，或可以聊备一说。钟嵘在《诗品》里说：

> 古曰诗颂，皆被之金竹。故非调五音，无以谐会。……今既不被管弦，亦何取乎声律耶？

《诗品》中往往有谬论，此其一端。古诗并未尝调五音，正因其“被之金竹”，今诗取声律，正因其不被管弦。要明白这个道理，我们须先明白诗和音乐离合的历史。

我们在上文说过，诗有音有义，它是语言和音乐合成的，要明白诗的性质必须先研究语言的性质和音乐的性质。语言的性质已经分析过。音乐的性质非本文所能详论，现在只能就其和诗相关系处略说几句。音乐能否与语言相离呢？这是历来乐理学家争论最剧烈的一个问题。据一派学者说，音乐的起源就在语言。语言的声调随情思而起伏，语言的背面已有一种潜在的音乐，音乐家不过就语言所已有的音乐而加以铺张润色。最初的音乐是歌唱，歌唱是语言的情感化，乐器所弹奏的音乐则起于歌唱。照这样说，音乐是从诗歌里出来的，和诗歌一样是表现情感的。这在乐理上通常叫作“表现说”，哲学家叔本华和斯宾塞，音乐家瓦格纳都是此说的代表，但是近来一般形式派和科学派的乐理学家对此说极不满意。依德国汉斯立克（Hanslick）说，音乐虽能激动情感，却不能“表现”情感，它只是一种形式美。音乐既非情感的表现，就不能说是起于语言。据德国华拉歇克（Wallashek）的研究，野蛮民族所唱的歌调常毫无意义，他们欢喜唱它听它，都只是因为它音调和谐。儿歌也是如此。谷鲁斯（E. Groos）在他的《艺术起源论》里也说："原始的抒情诗最重的成分是音乐，至于意义还在其次。"德国斯徒夫和法国德拉库瓦都反对音乐起于语言说。依他们看，乐调的高低有定准，语调的高低无定准。音乐所用的音是有定量的，音阶是断续的；语言所用的音是无定量的，音阶是一线连贯而不是断续的，所以语言不能产生音乐，音乐是离语言而独立的。依这一说，诗歌起源于音乐，语言是后加入的成分。拿野蛮民族的歌调来看，后一说的证据比较充分，在历史上诗的音先于义，音乐的成分是原始的，语言的成分是后加的。原始人民的情感生活较重于理智生活，照理说原应如此。后来理智渐开，诗的"义"的成分也逐渐扩大。我们分析诗的音和义的离合，可以得到四个时期：

（一）诗有音无义。这是最原始的诗，儿歌和野蛮民族的歌谣属于此类。它还没有和音乐分开。

（二）诗以义就音。这是诗的正式成立期。较进化的民族歌谣属于此类。语言掺入音乐里去，但是把自己本来音调丢开而迁就从前已有的歌调，音乐为主，语言为辅。

（三）诗重义轻音。这是在做诗者由全民众而变为个人的时期，诗人于是逐渐抛开从前已有的歌调而做独立的诗歌，诗于是逐渐变成不可歌的，音乐的成分于是和语言的成分逐渐相分离。这时候起始有无诗的调，有无调的诗。

（四）诗重文字本身的音。这是在做诗成为文人阶级的特别职务的时期。诗与乐曲完全分开。从前诗的音乐大半在乐曲上见出，现在不用乐曲，诗人于是设法在文字本身上见出音乐。从前诗的语言须依乐曲歌唱，现在它只能诵读。诵读的节奏不完全是语言本身的，也不完全是音乐的，它是语言节奏和音乐节奏的调和。艺术在这个时期由自然流露的，变而为自觉的有意造作的，所以声律的考究最大。

这是诗和音乐离合的一个公式，中国诗也只是这个公式中一个实例。诗有音无义时期在中国现已不可考，但是一般"戏迷"对于京戏的嗜好，仍然可以帮助我们想象到原始人民如何爱好乐调，不顾文辞。中国诗的历史从以义就音的时期起。《诗经》和汉朝的“乐府歌辞”大半是可歌的，歌各有曲调，曲调与诗词虽相谐合而却可分立，正如现在歌词和乐谱一样。诗以义就音时每收句尾一音是最关键，句中各字音的高低长短可以随曲调而转移，平声字唱高些唱短促些可以变成仄声字，仄声字唱长些也可以变为平声字。所以汉魏以前诗只考究韵而不很考究声。

汉魏是中国诗转变的一个大关键，它是由以义就音到重义轻音的过渡时期。汉魏以前诗的作者是民众，所以不著作者姓名；汉魏以后诗的作者大半是文人，作者姓名大半可考。汉魏以前诗大半是情感的自然流露，浑厚天成；汉魏以后诗大半是文人仿拟古诗和民歌而作的，是有意于艺术的锤炼的，所以渐见工巧。严沧浪说魏晋以前诗无名句可指，魏晋以后诗才有名句可指，其原因即在于此。汉魏以前诗大半可歌，大半各有乐曲；汉魏以后诗，逐渐脱离乐曲独立，不可歌唱。这最后一个分别尤其重要，它就是音律的起源，唐元稹在《乐府古题序》里面说：

> 《诗》讫于周，《离骚》讫于楚。是后，诗之流为二十四名：赋、颂、铭、赞、文、诔、箴、诗、行、咏、吟、题、怨、叹、章、篇、操、引、谣、讴、歌、曲、词、调，皆诗人六义之余，而作者之旨。由操而下八名，皆起于郊祭、军宾、吉凶、苦乐之际。在音声者，因声以度词，审调以节唱。句度短长之数，声韵平上之差，莫不由之准度。而又别其在琴瑟者为“操”“引”，采民甿者为“讴”“谣”，备曲度者，总得谓之“歌”“曲”“词”“调”，斯皆由乐以定词，非选词以配乐也。由诗而下九名，皆属事而作，虽题号不同，而悉谓之为诗，可也。后之审乐者，往往采取其词，度为歌曲，盖选词以配乐，非由乐以定词也。而纂撰者，由诗而下十七名，尽编为“乐录”“乐府”等题，除“铙吹”“横吹”“郊祀”“清商”等词在《乐志》者，其余《木兰》《仲卿》《四愁》《七哀》之辈，亦未必尽播于管弦，明矣。后之文人，达乐者少，不复如此配别，但遇兴纪题，往往兼以句读短长，为歌诗之异。

唐朝人做诗还有沿用古乐府旧题目的，元稹似乎反对这种办法，所以有这一段文章，说明“歌”和“诗”的分别。他以为后世文人既不懂得古乐府的乐曲，就不应该拿那些乐曲的题目来做诗的题目，以至“虽用古题，全无古义”，“如‘出门行’不言离别，‘将进酒’特书列女”之类。元稹所说的“诗之流为二十四名”，是汉魏时期的事，他所说的“由操而下八名”可统称为“歌”，是真正的乐府，是都有乐曲的；他所说的“由诗而下九名”可统称为“诗”，是今诗的起源，是本来没有乐曲而后人加上乐曲的。汉魏在诗方面是承先启后的，一方面保存古诗谐乐的遗风，元稹所说的“由操而下八名”属于此类；一方面却特辟蹊径，只在“属事而作”，不必“由乐定词”。在汉魏时这种新运动还没有完全成功，一般人还以为诗必有乐曲，所以往往替本来无乐曲的诗制一个乐曲。但是汉魏以后，新运动遂完全成功，诗遂完全脱离乐曲而独立，连“选词以配乐”都少有人顾到了。有些诗人仍然用古乐府的题目来做题目。这好比接盘商人打老招牌开新店，新店的货物和旧店的货物全是两件事。

诗既然离开乐曲，既然不可歌，如果没有新方法来使诗的文字本身上见出若干音乐，那就不免失其为诗，而做诗就不免变成说话了。音乐是诗的生命，从前乐曲的音乐既然丢去，诗人于是不得不在诗的本身上求音乐，这是声律发生的原因。齐梁恰当乐府和今诗代替的时期，所以声律的运动，特盛于齐梁。齐梁是上文所说的诗音义离合史上的第四时期，就是诗重文字本身音乐的时期。

西方诗的发展史，也很可以和中文诗参照互证。在中世纪时诗人大半是“歌者”，例如法国的《罗兰之歌》和其他史诗都是这般“歌者”根据查理大帝的功业的传说而做成的。他们游行无定，到一处即敲封建地主的门，登堂唱一段诗歌，以赚些许酒肉。较阔气的王侯身边还有这种歌者随从以供行酒炙肉时的娱乐。他们大概很像中国说书家（我在儿时还尝听到这般民众艺术家在街头或是到屋里来献技，可惜他们也随我所留恋的旧时代过去了！），在歌诗或说故事时，都依附一种很简朴的乐调的。近代北欧和苏格兰民间也还有很流行的 ballad，这种“民歌”故事都极简单，语言都极朴实，大半附有乐调，有时还附有一种跳舞。但是就大体说，欧洲诗从十六世纪以后就已到了上文所说的第四时期，诗人大半有意为诗，诗词本身以外无乐调，而专在本身现出音乐了。法国雨果、英国丁尼生都是在音律方面擅长的。

西方诗和中国诗都已到了在文字本身求音乐的时期，但是有一大异点，是值得我们特别唤起注意的，这就是诵诗的艺术。诗从不可歌之后，西方有诵诗的艺术的起来，而中国则对此太缺乏研究，没有诵诗的艺术，诗只是哑文字；有诵诗的艺术，诗才是活语言。

做诗不如说话，诵诗更不如说话。诗是语言和音乐合成的。语言有语言的节奏，音乐有音乐的节奏。语言的节奏贵直率流畅，诗的节奏贵低回缠绵，这两种节奏是互相冲突的。诗究竟应该用哪一种节奏去诵呢？法国诵诗法向来以国家戏院的演诵法为准。英国戏院通常不诵诗，老维克戏院演诵诗剧的方法是比较可靠的。现代英国诗人蒙罗（H. Monro）组织一诵诗团体于伦敦，每礼拜四晚专请现代英国诗人诵他们自己的作品或是从前诗人的作品。就我在这些地方听诵诗所得的印象说，戏院大半偏重音乐的节奏，诗人自己有偏重音乐的节奏者，有设法调和音乐的节奏和语言的节奏者，从来没有听过纯用语言的节奏者，连下等戏院的丑角念谐诗（类似打油诗）时也不纯用语言的节奏。这个道理最好用一个短例来说明。比如英文《醉汉骑马歌》中：

（1）Tŏ-mōrrŏw ĭs ŏur wēddĭng dăy

一句诗在流行语言中只有两个较重的音，如（1）式长短标所指示的。如果完全用语言的节奏诵这句诗，则完全失去诗的有规律的节奏。这篇诗是用“轻重格”（iambic）写的，论音律应该有四个轻重相间的音节，如（2）式：

（2）Tŏ-mōrrŏw īs ŏur wēddĭng dāy

如果依此式诵读，则本来无须着重的音（如 is）须着重，就不免把语言的活跃的神情嵌在呆板的圈套里了。我们如何调剂这两种节奏的冲突呢？一般善诵诗的人大半把它读如（3）式：

（3）To-mórrow is our wédding dáy

这就是在音乐的节奏中丢去一个重音 is 以求合于语言，在语言的节奏中添上一个重音 day 以求合于音乐。这样办，语言和音乐便两不相妨了。

照这样看，诗虽不可歌，仍须可诵，而诵则必有离语言本身而独立的音节，不能如说话。中国从前私塾读书本来都是朗诵，都带有若干歌唱的意味，文人诵诗也是如此，照理应该有一种诵诗的艺术发达起来，而考之事实则大不然。塾童念书和文人诵诗，大半都是用一种很呆板的千篇一律的调子，对于快慢高低的节奏，从来不加精细的推敲。我翻过许多论诗论文的著作，只见出从前人很欢喜"吟""啸"，却没有见到一部专书讲"吟""啸"的方法，大概他们也都是"以意为之"。现行的一般念书诵诗的调子究竟怎样起来的也不可考。胡适之先生似乎以为它起于和尚诵经。他说：

> 大概诵经之法，要念出音调节奏来，是中国古代所没有的。这法子自西域传进来，后来传遍中国，不但和尚念经有调子；小孩念书，秀才读八股文章，都哼出调子来，都是印度的影响。

诵诗有调子，也许还是受从前歌诗的影响，胡先生说它是"中国古代所没有的"，不知有何根据。不过后来学童秀才所"哼"的调子受了和尚诵经的影响，也许是事实。

诵经式的调子实在是太单调了。它固然未尝没有存在的理由，诗的音节应该带有若干催眠性，使听者忘去现实世界而聚精会神于艺术的美，这个道理柏格森已经说得很透辟；不过它究竟太忽略语言的节奏了。诗的神情有许多要在诵读时高低急徐的变化上见出。比如汉武帝《李夫人歌》：

> 是耶！非耶！立而望之，翩何姗姗其来迟！

末句连用七个平声字，音节本很慢的，通读时应该在声调上能表出诗中犹疑期望的神情。再比如《木兰辞》也是研究诵诗最好的实例。这首诗全首的音节是极快的，尤其是“万里赴戎机”以下六句，和“爷娘闻女来”以下十二句；但是“不闻爷娘唤女声，但闻黄河流水声溅溅”和“不闻爷娘唤女声，但闻燕山胡骑鸣啾啾”四句要慢。全首诗的语气是欢喜的，尤其是“爷娘闻女来”一段，但开章“唧唧复唧唧”以下十六句却须带有若干忧愁的神气。这些地方如果一律用念经的调子去哼，就不是诵诗了。

欣赏之中都寓有创造。写在纸上的诗只是一种符号，要懂得这种符号，只是识字还不够，要在字里见出意象来，听出音乐来，领略出情趣来。诵诗时就要把这种意象、音乐和情趣在声调中传出。这种功夫实在是创造的。读者如果不能做到这步田地，便不算能欣赏，诗中一个个的字对于他便只像漠不相识的外国文，他便只见到一些纵横错杂的符号而没有领略到“诗”。能诵读是欣赏诗的要务。西方人对这门艺术研究得极精微，我们中国人虽讲究做诗的音律而不讲究诵诗的音律，这是诗的音律逐渐僵死化的主要原因。希望研究音律的人在这方面多做点工夫，写几部专门讲究诵诗的方法和理论的书，以备一般读诗的人参考。

第十三章 陶渊明

一 他的身世、交游、阅读和思想

大诗人先在生活中把自己的人格涵养成一首完美的诗，充实而有光辉，写下来的诗是人格的焕发。陶渊明是这个原则的一个典型的例证。正和他的诗一样，他的人格最平淡也最深厚。凡是稍涉猎他的作品的人们对他不致毫无了解，但是想完全了解他，却也不是易事。我现在就个人所见到的陶渊明来作一个简单的画像。

他的时代是在典午大乱之后，正当刘裕篡晋的时候。他生在一个衰落的世家，是否是陶侃的后人固有问题，至少是他的近房裔孙。当时讲门第的风气很盛，从《赠长沙公》和《命子》诸诗看，他对于他自己的门第素很自豪。他的祖父还做过不大不小的官。他的父亲似早就在家居闲（据《命子》诗，安城太守之说似不确。他序他的先世都提到官职，到了序他的父亲只有“淡焉虚止，寄迹风云，冥兹愠喜”数语）。他的母亲是当时名士孟嘉的女儿。他还有一个庶母，弟敬远和程氏妹都是庶出。他的父亲和庶母都早死，生母似活得久些。弟妹也都早死，留下有侄儿靠他抚养。他自己续过弦，原配在他三十岁左右死去。续娶翟氏，帮他做农家操作。他有五个儿子，似还有“弱女”，不同母。他在中年遭了几次丧事，还遭了一次火，家庭担负很不轻，算是穷了一生。他从早年就爱生病，一直病到老。他死时年才五十余（旧传渊明享年六十三，吴汝纶定为五十一，梁启超定为五十六，古直定为五十二，从作品的内证看，五十一二之说较胜），却早已“白发被两鬓”，可见他的身体衰弱。

当时一般社会情形很不景气，他住在江西浔阳柴桑，和一般衰乱时代的乡下读书人一样，境况非常窘迫。在乡下无恒业的读书人大半还靠种田过活，渊明也是如此。但是田薄岁歉（看“炎火屡焚如，螟蜮恣中田，风雨纵横至，收敛不盈廛”诸句可知），人口又多，收入不能维持极简单的生活，以致“冬无蕴葛，夏渴瓢箪”。渊明世家子，本有些做官的亲戚朋友，迫于饥寒，只得放下犁头去求官。他的第一任官是京口镇军参军，那时他才二十三岁左右（晋安帝隆安三年己亥），过了两年，他奉使到江陵（辛丑），那时镇江陵的是桓玄，正上表请求带兵进京（建康）解孙恩之围，恰逢孙恩的兵已退，安帝下诏书阻止桓玄入京，渊明到江陵很可能就是奉诏止玄。就在这年冬天，他的母亲去世。他居了两年忧，到了二十八岁那年（甲辰），又起来做建威参军，第二年三月奉使入都，八月补彭泽令，冬十一月就因为不高兴束带见督邮，解印绶归田。以后他就没有出来做官。总计起来，他做官的时候前后不过六年，除去中间丁忧两年，实际只有四年。他再起那一年，天下正大乱，桓玄造反，刘裕平了他。此后十五六年之中，刘裕在继续扩充他的势力。到了渊明四十四岁那年（庚申）刘裕便篡位，晋便改成宋。从渊明二十九岁弃官，到他五十一岁死，二十余年中，他都在家乡种田，生活依然极苦，虽然偶得朋友的资助，还有挨饿乞食的时候。晚年刘裕有诏征他做著作郎，他没有就。

一个人的性格成就和他所常往来的朋友亲戚们很有关系。渊明一生平常往来的人大约可分四种。第一种是政治上的人物。有的是他的上司。他做镇军参军时，那镇军可能为刘牢之；做建威参军时，那建威可能是刘敬宣；他奉使江陵时，镇江陵的是桓玄，有人还疑心他在桓玄属下做过官。有的是仰慕他而想结交他的。第一是江州刺史王宏，想结交他，苦无路可走，听说他要游庐山，于是请他的朋友庞通之备酒席候于路中，二人正欢饮时，王宏才闯到席间，因而结识了他。此后两人常有来往，王宏常送他酒，资助他的家用。集中《于王抚军座送客一首》大概就是在王宏那里写的。其次是继王宏做江州刺史的檀道济，亲自去拜访渊明，劝他做官，他不肯，并且退回道济所带来的礼物。但是这一类人与渊明大半说不上是朋友，真正够上做朋友的只有颜延之。延之做始安太守过浔阳时，常到渊明那里喝酒，临别时留下二万钱。渊明把这笔款子全送到酒家。延之在当时也是一位大诗人，名望比渊明高得多。他和渊明交谊甚厚，渊明死后，他做了一篇有名的诔文。

第二种朋友是集中载有赠诗的，像庞参军、丁柴桑、戴主簿、郭主簿、羊长史、张常侍那一些人，大半官阶不高，和渊明也相知非旧，有些是柴桑的地方官，有些或许是渊明做官时的同僚，偶接杯酒之欢的。这批人事迹不彰，对渊明也似没有多大影响。

最有趣味而也最难捉摸他们与渊明关系的是第三种人，就是在思想情趣与艺术方面可能与渊明互相影响的。头一个当然是莲社高僧慧远。他瞧不起显达的谢灵运，而结社时却特别写信请渊明，渊明回信说要准他吃酒才去，慧远居然为他破戒置酒，渊明到了，忽“攒眉而去”。他对莲社所持奉的佛教显然听到了一些梗概，却也显然不甚投机。其次就是慧远的两个居士弟子，与渊明号称“浔阳三隐”的周续之和刘遗民。这三隐中只有渊明和遗民隐到底，遗民讲禅，渊明不喜禅，二人相住虽不远，集中只有两首赠刘柴桑的诗，此外便没有多少往来的痕迹。续之到宋朝应召讲学，陪讲的有祖企谢景夷，也都是渊明的故友，渊明做了一首诗送他们三位，警告他们“马队非讲肆，校书亦已勤”，结尾劝他们“从我颍水滨”，可见他们与渊明也是“语默殊势”。最奇怪的是谢灵运。在诗史上陶、谢虽并称，在当时谢的声名远比陶大。慧远嫌谢“心乱”，不很理睬他，但他还是莲社中要角。渊明和他似简直不通声气，虽然灵运在江西住了不少的时候，二人相住很近。这其实也不足怪，灵运不但“心乱”而讲禅，名位势利的念头很重，以晋室世家大臣改节仕宋，弄到后来受戮辱。总之，渊明和当时名士学者算是彼此“相遗”，在士大夫的圈子里他很寂寞，连比较了解他的颜延之也是由晋入宋，始终在忙官。

和渊明往来最密，相契最深的倒是乡邻中一些田夫野老。他是一位富于敏感的人，在混乱时代做过几年小官，便发誓终身不再干，他当然也尝够了当时士大夫的虚伪和官场的恶浊，所以宁肯回到乡间和这班比较天真的人们“把酒话桑麻”。看“农务各自归，闲暇辄相思。相思则披衣，言笑无厌时”几句诗，就可以想见他们中间的真情和乐趣。他们对渊明有时“壶浆远见候”，渊明也有时以“只鸡招近局”。从各方面看，渊明是一个富于热情的人，甘淡泊则有之，甘寂寞则未必，在归田后二十余年中，他在田夫野老的交情中颇得到一些温慰。

渊明的一生生活可算是“半耕半读”。他说读书的话很多：“少学琴书，偶爱闲静，开卷有得，便欣然忘食”，“好读书，不求甚解，每有会意，便欣然忘食”，“乐琴书以消忧”，“委怀在琴书”等等，可见读书是他的一个重要的消遣。他对于书有很深的信心，所以说“得知千载上，正赖古人书”。他读的是一些什么书呢？颜延之在诔文里说他“心好异书”，不过从他的诗里看，所谓“异书”主要的不过是《山海经》之类。他常提到的却大半是儒家的典籍，例如“少年罕人事，游好在六经”，“诗书敦宿好”，“言谈无俗调，所说圣人篇”。在《饮酒》诗最后一首里，他特别称赞孔子删诗书，嗟叹狂秦焚诗书，汉儒传六经，而终致慨“如何绝世下，六籍无一亲”。从他这里援引的字句或典故看，他摩挲最熟的是《诗经》《楚辞》《庄子》《列子》《史记》《汉书》六部书；从偶尔谈到隐逸神仙的话看，他读过皇甫谧的《高士传》和刘向的《列仙传》那一类书。他很爱读传记，特别流连于他所景仰的人物，如伯夷、叔齐、荆轲、四皓、二疏、杨伦、邵平、袁安、荣启期、张仲蔚等，所谓“历览千载书，时时见遗烈”者指此。

渊明读书大抵采兴趣主义，我们不能把他看成一个有系统的专门学者。他自己明明说“好读书，不求甚解”，颜延之也说他“学非称师”。趁此我们可略谈他的思想。这是一个古今聚讼的问题。朱晦庵说“靖节见趣多是老子”，“旨出于老庄”。真西山却不以为然，他说：“渊明之学正自经术中来。”最近陈寅恪先生在《陶渊明之思想与清谈之关系》一文里作结论说：

> 渊明之思想为承袭魏晋清谈演变之结果，及依据其家世信仰道教之自然说而创设之新自然说。惟其为主自然说者，故非名教说，

> 并以自然与名教不相同。但其非名教之意仅限于不与当时政治势力合作，而不似阮籍、刘伶辈之佯狂任诞。盖主新自然说者不须如旧自然说之积极抵触名教也。又新自然说不似旧自然说之养此有形之生命，或别学神仙，惟求融合精神于运化之中，即与大自然为一体。因其如此，既无旧自然说形骸物质之滞累，自不至与周孔入世之名教说有所触碍。故渊明之为人实外儒而内道，舍释迦而宗天师者也。

这些话本来都极有见地，只是把渊明看成有意地建立或皈依一个系统井然、壁垒森严的哲学或宗教思想，像一个谨守绳墨的教徒，未免是“求甚解”，不如颜延之所说的“学非称师”，他不仅曲解了渊明的思想，而且他也曲解了他的性格。渊明是一位绝顶聪明的人，却不是一个拘守系统的思想家或宗教信徒。他读各家的书，和各人物接触，在于无形中受他们的影响，像蜂儿采花酿蜜，把所吸收来的不同的东西融会成他的整个心灵。在这整个心灵中我们可以发现儒家的成分，也可以发现道家的成分，不见得有所谓内外之分，尤其不见得渊明有意要做儒家或道家。假如说他有意要做某一家，我相信他的儒家的倾向比较大。

至于渊明是否受佛家的影响呢？寅恪先生说他绝对没有，我颇怀疑。渊明听到莲社的议论，明明说过它“发人深省”，我们不敢说“深省”的究竟是什么，“深省”却大概是事实。寅恪先生引《形影神》诗中“甚念伤吾生，正宜委运去，纵浪大化中，不喜亦不惧，应尽便须尽，无复独多虑”几句话，证明渊明是天师教信徒。我觉得这几句话确可表现渊明的思想，但是在一个佛教徒看，这几句话未必不是大乘精义。此外渊明的诗里不但提到“冥报”而且谈到“空无”（“人生似幻化，终当归空无”）。我并不敢因此就断定渊明有意地援引佛说，我只是说明他的意识或下意识中可能有一点佛家学说的种子，而这一点种子，可能像是熔铸成就他的心灵的许多金属物中的寸金片铁；在他的心灵焕发中，这一点小因素也可能偶尔流露出来。我们到下文还要说到，他的诗充满着禅机。

二　他的情感生活

诗人与哲学家究竟不同，他固然不能没有思想，但是他的思想未必是有方法系统的逻辑的推理，而是从生活中领悟出来，与感情打成一片，蕴藏在他的心灵的深处，到时机到来，忽然迸发，如灵光一现，所以诗人的思想不能离开他的情感生活去研究。渊明诗中如“结庐在人境，而无车马喧。问君何能尔，心远地自偏”，“即事如已高，何必升华嵩”，“贫富常交战，道胜无戚颜”，“形迹凭化往，灵府长独闲”诸句都含有心为物宰的至理；儒家所谓“浩然之气”，佛家所谓“澄圆妙明清净心”，要义不过如此；儒佛两家费许多言语来阐明它，而渊明灵心迸发，一语道破，我们在这里所领悟的不是一种学说，而是一种情趣，一种胸襟，一种具体的人格。再如“有风自南，翼彼新苗”，“平畴交远风，良苗亦怀新”，“鸟弄欢新节，泠风送余善”，“众鸟欣有托，吾亦爱吾庐”，“采菊东篱下，悠然见南山。山气日夕佳，飞鸟相与还”，诸句都含有冥忘物我，和气周流的妙谛；儒家所谓“赞天地之化育，与天地参”，梵家谓“梵我一致”，斯宾诺莎的泛神观，要义都不过如此；渊明很可能没有受任何一家学说的影响，甚至不曾像一个思想家推证过这番道理，但是他的天资与涵养逐渐使这么一种“鱼跃鸢飞”的心境生长成熟，到后来触物即发，纯是一片天机。了解渊明，第一须了解他的这种理智渗透情感所生的智慧，这种物我默契的天机。这智慧，这天机，让染着近代思想气息的学者们拿去当作“思想”分析，总不免是隔靴搔痒。

诗人的思想和感情不能分开，诗主要的是情感而不是思想的表现。因此，研究一个诗人的感情生活远比分析他的思想还更重要。谈到感情生活，正和他的思想一样，渊明并不是一个很简单的人。他和我们一般人一样，有许多矛盾和冲突；和一切伟大诗人一样，他终于达到调和静穆。我们读他的诗，都欣赏他的“冲澹”，不知道这“冲澹”是从几许辛酸苦闷得来的，他的身世如我们在上文所述的，算是饱经忧患，并不像李公麟诸人所画的葛巾道袍，坐在一棵松树下，对着无弦琴那样悠闲自得的情境。我们须记起他的极端的贫穷，穷到“夏日长抱饥，寒夜无被眠。造夕思鸡鸣，及晨愿乌迁”。他虽不怨天，却坦白地说“离忧凄目前”；自己不必说，叫儿子们“幼而饥寒”，他尤觉“抱兹苦心，良独内愧”。他逼得要自己种田，自道苦衷说：“田家岂不苦？弗获辞此难！”他逼得去乞食，一杯之惠叫他图“冥报”。穷还不算，他一生很少不在病中，他的诗集满纸都是忧生之嗟。《形影神》那三首诗就是在思量生死问题；“一世异朝世，此语良不虚”，“未知从今去，当复如此不？”“求我盛年欢，一毫无复意”，“民生鲜长在，矧伊愁苦缠”，“从古皆有没，念之中心焦”，以及许多其他类似的诗句都可以见出迟暮之感与生死之虑无日不在渊明心中盘旋。尤其是刚到中年，不但父母都死了，原配夫人也死了，不能不叫他“既伤逝者，行自念也”。这世间人有谁能给他安慰呢？他对于子弟，本来“既见其生实欲其可”，而事实上“虽有五男儿，总不爱纸笔”，使他嗟叹“天运”。至于学士大夫中的朋友，我们前已说过，大半和他“语默殊势”，令他起“息交绝游”的念头。连比较知己的像周续之、颜延之一班人也都转到刘宋去忙官，他送行说“语默自殊势，亦知当乖分”，“路若经商山，为我稍踌躇”，这语音中有多少寂寞之感！

这里也可以见出一般人所常提到的“耻事二姓”的问题虽不必过于着重，却也不可一笔抹杀。他心里痛恨刘裕篡晋，这是无疑的，不但《述酒》《拟古》《咏荆轲》诸诗可以证明，就是他对于伯夷、叔齐那些“遗烈”的景仰也决不是无所为而发。加以易姓前后几十年中——渊明的大半生中——始而有王恭、孙恩之乱，继而有桓玄、刘裕之讧，终而刘裕推翻晋室，兵戈扰攘，几无宁日。渊明一个穷病书生，进不足以谋国，退不足以谋生，也很叫他忧愤。我们稍玩索“八表同昏，平路伊阻”“终日驰车走，不见所问津”“壑舟无须臾，引我不得住”诸诗的意味，便可领略到渊明的苦闷。

渊明诗篇篇有酒，这是尽人皆知的，像许多有酒癖者一样，他要借酒压住心头极端的苦闷，忘去世间种种不称心的事。他尝说：“常恐大化尽，气力不及衰，拨置且莫念，一觞聊可挥”，“泛此忘忧物，远我遗世情”，“数斟已复醉，不觉知有我，安知物为贵”，“天运苟如此，且进杯中物”。酒对于他仿佛是一种武器，他拿在手里和命运挑战，后来它变成一种沉痼，不但使他“多谬误”，而且耽误了他的事业，妨害他的病体。从《荣木》

诗里“志彼不舍（学业），安此日富（酒），我之怀矣，怛焉内疚”那几句话看，他有时颇自悔，所以曾有一度“止酒”。但是积习难除，到死还恨在世时“饮酒不得足”。渊明和许多有癖好的诗人们（例如阮籍、李白、波斯的奥马康颜之类）的这种态度，在近代人看来是“逃避”，我们不能拿近代人的观念去责备古人，但是“逃避”确是事实。逃避者自有苦心，让我们庆贺无须饮酒的人们的幸福，同时也同情于“君当恕醉人”那一个沉痛的呼声。

世间许多醉酒的人们终止于刘伶的放诞，渊明由冲突达到调和，并不由于饮酒。弥补这世间缺陷的有他的极丰富的精神生活，尤其是他的极深广的同情。我们一般人的通病是囿在一个极狭小的世界里活着，狭小到时间上只有现在，在空间上只有切身利益相关系的人与物；如果现在这些切身利害关系的人与物对付不顺意，我们就活活地被他们扼住颈项，动弹不得，除掉怨天尤人以外，别无解脱的路径。渊明像一切其他大诗人一样，有任何力量不能剥夺的自由，在这“樊笼”以外，发现一个“天高任鸟飞”的宇宙。第一是他打破了现在的界限而游心于千载，发现许多可“尚友”的古人。《咏贫士》诗中有两句话透漏此中消息：“何以慰吾怀，赖古此多贤。”这就是说，他的清风亮节在当时虽无同调，过去有同调的人们正复不少，使他自慰“吾道不孤”。他好读书，就是为了这个缘故，他说“历览千载书，时时见遗烈”，而这些“遗烈”可以使他感发兴起。他的诗文不断地提到他所景仰的古人，《述酒》与《扇上画赞》把他们排起队伍来，向他们馨香祷祝，更可以见出他的志向。这队伍里不外两种人，一是固穷守节的隐士，如荷蓧丈人、长沮、桀溺、张长公、薛孟尝、袁安之类，一是亡国大夫积极或消极地抵抗新朝，替故主复仇的，如伯夷、叔齐、荆轲、韩非、张良之类，这些人和他自己在身世和心迹上多少相类似。

在这里我们不妨趁便略谈渊明带有侠气，存心为晋报仇的看法。渊明侠气则有之，存心报仇似未必，他不是一个行动家，原来为贫而仕，未尝有杜甫的“致君尧舜上，再使风俗醇”那种近于夸诞的愿望，后来解组归田，终身不仕，一半固由于不肯降志辱身，一半也由于他惯尝了“樊笼”的滋味，要“返自然”，庶几落得一个清闲。他厌恶刘宋是事实，不过他无力推翻已成之局，他也很明白。所以他一方面消极地不合作，一方面寄怀荆轲、张良等“遗烈”，所谓“刑天舞干戚”，虽无补于事，而“猛志固常在”。

渊明的心迹不过如此，我们不必妄为捕风捉影之谈。渊明打破了现在的界限，也打破了切身利害相关的小天地界限，他的世界中人与物以及人与我的分别都已化除，只是一团和气，普运周流，人我物在一体同仁的状态中各徜徉自得，如庄子所说的“鱼相与忘于江湖”。他把自己的胸襟气韵贯注于外物，使外物的生命更活跃，情趣更丰富；同时也吸收外物的生命与情趣来扩大自己的胸襟气韵。这种物我的回响交流，有如佛家所说的“千灯相照”，互映增辉。所以无论是微云孤鸟，时雨景风，或是南阜斜川，新苗秋菊，都到手成文，触目成趣。渊明人品的高妙就在有这样深广的同情；他没有由苦闷而落到颓唐放诞者，也正以此。中国诗人歌咏自然的风气由陶、谢开始，后来王、孟、储、韦诸家加以发挥光大，遂至几无诗不状物写景。但是写来写去，自然诗终让渊明独步。许多自然诗人的毛病在只知雕绘声色，装点的作用多，表现的作用少，原因在缺乏物我的混化与情趣的流注。自然景物在渊明诗中向来不是一种点缀或陪衬，而是在情趣的戏剧中扮演极生动的角色，稍露面目，便见出作者的整个的人格。这分别的原因也在渊明有较深厚的人格的涵养，较丰富的精神生活。

渊明的心中有许多理想的境界。他所景仰的“遗烈”固然自成一境，任他“托契孤游”；他所描写的桃花源尤其是世外乐土。欧阳公尝说晋无文章，只有陶渊明的《归去来辞》。依我的愚见，《桃花源记》境界之高还在《归去来辞》之上。渊明对于农业素具信心，《劝农》《怀古田舍》《西田获早稻》诸诗已再三表明他的态度。《桃花源记》所写的是一个理想的农业社会，无政府组织，甚至无诗书历志，只“有良田美池桑竹之属，阡陌交通，鸡犬相闻，其中往来种作，男女衣着，悉如外人，黄发垂髫，并怡然自乐”。这境界颇类似卢梭所称羡的“自然状况”。渊明身当乱世，眼见所谓典章制度徒足以扰民，而农业国家的命脉还是系于耕作，人生真正的乐趣也在桑麻闲话，樽酒消忧，所以寄怀于“桃花源”那样一个淳朴的乌托邦。

渊明未见得瞧得起莲社诸贤的“文字禅”，可是禅宗人物很少有比渊明更契于禅理的。渊明对于自然的默契，以及他的言语举止，处处都流露着禅机。比起他来，许多谈禅的人都是神秀，而他却是慧能。姑举一例以见梗概。据晋书《隐逸传》：“他性不解音，而蓄素琴一张，弦徽不具。每朋酒之会，则托而和之，曰：‘但识琴中趣，何劳弦上声。’”这故事所指示的，并不是一般人所谓“风雅”，而是极高智慧的超脱。他的胸中自有无限，所以不拘泥于一切迹象，在琴如此，在其他事物还是如此。昔人谓“不着一字，尽得风流”为诗的胜境，渊明不但在诗里，而且在生活里，处处表现出这个胜境，所以我认为他达到最高的禅境。慧远特别敬重他，不是没有缘由的。

总之，渊明在情感生活上经过极端的苦闷，达到极端的和谐肃穆。他的智慧与他的情感融成一片，酿成他的极丰富的精神生活。他的为人和他的诗一样，都很淳朴，却都不很简单，是一个大交响曲而不是一管一弦的清妙的声响。

三　他的人格与风格

渊明是怎样一个人，上文已略见梗概。有一个普遍的误解我们须打消，自钟嵘推渊明为“隐逸诗人之宗”，一般人都着重渊明的隐逸一方面；自颜真卿做诗表白渊明眷恋晋室的心迹以后，一般人又看重渊明的忠贞一方面。渊明是隐士，却不是一般人所想象的孤高自赏，不食人间烟火气，像《红楼梦》里妙玉性格的那种隐士；渊明是忠臣，却也不是他自己所景仰的荆轲、张良那种忠臣。在隐与侠以外，渊明还有极实际极平常的一方面。这是一般人所忽视而本文所特别要表明的。隐与侠有时走极端，“不近人情”；渊明的特色是在处处都最近人情，胸襟尽管高超而却不唱高调。他仍保持着一个平常人的家常便饭的风格。法国小说家福楼拜认为人生理想在“和寻常市民一样过生活，和半神人一样用心思”，渊明算是达到了这个理想。他的高妙处我们不可仰攀，他的平常处我们却特别觉得亲切。他尽管是隐士，尽管有侠气，在大体上还是“我辈中人”。他很看重衣食以及经营衣食的劳作，不肯像一般隐者做了社会的消耗者，还在唱“不事家人生产”的高调。他一则说：“衣食终须纪，力耕不吾欺。”再则说：“人生归有道，衣食固其端；孰是都不营，而以求自安？”本着这个主张，他从幼到老，都以种田为恒业。他实实在在自己动手，不像一般隐士只是打“躬耕”的招牌。种田不能过活，他不惜出去做小官，他坦白地自供做官是“为饥所驱”，“倾身营一饱”，也不像一般求官者有治国平天下的大抱负，种田做官都不能过活，他索性便求邻乞食，以为施既是美德，受也就不是丑事。在《有会而作》那首诗里，他引《檀弓》里饿者不食嗟来之食以至于饿死的故事，深觉其不当，他说：“常善粥者心，深恨蒙袂非；嗟来何足吝？徒没空自遗。”在这些地方我们觉得渊明非常率真，也非常近人情。他并非不重视廉洁与操守，可是不像一般隐者矫情立异、沾沾自喜那样讲廉洁与操守。他只求行吾心之所安，适可而止，不过激，也不声张。他很有儒家的精神。

不过渊明最能使我们平常人契合的还是在他对人的热情。他对于平生故旧，我们在上文已经说过，每因“语默殊势”而有不同调之感，可是他觉得“故者无失其为故”，赠诗送行，仍依依不舍，殷殷属望，一片忠厚笃实之情溢于言表，两《答庞参军》《示周祖谢》《与晋殷安别》《赠羊长史》诸诗最足见出他于朋友的厚道。在家人父子兄弟中，他尤其显得是一个富于热情的人。他的父亲早弃世，他在《命子》诗中有“瞻望弗及”之叹。他的母亲年老，据颜延之的诔文，他的出仕原为养母（“母老子幼，就养勤匮，远惟田生致亲之义，追悟毛子棒檄之怀”）。他出去没有多久，就回家省亲，从《阻风于规林》那两首诗看，他对于老母时常眷念，离家后致叹于“久游念所生”，回家时“计日望旧居”，到家后“一欣侍温颜”，语言虽简，情致却极深挚。弟敬远和程氏妹都是异母生的，程氏妹死了，渊明弃官到武昌替她料理后事，在祭妹与祭弟文中，他追念早年共甘苦患难的情况，焦虑遗孤们将来的着落，句句话都从肺腑中来，渊明天性之厚从这两篇祭文、《自祭文》以及《与子俨等疏》最足以见出，这几篇都是绝妙文字，可惜它们的名声为诗所掩。

渊明在诗中表现最多的是对于子女的慈爱。“大欢惟稚子”，“弱女虽非男，慰情聊胜无”，“弱子戏我侧，学语未成音。此事真复乐，聊用忘华簪”，随便拈几个例子，就可以令人想象到渊明怎样了解而且享受家庭子女团聚的乐趣。如果对于儿童没有深厚的同情，或是自己没有保持住儿童的天真，都决说不出这样简单而深刻的话。渊明的长子初生时，他自述心事说：“厉夜生子，遽而求火，凡百有心，奚特于我？既见其生，实欲其可。”可见其属望之殷。他做了官，特别遣一个工人给儿子，写信告诉他说：“汝旦夕之费，自给为难，今遣此力，助汝薪水之劳。此亦人子也，可善遇之。”寥寥数语，既可以见出做父母的仔细，尤可见出人道主义者的深广的同情。“此亦人子也，可善遇之”，这是何等心肠！它与“落地成兄弟，何必骨肉亲”那两句诗都可以摆在释迦或耶稣的口里。谈到他的儿子，他们似不能副他的期望，他半诙谐半伤心地说：“天运苟如此，且进杯中物！”他临死时还向他们叮咛嘱咐：“汝辈稚小家贫，每役柴水之劳，何时可免，念之在心，苦何可言！然汝等虽不同生，当思四海皆兄弟之义。”最后以兄弟同居同财的故事劝勉他们。杜甫为着渊明这样笃爱儿子，在《遣兴》诗里讥诮他说：“陶潜避俗翁，未必能达道。……有子贤与愚，何其挂怀抱？”其实工部开口便错，渊明所以异于一般隐士的正在不“避俗”，因为他不必避俗，所以真正地“达道”。所谓“不避俗”是说“不矫情”，本着人类所应有的至性深情去应世接物。渊明的伟大处就在他有至性深情，而且不怕坦白地把它表现出来。趁便我们也可略谈一般人所聚讼的《闲情赋》。昭明太子认为这篇是“白璧微瑕”，在这篇赋里渊明对于男女眷恋的情绪确是体会得细腻之极，给他的冲淡朴素的风格渲染了一点异样的鲜艳的色彩；但是也正在这一点上我们可以看出渊明是一个有血肉的人，富于人所应有的人情。

总之，渊明不是一个简单的人，这就是说，他的精神生活很丰富。他的《时运》诗序中最后一句话是“欣慨交心”，这句话可以总结他的精神生活。他有感慨，也有欣喜；唯其有感慨，那种欣喜是由冲突调和而彻悟人生世相的欣喜，不只是浅薄的嬉笑；唯其有欣喜，那种感慨有适当的调剂，不只是奋激佯狂，或是神经质的感伤。他对于人生悲喜剧两方面都能领悟。他的性格大体上很冲和平淡，但是也有它的刚毅果敢的一方面，从不肯束带见督邮，听莲社的议论攒眉而去，却退檀道济的礼物诸事可以想见。他的隐与侠都与这方面性格有关。他有时很放浪不拘形迹，做彭泽令“公田悉令吏种秫稻（酿酒用的谷）”；王宏叫匠人替他做鞋，请他量一量脚的大小，“他便于坐伸脚令度”；醉了酒，便语客：“我醉欲眠卿可去。”在这些地方他颇有刘伶、阮籍的气派。但是他不耻事家人生产，据《宋书·隐逸传》，他“弱年薄宦，不洁去就之迹”，可能在桓玄下面做过官；他孝父母，爱弟妹，爱邻里朋友尤其酷爱子女；他的大愿望是“亲戚共一处，子孙还相保”。他的高超的胸襟并不损于他的深广的同情，他的隐与侠也无害于他的平常人的面貌。

因为渊明近于人情，而且富于热情，我相信他的得力所在，儒多于道。陈寅恪先生把魏晋人物分名教与自然两派，以为渊明“既不尽同嵇康之自然，更有异何曾之名教，且不主名教自然相同之说如山（涛）王（戎）辈之所为。盖其己身之创解乃一种‘新自然说’”，“新自然说之要旨在委运任化”，并且引“立善常所欣，谁当为汝誉”两句诗证明渊明“非名教”。他的要旨在渊明是道非儒。我觉得这番话不但过于系统化，而且把渊明的人格看得太单纯，不免歪曲事实。渊明尚自然，宗老庄，这是事实；但是他也并不非名教，薄周孔，他一再引“先师遗训”（他的“先师”是孔子，不是老庄，更不是张道陵），自称“游好在六经”，自勉“养真衡门下，庶以善自名”，遗嘱要儿子孝友，深致慨于“如何绝世下，六籍无一亲”。——这些都是铁一般的事实，却不是证明渊明“非名教”的事实。

我们解释了渊明的人格，就已经解释了他的诗，所以关于诗本身的话不必多说，他的诗正和他的人格一致，也不很单纯，我们姑择一点来说，就是它的风格。一般人公认渊明的诗平淡。陈后山嫌它“不文”，颇为说诗者所惊怪。其实杜工部早就有这样看法，他赞美“陶谢不枝梧”，却又说，“观其著诗篇，颇亦恨枯槁”。大约欢喜雕绘声色锻炼字句者，在陶诗中找不着雕绘锻炼的痕迹，总不免如黄山谷所说的“血气方刚时，读此如嚼枯木”。阅历较深，对陶诗咀嚼较勤的人们会觉得陶诗不但不枯，而且不尽平淡。苏东坡说它“质而实绮，癯而实腴”，刘后村说它“外枯而中膏，似淡而实美”，姜白石说它“散而庄，淡而腴”，释惠洪引东坡说，它“初视若散缓，熟视有奇趣”，都是对陶诗作深一层的看法。总合各家的评语来说，陶诗的特点在平、淡、枯、质，又在奇、美、腴、绮。这两组恰恰相反的性质如何能调和在一起呢？把它们调和在一起，正是陶诗的奇迹；正如他在性格方面把许多不同的性质调和在一起，是同样的奇迹。把诗文风格分为平与奇、枯与腴、质与绮两种，其实根于一种错误的理论，仿佛说这两种之中有一个中和点（如磁铁的正负两极之中有一个不正不负的部分），没有到这一点就是平、枯、质；超过了这一点便是奇、腴、绮。诗文实在不能有这种分别，它有一种情感思想，表现于恰到好处的意象语言，这恰到好处便是“中”，有过或不及便是毛病。平、枯、淡固是“不文”，奇、腴、绮也还是失当，蓬首垢面与涂脂敷粉同样不能达到真正的美。大约诗文作者内外不能一致时，总想借脂粉掩饰，古今无须借脂粉掩饰者实在寥寥。这掩饰有时做过火，可以引起极强烈的反感，于是补偏救弊者不免走到蓬首垢面的另一极端，所以在事实上平、枯、质与奇、腴、绮这种的分别确是存在，而所指的却都是偏弊，不能算是诗文的胜境。陶诗的特色正在不平不奇、不枯不腴、不质不绮，因为它恰到好处，适得其中；也正因为这个缘故，它一眼看去，却是亦平亦奇、亦枯亦腴、亦质亦绮。这是艺术的最高境界。可以说是“化境”，渊明所以达到这个境界，因为像他做人一样，有最深厚的修养，又有最率真的表现。“真”字是渊明的唯一恰当的评语。“真”自然也还有等差，一个有智慧的人的“真”和一个头脑单纯的人的“真”并不可同日而语，这就是 spontaneous 与 naive 的分别。渊明的思想和情感都是蒸馏过、洗炼过的。所以在做人方面和在做诗方面，都做到简练高妙四个字。工部说他“不枝梧”，这三个字却下得极有分寸，意思正是说他简练高妙。渊明在中国诗人中的地位是很崇高的。可以和他比拟的，前只有屈原，后只有杜甫。屈原比他更沉郁，杜甫比他更阔大多变化，但是都没有他那么醇，那么炼。屈原低回往复，想安顿而终没有得到安顿，他的情绪、想象与风格都带着浪漫艺术的崎岖突兀的气象；渊明则如秋潭月影，澈底澄莹，具有古典艺术的和谐静穆。杜甫还不免有意雕绘声色，锻炼字句，时有斧凿痕迹，甚至有笨拙到不很妥帖的句子；渊明则全是自然本色，天衣无缝，到艺术极境而使人忘其为艺术。后来诗人苏东坡最爱陶，在性情与风趣上两人确有许多类似，但是苏爱逞巧智，缺乏洗炼，在陶公面前终是小巫见大巫。

附录一

给一位写新诗的青年朋友

朋友，你的诗和信都已拜读。你要我“改正”并且“批评”，使我很惭愧。在这二十年中我虽然差不多天天都在读诗，自己却始终没有提笔写一首诗，做诗的辛苦我只从旁人的作品中间接地知道，所以我没有多少资格说话。谈到“改正”我根本不相信诗可以经旁人改正，只有诗人自己知道他所写的与所感所想的是否恰相吻合，旁人的生活经验不同，观感不同，纵然有胆量“改正”，所改正的也另是一回事，与原作无干。至于“批评”，我相信每个诗人应该是他自己的严厉的批评者。拉丁诗人贺拉斯劝人在作品写成之后把它摆过几月或几年不发表，我觉得那是一个很好的忠告。诗刚做成，兴头很热烈，自己总觉得它是一篇杰作，如果你有长进的可能，经过一些时候冷静下来，再拿它仔细看看，你就会看出自己的毛病，你自己就会修改它。许多诗人不能有长进，就因为缺乏这点自我批评的精神。你不认识我，而肯寄诗给我看，询取我的意见，这种谦虚我不能不有所报答，我所说的话有时不免是在热兴头上泼冷水，然而我不迟疑，我相信诚恳的话是一个真正诗人所能接受的，就是有时不甚入耳，也是他所能原宥的。你要我回答，你所希望于我的当然不只是一套恭维话。

我讲授过多年的诗，当过短期的文艺刊物的编辑，所以常有机会读到青年朋友们的作品。这些作品中分量最多的是新诗，一般青年作家似乎特别喜欢做新诗。原因大概不外两种：第一，有些人以为新诗容易做，既无格律拘束，又无长短限制，一阵心血来潮，让情感“自然流露”，就可以凑成一首。其次，也有一些人是受风气的影响，以为诗在文学中有长久的崇高的地位，从事于文学总得要做诗，而且徐志摩、冰心、老舍许多人都在做新诗。诗是否容易做，我没有亲切的经验，不过据我研究中外大诗人的作品所得的印象来说，诗是最精妙的观感表现于最精妙的语言，这两种精妙都绝对不容易得来的，就是大诗人也往往须费毕生的辛苦来摸索。做诗者多，识诗者少。心中存着一分“诗容易做”的幻想，对于诗就根本无缘，做来做去，只终身做门外汉。再其次，学文学是否必须做诗，在我看，也是一个问题。我相信文学到了最高境界都必定是诗，而且相信生命如果未至末日，诗也就不会至末日。不过我也相信每一时代的文学有每一时代的较为正常的表现方式。比如说，荷马生在今日也许不写史诗，陀思妥耶夫斯基生在古代也许不写小说。在我们的时代，文学的最正常的表现的方式似乎是散文、小说而不是诗。这也并不是我个人的意见，西方批评家也有这样想的。许多青年白费许多可贵的精力去做新诗，幼稚的情感发泄完了，才华也就尽了。在我个人看，这种浪费实在很可惜。他们如果脚踏实地练习散文、小说，成就也许会好些。这话自然不是劝一切人都莫做诗，诗还是要有人做，只是做诗的人应该真正感觉到自己所感所想的非诗的方式决不能表现。如果用诗的方式表现的用散文也还可以表现，甚至于可以表现得更好，那么，诗就失去它的“生存理由”了。我读过许多新诗，我很深切地感觉到大部分新诗根本没有“生存理由”。

诗的“生存理由”是文艺上内容和形式的不可分性。每一首诗，犹如任何一件艺术品，都是一个有血有肉的灵魂，血肉需要灵魂才现出它的活跃，灵魂也需要血肉才具体可捉摸。假如拿形式比血肉而内容比灵魂，叫作“诗”的那种血肉是否有一种特殊的灵魂呢？这问题不像它现在表面的那么容易。就粗略的迹象说，许多形式相同的诗而内容则千差万别。多少诗人用过五古、七律或商籁？可是同一体裁所表现的内容不但甲诗人与乙诗人不同，即同一诗人的作品也每首自具一个性。就内在的声音节奏说，外形尽管同是七律或商籁，而每首七律或商籁读起来的声调，却随语言的情味意义而有种种变化，形成它的特殊的音乐性。这两个貌似相反的事实告诉我们的不是内容与形式无关，而是一般人把七律、商籁那些空壳看成诗的形式是一种根本的错误。每一首诗有每一首诗的特殊形式，而这特殊形式，是叫作七律、商籁那些模型得着当前的情趣贯注而具生命的那种声音节奏；正犹如每个人有每个人的特殊面貌，而这特殊面貌是叫作口鼻耳目那些共同模型得到本人的性格点化而具个性的那种神情风采。一首诗有凡诗的共同性，有它所特有的个性，共同性为七律、商籁之类模型，个性为特殊情趣所表现的声音节奏。这两个成分合起来才是一首诗的形式，很显然的两成分之中最重要的不是共同性而是个性。

七律、商籁之类躯壳虽不能算是某一诗的真正形式，而许多诗是用这些模型铸就的却是事实。这些模型是每个民族经过悠久历史所造成的，每个民族都出诸本能地或出诸理智地感觉到叫作“诗”的那一种文学需要经过这些模型铸就。这根深蒂固的传统有没有它的理由呢？这问题实在就是：散文之外何以要有诗？依我想，理由还是在内容与形式的不可分性。七律、商籁之类模型的功用在节奏的规律化，或则说，语言的音乐化。情感的最直接的表现是声音节奏，而文字意义反在其次。文字意义所不能表现的情调常可以用声音节奏表现出来。诗和散文如果有分别，那分别就基于这个事实。散文叙述事理，大体上借助于文字意义已经很够；它自然也有它的声音节奏，但是无须规律化或音乐化，散文到现出规律化或音乐化时，它的情趣的成分就逐渐超出理智的成分，这就是说，它逐渐侵入诗的领域。诗咏叹情趣，大体上单靠文字意义不够，必须从声音节奏上表现出来。诗要尽量地利用音乐性来补文字意义的不足，七律、商籁之类模型是发挥文字音乐性的一种工具。这话怎样讲呢？拿诗和散文来比，我们就会见出这个道理。散文没有固定模型做基础，音节变来变去还只是“散”；诗有固定模型做基础，从整齐中求变化，从束缚中求自由，变化的方式于是层出不穷。这话乍听起来似牵强，但是细心比较过诗和散文的音乐性者都会明白这道理是真确的，诗的音乐性实在比散文的丰富繁复，正犹如乐音比自然中的杂音较丰富繁复是一个道理。乐音的固定模型非常简单——八个音阶，但这八个音阶高低起伏与纵横错综所生的变化是多么繁复？诗人利用七律、商籁之类模型来传出情趣所有的声音节奏，正犹如一个音乐家利用八音阶来谱成交响曲。

新诗比旧诗难做，原因就在旧诗有“七律”“五古”“浪淘沙”之类固定模型可利用，一首不甚高明的旧诗纵然没有它所应有的个性，却仍有凡诗的共同性，仍有一个音乐的架子，读起来还是很顺口；新诗的固定模型还未成立，而一般新诗作者在技巧上缺乏训练，又不能使每一首诗现出很显著的音节上的个性，结果是散漫芜杂，毫无形式可言。把形式作模型加个性来解释，形式可以说就是诗的灵魂，做一首诗实在就是赋予一个形式与情趣，“没有形式的诗”实在是一个自相矛盾的名词。许多新诗人的失败都在不能创造形式，换句话说，不能把握住他所想表现的情趣所应有的声音节奏，这就不啻说他不能做诗。

你的诗不算成功——恕我直率——如同一般新诗人的失败一样，你没有创出形式，我们读者无法在文字意义以外寻出一点更值得玩味的东西。你自以为是在做诗，实在还是在写散文，而且写不很好的散文，你把它分行写，假如像散文一样一直写到底，你会觉得有很大的损失么？我欢喜读英文诗，我鉴别英文诗的好坏有一个很奇怪的标准。一首诗到了手，我不求甚解，先把它朗诵一遍，看它读起来是否有一种与众不同的声音节奏。如果音节很坚实饱满，我断定它后面一定有点有价值的东西；如果音节空洞零乱，我断定作者胸中原来也就很空洞零乱。我应用这个标准，失败时候还不很多。读你的诗，我也不知不觉在应用这个标准，老实说，读来读去，我就找不出一种音节来，因此，我就很怀疑你的诗后面根本没有什么值得说的话。从文字意义上分析了一番，果不其然！你对明月思念你的旧友，对秋风叶落感怀你的身世，你装上一些貌似漂亮而实俗恶不堪的词句，再“啊”的“呀”的几声，加上几个大惊叹号，点了一行半行的连点，笔停了，你欣喜你做成了一首新诗。朋友，恕我坦白地告诉你，这是精力的浪费！

我知道，你有你的师承。你看过五四时代作风的一些新诗，也许还读过一些欧洲浪漫时代的诗。五四时代作家和他们的门徒勇于改革和尝试的精神固然值得敬佩，但是事实是事实，他们想学西方诗，而对于西方诗根本没有深广的了解；他们想推翻旧传统，而旧传统桎梏他们还很坚强。他们是用白话写旧诗，用新瓶装旧酒。他们处在过渡时代，一切都在草创，我们也无用苛求，不过我们要明白那种诗没有多大前途，学它很容易误事。

他们的致命伤是没有在情趣上开辟新境，没有学到一种崭新的观察人生世相的方法，只在搬弄一些平凡的情感，空洞的议论，虽是白话而仍很陈腐的辞藻。目前报章杂志上所发表的新诗，除极少数例外，仍然是沿袭五四时代的传统，虽然在表面上题材和社会意识有些更换。诗不是一种修辞或雄辩，许多新诗人却只在修辞或雄辩上做功夫，出发点就已经错误。

五四时代和现在许多青年诗人所受到的西方诗影响，大半偏于浪漫派如拜伦、雪莱之流。他们的诗本未可厚非，他们最容易被青年人看成模范，可是也最不宜于做青年人的模范。原因很简单，浪漫派的唯我主义与感伤主义的气息太浓，学他们的人很容易作茧自窒，过于信任“自然流露”，任幼稚的平凡的情感无节制地无洗炼地和盘托出；拿旧诗来比，很容易堕入风花雪月怜我怜卿的魔道。诗和其他艺术一样，必有创造性与探险性，老是在踏得稀烂的路轨上盘旋，决无多大出息。我对于写实主义并不很同情，但是我以为写实的训练对于青年诗人颇有裨益，它可以帮助他们跳开小我的圈套，放开眼界，去体验不同的人物在不同的情境中所有的不同的生活情调。这种功夫可以锐化他们的敏感，扩大他们的“想象的同情”，开发他们的精神上的资源。总而言之，青年诗人最好少做些“泄气”式的抒情诗，多做一些带有戏剧性的叙述诗和描写性格诗。他们最好少学些拜伦和雪莱，多学些莎士比亚和现代欧美诗。

提到“学”字，我可以顺便回答你所提出的一个问题：做诗是否要多读书？“学”的范围甚广，我们可以从人情世故物理中学，可以从自己写作的辛苦中学，也可以从书本中学，读书只是学的一个节目，一个不可少的而却也不是最重要的节目。许多新诗人的毛病在不求玩味生活经验，不肯耐辛苦去自己摸索路径，而只在看报章杂志上一些新诗，揣摩它们，模仿它们。我有一位相当有名的做新诗的朋友，一生都在模仿当代新诗人，早年学徐志摩，后来学臧克家，学林庚，学卞之琳，现在又学宣传诗人喊口号。学来学去，始终没有学到一个自己的本色行当。我很同情他的努力，却也很惋惜他的精力浪费。“学”的问题确是新诗的一个难问题，我们目前值得学的新诗范作实在是太少。大家像瞎子牵瞎子，牵不到一个出路。凡事没有不学而能的，艺术尤其如此。“学”什么呢？每个青年诗人似乎都在这问题上彷徨。伸在眼前的显然只有三条路：第一条，是西方诗的路。据我看，这条路可能性最大。它可以教会我们一种新鲜的感触人情物态的方法，可以指出我们变化多端的技巧，可以教会我们尽量发挥语言的潜能。不过诗不能翻译，要了解西方诗，至少须精通一种西方语言。据我所知道的，精通一国语言而到真正能欣赏它的诗的程度，很需要若干年月的耐苦。许多青年诗人或是没有这种机会，或是没有这种坚强的意志。第二条，是中国旧诗的路。有些人根本反对读旧诗，或是以为旧诗不值得读，或是以为旧诗变成一种桎梏，阻碍自由创造。我的看法却不如此。我以为中国文学只有诗还可以同西方抗衡，它的范围固然比较窄狭，它的精练隽永却往往非西方诗所可及。至于旧诗能成桎梏的话，这要看学者是否善学，善学则到处可以讨经验，不善学则任何模范都可以成桎梏。每国诗过些年代都常经过革命运动，每种新兴作风对于旧有作风都必定是反抗，可是每国诗也都有一个一线相承、绵延不断的传统，而这传统对于反抗它的人们的影响反而特别大。我想中国诗也不是例外。很可能几千年积累下来的宝藏还值得新诗人去发掘。第三条，是流行民间文学的路。文学本起自民间，由民间传到文人而发挥光大，而形式化、僵硬化，到了僵硬化的时代，文人的文学如果想复苏，也必定从新兴的民间文学吸取生气。西方文学演变的痕迹如此，中国文学演变的痕迹也是如此。目前研究民间文学的提倡很值得注意和同情。不过学民间文学与学西诗旧诗同样地需要聪慧的眼光与灵活的手腕，呆板的模仿是误事的。同时我们也不要忘记民间文学有它的特长，也有它的限制。像一般人所模仿的鼓书戏词已不能算是真正的民间文学，它是到了形式化和僵硬化的阶段了，在内容和形式上实多无甚可取，还有一部分人爱好它，并不是当作文学去爱好它，而是当作音乐去爱好它，拿它来作宣传工具，固无不可；如果说拿它来改善新诗，我很怀疑它会有大成就。大家在谈“民族形式”，在主张“旧瓶装新酒”，思想都似有几分糊涂。中国诗现在还没有形成一个新的“民族形式”，“民族形式”的产生必在伟大的“民族诗”之后，我们现在用不着谈“民族形式”，且努力去创造“民族诗”。未有诗而先有形式，就如未有血肉要先有容貌，那是不可想象的。至于“旧瓶新酒”的比喻实在有些不伦不类。诗的内容与形式的关系并不是酒与瓶的关系。酒与瓶可分立；而诗的内容与形式并不能分立。酒与瓶的关系是机械的，是瓶都可以装酒；诗的内容与形式的关系是化学的，非此形式不能表现此内容。如果我们有新内容，就必须创造新形式。这形式也许有时可从旧形式脱化，但绝对不能是呆板的模仿。应用“旧瓶”是朝抵抗力最低的路径走，是偷懒取巧。

最后，新诗人常欢喜抽象地谈原则，揣摩风气地依傍门户，结果往往于主义和门户之外一无所有。诗不是一种空洞的主义，也不是一种敲门砖。每个新诗人应极力避免这些尘俗的引诱，保存一种自由独立的精神，死心塌地地做自己的功夫，摸索自己的路径，开辟自己的江山。大吹大擂对于诗人是丧钟，而门户与主义所做的勾当却只是大吹大擂。

朋友，这番话，我已经声明过，难免是在热兴头上泼冷水。我希望你打过冷颤之后，可以抖擞精神，重新做一番有价值的事业！

附录二

诗的实质与形式（对话）

对话者：秦希——拥护形式者；鲁亮生——拥护实质者；褚广建——主张实质形式一致者；孟时——一个无成见的人，但遇事喜欢“打个呵欠问到底”。

秦：提起中国新诗，真叫人失望。旧有的形式，我们放弃了；至于新的形式哩，新的就根本没有固定的形式。我们尝试了二十年，到如今还没有摸上一条正路。做诗总得要像诗，你看现在的新诗不但不能歌唱，连念起来也都不顺口。

鲁：你以为诗的好坏完全可以在形式上看得出么？

秦：虽不说“完全”，它大致是可以在形式上看得出的。我想多数人都同意，现在中国新诗失败，就因为它没有形式。

褚：我就不敢同意，新诗的形式固然很乱，它的实质也不见得有怎样好。许多新诗人所表现的情趣根本还是旧诗词的那些滥调，不过表面上扮一个新样子。他们自认原来裹成了小脚，后来才放的；其实他们的脚还是残损的，不过他们塞棉花穿上高跟鞋，混在“摩登”队里就自以为“摩登”了。

孟：老兄这话也未免过火一点，平心而论，有几位新诗人所表现的确实是新的意境，新的情趣。

褚：我明白你的意思，你是说现在中国也有人在写“象征派”式的诗，在模仿英国的艾略特或是法国的什么人。老实说，我根本就不相信诗可以模仿，尤其不相信一个十足地道的中国人，能够和艾略特或是法国的什么诗人真正有同样的情趣和感觉：因为遗传、环境、教育种种因素就根本不同。中国人学外国人做诗，至多也不过像中国女子穿西装，摆摆“洋气”罢了。

鲁：我对于褚先生的话有一点很表同情，就是做诗还是要有实质，要有内容。这话在唱“为艺术而艺术”和“为诗而诗”的高调者听起来，也许有些刺耳朵。

秦：鲁先生，我虽然不是你所骂的唱高调者，却很情愿接受你的挑战。艺术美是一种形式美，我以为这是无可置疑的。诗人所写的情感和思想都是一般人所能经验或了解的，所不同者，一般人不能把他们所感到或想到的表现于艺术的形式，诗人却有这副本领。我们读大诗人的作品，常觉到：“这恰是我心里所要说的话，我说不出而他说出来了。”有时我们觉到他们的内容很平凡，只是他们的形式真正美妙。比如每个人都偶尔觉得人生没有意味，莎士比亚《哈姆雷特》和《麦克白》的独语里也常表现“人生没有意味”这个平凡的感想，可是他的辞藻多么丰富，音调多么铿锵，神韵和气魄多么动人！从此可知诗之所以为诗，不在所说的话实质如何，而在这话说出来的方式如何。实质好比生铜生铁，做诗好比拿生铜生铁来熔铸锤炼成为钟鼎。钟鼎的模样就是所谓“形式”。实质是天生自在的，形式是创造出来的，是实质原来所没有的。实质是自然，形式是艺术。

说诗重形式其实就是说艺术重创造，就是说艺术不是生糙的自然。如果你是诗人，日常情境就可以写成好诗；如果你不是诗人，找大题目来撑门面，你尽管把天堂搬下来，仍然是空虚俗滥。近代还有些诗人故意找丑陋的材料做诗，诗也做得很好。

孟：秦先生这番话提醒我的一个感想。近来我很爱读六朝人的作品，我读得并不多，只是《六朝文絜》和《文选》里面所选的一部分。我的第一个印象好像走到一个春天的花园里，眼前全是一片花花绿绿锦绣灿烂的世界，真是好看，心里也真觉得舒服，但是一到我设法抓住它的后面的实质时，它就渺无踪影地从手指缝里溜去了。它好像一片在空中浮荡的极浓郁的云彩花卉和枝叶，没有着土的根。“言之无物”，看之又似有物。在这种作品里，我觉得秦先生重形式的话似乎很对，不知道鲁先生的意见以为如何？

鲁：我根本不欢喜六朝人的作品。我觉得诗人和文匠有很大的分别。要做好诗须先是一个诗人。诗是情感和思想的自然流露。第一流诗人比一般人都较富于情感和想象力，积于中者深厚然后形于外者雄伟，往往不假雕琢，自成机杼。所以学诗须先从培养性情学问下手，做诗也要择大题目，要“言之有物”，要抓住人类的普遍的永恒的情趣。实质空洞而专讲形式者是文匠而不是诗人。“为文艺而文艺”是文艺颓废时代的窄狭主张，充类至尽，它必然使艺术囚在象牙之塔里，和人生社会断绝关系。这种艺术没有不浮靡肤浅的。说诗重实质，其实就是说艺术不能离开人生。我不满意像六朝的那样花花公子似的文学，就因为它言之无物，和人生隔离太远。

秦：依你这样说，文学的价值不就全在实质么？你大概以为只有像韩愈的《原道》和贾谊的《治安策》之类的作品才算是文学。你不觉得诗人和思想家究竟有个分别么？

鲁：我们现在只说诗。诗是表现情感和思想的，情感有深浅，思想有巨细，诗的价值高低即应以这种深浅巨细为标准。你刚才提起莎士比亚，我且问你一句话：拿他的一首十四行诗来比他的《哈姆雷特》或《李尔王》，你以为它们都应该等量齐观么？题材的大小和篇幅的长短不能影响到诗的价值么？

秦：如果两种作品在形式上都达到最完美的境界，他们就无可比较，它们的价值是绝对的。莎士比亚的一首十四行诗做到抒情诗所能做到的极境，他的《李尔王》也做到悲剧所能做到的极境，我们就不能说此胜于彼。我们只能说，它们所表现的是两种不同的境界，正犹如《李尔王》和《麦克白》所表现的是两种不同的境界，好比太羹玄酒，浓淡不同；玉环飞燕，肥瘦各异，但各有胜境，我们正毋庸强分优劣。

鲁：在我看，你这种绝对价值论是走不通的。我另举一例来说。比如歌德的《浮士德》一部诗剧费过作者的毕生的精力，不但把作者整个的人格、思想、学问、经验等都表现出来，而且把文艺复兴以后欧洲人的热情和徘徊不安的状况，以至于近代整个的时代精神和人生理想都包括无遗。

同时，歌德晚年也写一首短诗，叫作《流浪者的夜歌》，以寥寥数语表现他由浪漫式的狂飙突进，皈依到古典式的静穆和谐那一种心情，就形式说，这两个作品都各造极境。但是我们决不能因为它们的形式都完美，便断定它们在价值上没有等差。《浮士德》无疑地比《流浪者的夜歌》较伟大，因为它的实质比较深广。这是大家公认的事实，不是空洞的美学理论所能推倒的。

孟：许多事不想不谈都没有问题，一想一谈，问题就来了。听你两位的话似乎都很有道理，形式重要，实质也并非不重要。但是专重形式，就不免犯不分诗人与文匠的毛病；专重实质，又不免犯不分诗人与学者的毛病。有什么方法可以解决这个冲突呢？这倒要请教我们的美学家褚先生。

褚：秦先生和鲁先生的话都对，只是他们说话太笼统一点。我们应该把欣赏和批评两种态度分开来说。专就欣赏的态度说，秦先生的话是对的。在欣赏的一刹那中，心灵完全为所欣赏的意象占住，意象完全孤立绝缘，没有其他意象来搅扰，心灵未作比较的活动，所以题材的大小和篇幅的长短诸问题都不闯入意识；如闯入意识，欣赏的态度便变为批评的态度，情趣的回流交感便变为理智的剖析了。《浮士德》和《流浪者的夜歌》在为欣赏的对象时，在读者的心境沉没在诗境时，都只是孤立绝缘的意象，它们的价值是绝对的，不容比较的。但是就批评的态度说，鲁先生的话是对的。批评总不免要估定价值，价值必有高低比较才能见出。比较高低，则题材大小和篇幅长短自不能不影响到我们的判断。从这个观点看，《浮士德》自然比《流浪者的夜歌》的价值较高，因为它的实质比较宽广，和人生的接触点比较多，引起欣赏的可能性也比较大。

鲁：褚先生的话很可以证明实质比形式重要，因为形式都美时，作品价值仍有高低，这种高低就只能在实质见出了。我们谈价值就是在批评，并不是只就欣赏那一片刻的心领神会来说。

褚：你可不要误会我的意思。我根本否认在艺术上实质和形式可以分开来说。真正的艺术必能混化实质和形式的裂痕。实质提高，形式也自然因之提高。一般人以为《浮士德》和《流浪者的夜歌》的差别只在实质，也是一种讹见。内容较深广，篇幅较大，前后关系较复杂，形式上的和谐自然也较难能可贵。

孟：你否认实质和形式可以分开，是不是把形式看成实质所固有而且所必有的，换句话说，是不是把形式看成实质的自然表现？

褚：形式是自然的，固有的，而不是人为的，附加的。

（鲁、秦、孟三人听这话都很惊异、怀疑、踌躇，）孟接着说：这话倒是有些奇怪！

褚：有什么奇怪？

孟：如果你的话不错，形式和实质就应该在同时发生，没有先后的关系了。

秦：并且它们也就没有内外的关系了。

褚：你二位所说的恰是我的意思。

秦：但是我们一般人都相信形式是“表现”实质的，实质是被形式所“表现”的。诗人的本领在见得到，说得出。见得到的是实质，说得出的是形式。换句话说，实质是语言所表现的情感和思想，形式是情感和思想所流露的语言。依这样看，实质在先，形式在后；情感和思想在内，语言在外。我们心里先有一种已经成就的情感和思想，这是实质；然后再找语言把它翻译出来，可以传达给别人知道，这就是形式；这种翻译的手续就是表现。所谓“表现”就是把在里面的现到外面来，它着重情感、思想和语言的内外的关系，同时也涵着它们的先后的关系。

褚：你的主张很可以代表一般人的常识，但是它根本是一个误解。如果不打破这个误解，我们对于诗学上种种问题就永不能作明晰精确的思考。

孟：怎样见得它是误解？看你来打破它吧。

褚：如果诸位不嫌啰唆，且让我们来把诗的要素分析清楚，看哪个要素相当于形式，哪个要素相当于实质，然后再进一步研究他们的关系如何。

秦：这似乎不必要，我刚才不已经把“实质”“形式”和“表现”三个名词的定义下得很清楚了么？

褚：不错，但是你的看法只是许多看法中的一种。也还有人谈“实质”“形式”“表现”诸名词时，所用的意义和你所用的完全不同。

鲁：我们倒很情愿知道你所说的其他意义。

褚：说话最怕笼统和悬空，我们最好举一个实例来分析，比如李白的《玉阶怨》是人人熟悉的：

玉阶生白露，夜久侵罗袜。却下水精帘，玲珑望秋月。

请问诸位，在这一首诗里我们一眼就看到的是什么？

孟：二十个字。“文字”是诗的一个因素，那是很显然的。

褚：文字并不是一个必要的因素。诗不一定要用文字写出来。在没有文字以前就已经有诗歌。现代民歌大半仍未用文字记载。

秦：纵然没有文字记载，既是一首诗歌，总是可以在心里想着，或是在口头念着，这其实还是用文字。

褚：这不是用文字，是用语言。不过这个分别我们暂时可以丢开，叫它“文字”也好，叫它“语言”也好。不过它包含“意义”和“声音”两个要素，这一点我们大概都承认。

鲁：那是不成问题的。语言总得有内容。

秦：可别忘记，一切语言虽然都有意义和声音，却不都是诗，诗的语言是特殊的。形式的因素总不能丢开。

褚：二位的话都对，诗的语言要有一种特殊的内容，也要有一种特殊的形式。为方便起见，我们姑且分头来说。先说内容，请问鲁先生，它的特殊在什么地方呢？

鲁：诗的语言是情趣饱和的语言。比如《玉阶怨》的语言和“二加二等于四”“孔子是周朝哲学家”之类的语言不同，就在一个有情趣，一个只记载枯燥的事实。

孟：这个分别似乎还不圆满。情趣饱和的语言也不一定就是诗。比如说“我爱你！”“我真高兴！”你也是说出你的心情，但是那不能算诗。所以诗的情趣和其他情趣也应该有一个分别。

褚：这个分别是不难找出的。诗的情趣一定要借一个具体的、新鲜的、明显的“意象”表示出来，比如《玉阶怨》就托出一幅画或一幕戏摆在我们的眼前，虽未明言“怨”而怨自见。我们可以说，诗是情趣的意象化，或是意象的情趣化。

孟：这个分别也还是不圆满，一切纯文学都是情趣和意象的化合体，比如说小说、散文、戏剧、小品文之类。依我看来，褚先生所说的情趣的意象化还是偏重内容方面。诗的情趣和散文的情趣不同。诗的情趣要表现于一种有规律的声音组合，普通散文的情趣则不需要有规律的音节。我们可以说，诗不仅是情趣的意象化，尤其要紧的是情趣的形式化。

秦：我完全赞成孟先生的话。

褚：谈到诗和散文的分别，问题就扯远了。如果大家高兴，我们将来再费点工夫来专研究这个分别，现在我提议回到本题，就是实质和形式的关系。这个根本问题解决了。诗和散文的问题也就不难迎刃而解了。我们刚才分析《玉阶怨》，得到几种要素。让我们想想看。

鲁：情趣，意象，语言，文字；语言又分意义和声音两项。

褚：是的，这种分析非常浅近，却亦非常重要。许多混乱的思想就起于缺乏这种浅近的基本的分析。比如实质与形式的问题向来被人闹得一团糟，就因为用这两个名词的人们，大半没有弄清楚它们究竟指诗中哪两个因素。因此，它们中间关系——“表现”——也就没有一个精确的意义。

秦：你这话至少不能应用到我身上来。我已经一再说过，语言是表现情感和思想的。语言是表现者，情趣和意象是被表现者。实质兼指情趣和意象，形式指语言。我说的话丝毫没有含糊。

褚：你这些定义与流行语言的习惯很合，不过大有商酌的余地。这一层暂且按下不谈，先谈其他的可能的定义。诸位都知道谈到诗和艺术的学理，我们不应该忽略现代最大的美学家克罗齐，虽然我们不必完全赞成他的学说。依他看，诗人心中直觉到一个情趣饱和的意象，情趣便已表现于意象。情趣是被表现者，是“实质”；意象是表现者，是“形式”。“表现”是情趣与意象化合时的直觉活动，就是想象，也就是创造。这种活动全部都在心里完成。至于把在心里已想好了的诗用文字写出来，只是传达，并非表现。

孟：我想起实质与形式的另一种解释。从康德派形式美学家一直到现代“纯诗”派诗学家都把诗的声音看成“形式的成分”，意义看成“表意的成分”。诗的声音有如图画中的形色配合，诗的意义有如图画中的故事。依这班学者看，音乐是最形式的艺术，也是最高级的艺术，因为它不借助于内容的联想，用声音的形式直接地打动心灵。诗的最高理想在逼近音乐，以声音直接地暗示情趣和意象，极力避开理智了解的路径，这是说，把意义放在第二层。如此则情趣和意象是实质，声音是形式，表现是情趣、意象与声音的关系了。

鲁：还不仅此。一般人常把写或印出来的文字看成诗的具体的“形式”，所谓“表现”只是用文字记载心里所想的，或是口头所说的，而“实质”则为未加辨别的情趣、意象和语言。

褚：诸位现在想想，“实质”“形式”“表现”三个名词有几多意义！流行语言的意义如秦先生所主张的是一种，克罗齐所主张的另是一种，“纯诗”派所主张的又另是一种，最后，鲁先生所提起的粗浅常识又另是一种。如果要把头绪理清楚，我们最好列一个表看看。

秦：在这许多定义中，我们最好把不能成立的丢开。第一，粗浅常识的表现说不能成立，因为诗歌并不绝对地需要用文字写出来或印出来。其次，“纯诗”派的主张也太过激，因为诗用语言，究竟不能离开理智所了解的意义。第三，克罗齐的学说也似是而非，诗哪能离开语言呢？一切艺术都有情趣和意象，但是诗和其他艺术究竟有一分别，这个分别就在诗用语言为表现情趣和意象的媒介。所以我所提出的定义是最精确的，就是：情趣和意象合为实质，语言为形式，表现是用在外在后的语言翻译或传达在内在先的情趣和意象。这是多数诗学家所公认的事实。

褚：你批评别人的话暂且按下不谈。你自己的主张诚然如你所说的，是多数人所同意的；但是我以为它是错误的。想证明这是错误，要说的话很长，我们须把情感、思想和语言的关系分析得很清楚。诸位不觉得厌倦吧？

秦、鲁、孟（同声回答）：只要你说得有理，我们都很愿静听。

褚：我们先研究思想和语言的关系。请问诸位：我们用什么器官做思想的活动？

秦：用脑筋，这是心理学的常识。

褚：在思想时，脑筋以外的器官都不活动么？

鲁：如果真是用心思想，我们常须静坐不动。

褚：脑筋的活动我们能看得见么？

鲁：那自然不能看见，因为有头盖骨遮住，而且脑细胞的动作也非常细微，不是肉眼所能察觉的。

褚：假如你在用心思想，我能不能知道你是在用心思想呢？

鲁（迟疑半刻）：有时能够，我们常问人"你在想什么？"

褚：脑筋的活动既不能看见，我们何以知道别人在思想呢？

秦：人在思想时，目光、颜面、筋肉以及身体姿态各方面都现出一个特殊的样子，与平时不同，所以别人一看到就知道他在思想。

褚：然则你说思想只用脑筋，别的器官都不活动，不是错了么？

孟：其他器官的活动不是思想本身，只是思想的——思想的外形或是思想的征候。

褚：这种分别是牵强的。如果我们看得见脑筋的活动，那不也还是思想的外形或征候么？我不知道你见过私塾学童"背书"没有，他们背书时，常左右摇摆走动，如果叫他们站住，他们就背诵不出来。可见身体动作对于思想的关系很密切。严格地说，我们运用思想时，全部神经系统以及全体各器官都在做一种与平时不同的活动，尤其是语言器官。行为派心理学家甚至于说，思想就是语言器官的活动。

鲁：这话未免太离奇了。

褚：一点也不离奇。比如说想到"树"时，口里常不知不觉地在念（树）字。小孩子想到什么，口里就同时说出来。诗人做诗常一边想，一边吟哦。有些人看书，口里不念就看不下去。有些人纵然不把所想的很清楚地念出来，喉舌及其他语言器官也微做念的活动。美国心理学家做了许多实验可以为证。单举一个例来说：来希列（K. S. Lashley）叫试验者先低声背诵一句话，用熏烟鼓把喉舌运动的痕迹记载下来；后来再叫他默想该句话的意义而不发声，也用熏烟鼓把喉舌运动的痕迹记载下来。这两次熏烟纸上所记载的痕迹虽一较明显，一较模糊，而曲折起伏的波纹却大致相似。从此可知思想只是无声的语言，语言也就是有声的思想。语言固不能离开思想而单独进行，思想也不能离开语言而单独进行了。思想和语言原来是一致的，所以在文化进展中，思想越发达，语言也越丰富。野蛮民族与未受教育的民众，不但思想粗疏幼稚，语言也极简单。近代文化的日益增高，可以说是字典的日益扩大。

秦：你这番话很有道理，但是只能证明思想和语言一致，并不能证明语言不是表现思想的。

褚：如果你细心想一想，思想和语言既是一致的，并行的，不能相离的，那么，你说“语言表现思想”就不能指把在先在内的翻译为在后在外的了，思想与语言的关系也就不是实质与形式的关系了。思想与语言同时进行，思想不全是在内的，语言也不全是在外的。

鲁：你否认思想和语言的关系为实质与形式的关系，我倒有些茫然。

褚：思想有实质，你也许承认？

鲁：思想到的意义便是实质。

褚：思想也有形式，你相信不相信？

鲁：除非你是指名学上的思想律。

褚：是的，思想有条理；条理，就是形式。同理，语言的意义是它的实质，语言的文法组织是它的形式。总之，思想和语言是一致的活动，其中有一方面是实质（即意义），这实质并非离开语言的思想；也有一方面是形式（即思想的条理和语言的组织法），这形式也并非离开思想的语言。这两方面犹如人的骨肉和形状，并不能分离独立，或是用这个“表现”那个。我这样解释思想和语言的关系，诸位觉得有什么不圆满的地方么？

秦、鲁、孟（都很迟疑地）：我们还觉得这种说法有些奇怪，不过暂时也想不出理由来反驳你，待我们以后想想看。现在你且说明你对于情感和语言的意见。

褚：我相信诸位越加思索，就越不觉得我的话奇怪。说到情感，请问诸位，它究竟是什么呢？

秦：比如喜、怒、哀、惧、愁、怜惜、焦急等等都是情感。

褚：那是情感的实例，不是它的定义。

孟：情感在中文和在外文都含有“动”的意思。照心理学说，人生来有种种本能，外物刺激到某种本能，引起它的活动，都伴着一种特殊的情感。比如见到老虎，逃避的本能就活动起来，因此引起生理上种种变化，就主观的感觉说，这种活动和它所伴随的生理变化，就是情感。

褚：你这个解释好极了。心有本能，感于物（刺激）而动（反应），这一动便是情感。情感发生时我们常说："我很受感动。"这感动由神经系统传播于身体各部器官。传播于颜面者为哭为笑，为面红耳赤；传播于肢体者为震颤，为舞蹈，为兴奋，为颓唐；传播于内脏各器官者为循环、呼吸、消化、分泌诸作用的变化；传播于喉舌唇齿者为语言。这是动物应付环境变化的一个完整贯串的经验。心理学为便于说明起见，说某者为情感，某者为语言。其实语言只是整个的情感反应中的一部分。

秦：不过情感有不伴随语言的，语言也有不伴随情感的。

褚：诚然，但是这只是程度的问题。情感大半需要语言，诗的语言则必须伴随着情感。我们现在是研究情感语言相伴随时，情感和语言的关系。

孟：依你说，情感伴随着语言时，语言和哭笑、兴奋、颓唐、震颤、舞蹈种种生理变化都是平行的，相同的，是不是？

褚：你所说的恰是我的意思。语言是情感发动时许多生理变化的一种，其他许多生理变化也还是广义的语言，它们和语言都属于达尔文所说的"情感的表现"，不过这里所谓表现只是指征候，并非指由内而外，由先而后的翻译。比如鸡鸣犬吠，可以说是应用语言，也可以说是流露情感。但是鸡犬的情感除鸣吠之外，还可以流露于种种筋肉活动和内脏变化。所以情感与语言的关系，也并非实质与形式的关系，而是全体与部分的关系。

孟：但是说"情感表现于语言"，是多么自然的一句话，依你说，这话不就是不通么？

褚：看你怎样解释"表现"两个字。如果把它看作由内而外、由先而后的翻译，由甲阶段转到与甲本无关系的乙阶段，那自然是错误。如果它是名词时把它看作"征候"，是动词时把它看作"流露"，你说"语言表现情感"或"语言是情感的表现"，自无不可。我们如果研究语言的腔调，就可以明白这个道理。比如说"来！"在战场上向敌人挑战所用的腔调，和在家庭里呼唤亲爱的人所用的腔调绝不相同。这种不同的腔调是属于情感呢？还是属于语言呢？请问诸位。

鲁：那当然属于情感。

秦：依我看，它属于语言。

褚：二位都对。腔调是属于情感的，也是属于语言的。离开腔调以及和它同类的生理变化，情感就失去它的强度，语言也就失去它的生命。我们不也常说腔调很能“传神”或“富于表现性”（expressive）么？

孟：是的，但是腔调“表现”什么呢？

褚：说它表现情感固可，说它表现语言，使语言的意义更明显，也并非不通。我们通常说语言“表现”情感，正犹如说腔调“表现”语言，只是从部分见全体，从缩写字见出整个字，从流露的一部分见出未流露的一部分，并非先有情感，而后拿本无情感的语言把它从里面“现”到表面来。

孟：现在我明白你的意思了，依你说，思想、情感和语言都是一个完整连贯的心理反应中的各部分，并不是可以分离独立的三件事物。我们不能把思想和情感看作实质，语言看作形式，更不能把语言对于思想和情感的关系看作由内而外、由先而后的翻译。说“语言表现思想和情感”，只能像说从缩写字见出整个字，或是像从发冷发热断定一个人有疟疾。这番话我现在觉得很对。但是如果你不嫌啰唆，我心里还有一点怀疑。你知道我对于传统常有一种迷信，一句话经过几千年人所公认的，我常觉得它中间总有几分道理。比如“意内言外”“意在言先”“情感思想是实质，语言是形式”和“表现是拿语言来传达已经成就的思想和情感”之类的话，都已经有很久远的历史。你现在证明它们是误解，我所想问的就是：何以古今中外许多人都不谋而合地陷到这个误解里去呢？

褚：你这个问题非常重要。许多人误解情感、思想和语言的关系，就因为有“文字”这个第三者在中间搅扰。语言是思想和情感进行时，许多生理和心理变化的一种，但是语言和其他生理和心理变化有一个重要的异点。它们与情境同生同灭，语言则可以借文字留下痕迹来。情感和思想过去了，语言的声音和姿势消失了，文字还可以独立存在。

鲁：这个异点就是你的学说的致命伤。语言必须应用文字，文字可以独立，语言也就可以离开情感、思想而独立了。

褚：语言虽应用文字，却不就是文字。在进化阶段上，语言先起，文字后起。原始民族以及开化民族中的文盲都只有语言而无文字。文字只是语言的“符号”（symbol）。符号是以甲代乙的记号。用甲代乙，因为甲比乙较便或是比乙较易于捉摸。例如国旗、书签、人名、招牌、商标之类都是符号。符号和它所指的事物是两件事，彼此可以分离独立。比如“饭桶”两个字的声音可以用“饭桶”来代表，也可以用注音字母或罗马字来代表。同时，这个符号也可以拿来作一个人的诨号。从此可知语言和文字的关系是人为的，习惯的，而不是自然的，必然的。换句话说，文字是人意制定的，习惯造就的。

孟：我觉得你这话有毛病。除着惊叹语类和谐声语类之外，语言又何尝不是人意制定的习惯造就的呢？比如想到“饭桶”或说到“饭桶”时，这两个字音（离开文字符号来说）和它所指的实物也并无必然关系。它本来也还是一种符号。“饭桶”两字的声音固然可以用许多可能的符号来代替它，叫作“饭桶”的实物也可以用许多不同的声音来代替它，在印度、波斯、英国、俄国各国中它各有各的名称，便是明证。我们要知道，写下来或印下来的符号模样是文字，未写未印以前口里说的声音和心里想的符号模样也还是文字。

褚：你这话大体不错，不过分析起来，也还有毛病。未写未印以前，口里说的声音或是心里想到的符号模样，就其为独立的声音或符号模样而言，还是文字，但是还不能算语言。语言是由情感和思想给予意义和生命的文字组织。这种文字组织因各时各境的情感和思想而得意义和生命。对于那种情感和思想就不能说是“符号”。如果要用比喻来说明，它只能说是“征候”（symptom），如咳嗽、吐血对于肺病为征候一样。征候与病有必然关系，符号与所指事物则无必然关系。语言所用的文字，就其为文字而言，是人意制定的，习惯造就的；语言本身则为自然的，创造的，随情感、思想而起伏生灭的。我们不能因为语言所用的文字是人意制定的，习惯造就的，便说语言本身也是如此。

鲁：我还不大明白。语言总离不开文字，你把它们分为两件事，恐怕有牵强吧？

褚：语言虽离不开文字，文字却可以离开语言，比如散在字典中的文字。语言的生命全在情感和思想，通常散在字典中的文字都已失去它们在具体情境中所伴着的情感和思想，所以没有生命。文字可以借语言而得生命，语言也可以因僵化为文字而失其生命。活文字都嵌在活语言里面，死文字是从活语言所宰割下来的破碎残缺的肢体，字典好比一个陈列动物标本的博物馆。比如“闹”字，在字典中是一个死文字，在“红杏枝头春意闹”一句活语言里就变成一个活文字了。再比如你的爱人叫作“春”，你呼唤“春！”时所伴随的情感和思想是在字典里“春”字之下所找不着的。“春”字在你口里是活语言，在字典里只是死文字。

秦：你对于语言和文字的分别说得很明白透彻，不过你刚才说“许多人误解情感、思想和语言的关系，就因为有‘文字’这个第三者在中间搅扰”，这一点我还不很明白。

褚：一般人误在把文字和语言混为一事，看见世间先有事物而后有文字称谓，便以为吾人先有情感、思想而后有语言；看见文字是可离开情感、思想而独立的，便以为语言也是如此。照这种看法，在未有活人说活话之前，在未有诗文之前，世间就已有一部天生自在的字典，这部字典是一般人所谓“文字”，也就是他们所谓“语言”。人在说话和做诗文时，都是在这部字典里拣字来配合成词句，好比姑娘们在针线盒里拣各色丝线来绣花一样。这么一来，情感、思想变成一项事，语言变成另一项事，两项事本无必然的关系，可以随意凑拢在一起，也可以随意拆散开来了。世间就先有情感和思想，而后拿本无情感和思想的语言来“表现”它们了。情感和思想便变成实质，而语言配合的模样就变成形式了。他们不知道，语言的形式就是情感和思想的形式，语言的实质也就是情感和思想的实质。情感、思想和语言是平行的，一致的：它们的关系是全体与部分而不是先与后或是内与外。我这个看法和一般人的成见颇多冲突。但是他们如肯细心作基本的缜密的分析，就知道我的话是对的。

谈到这里，他们都有些困倦。秦、鲁、孟三人对于褚的话将信将疑，要求休息一会儿，一则进些茶点提醒精神，一则有余暇可考虑褚的话，预备重整旗鼓，再作论战。到了他们再聚谈原问题时，秦、鲁、孟三人都觉得自己心里有极充足的理由，可以驳倒褚的情感、思想、语言一致的怪论。

秦：依你的主张，我们只要有情感和思想就不患没有语言。但是我们读第一流文学作品时，常觉作者所说的话都是自己心里所想说而说不出的。我们也常有“诗意”，因为没有做诗的训练和技巧，所以做不出诗来。这不是证明情感、思想和语言是两件事么？向来论诗者都说，诗人的要务在赋予情感、思想以艺术的形式，在把心里所感所想的用最经济最有力的语言说出来。现在你说这种大家公认的学说错误，恐怕是要立异为高吧？

褚：你所说的“诗意”根本就是一个极含糊的名词。你知道克罗齐对于自以为有“诗意”而不能做诗的人所起的诨号么？那是“哑口诗人”，是幻觉和虚荣心的产品。每个人都有猜想自己是诗人的虚荣心，心里偶尔有一阵模糊隐约的感触，便信任幻觉，以为那是十分精妙的诗意。我们对于一件事物须认识得清楚，才能断定它是甲还是乙。对于心里一阵感触，如是已经认识得很清楚，就自然有语言能形容它，就能直接地或间接地把它说出来；如果认识并不清楚，就没有理由断定它是“诗意”。水到自然渠成，意到自然笔随，像“采菊东篱下，悠然见南山”“敲门都不应，倚杖听江声”“风乍起，吹皱一池春水”之类的诗词，有情感思想和语言的裂痕么？它们像是模糊隐约的情感思想变成明显固定的语言么？

秦：你所举的寥寥几个例子并不能概括一切诗词。诗有信手拈来的，也有苦心搜索来的。在苦心搜索时，情感和意象先都很模糊隐约，似可捉摸又似不可捉摸。我们须聚精会神，再三思索推敲，才能使模糊隐约的变为明显固定的，不可捉摸的变为可捉摸的。我想凡稍有写作经验的人们都得承认我这话。

褚：你的话丝毫不错。思想本来继续连贯地向前进行，是一种解决疑难纠正错误的努力。它好比射箭，意在中的，但是不中的也是常事。我们寻思，就是把模糊隐约的变为明显确定的，把潜意识和意识边缘的东西移到意识中心里去。这种手续有如照相调配距离，把模糊的不合式的影子逐渐变为明显的合式的。诗不能全是自然的流露，就因为搜寻潜意识和意识边缘的工作有时是必要的；做诗也不能全恃直觉和灵感，就因为这种搜寻有时需要极专一的注意和极坚忍的意志。但是我们要明白，这种工作究竟还是“寻思”，并非情感、思想本已明显固定而语言仍模糊隐约，须在“寻思”之上再做“寻言”的工作。再拿照相的比喻来说，我们在做诗文时，继续地在调配距离，要摄的影子是情感、思想和语言相融化贯通的有机体；如果情感、思想的距离合式了，语言的距离自然也就合式。我们并无须费照两次相的手续，先调配情感、思想的距离，而后调配语言的距离。我们通常自以为是在搜寻语言（调配语言的距离），其实同时还是在努力使情感、思想明显化和确定化（调配情感、思想的距离）。

秦：我还是不大相信你这话。情感、思想的距离调配好了，再进一步调配语言的距离，在我看，这是一个极普遍的写作经验。我们做诗文时常苦言不能达意，须几经修改，才能碰上恰当的字句。“修改”的必要就是寻言不同寻思的铁证。

褚：“修改”其实还是“寻思”问题的一部分。修改就是调配距离，但是所调配的不仅是语言，同时也还是意境（指情感、思想的混合体）。比如韩愈定贾岛的“僧推月下门”为“僧敲月下门”，并不仅是语言的进步，同时也是意境的进步。“推”是一种意境，“敲”又另是一种意境，并非先有“敲”的意境而想到“推”字，嫌“推”字不能达意，然后再寻“敲”字来代替它。就我自己的经验说，我作文常常修改，每次修改，都发现话没有说清楚，其实都由于思想混乱。把思想条理弄清楚了，话自然会清楚。寻思必同时是寻言，寻言也必同时是寻思，没有比这更好的证据可以证明情感、思想和语言的连贯性了。

孟：褚先生，我所怀疑的是你的美学基础。依你说，实质与形式，情感、思想与语言，都在同一刹那中酝酿成熟，你似乎赞成克罗齐的“艺术即直觉，直觉即表现”之说。那么，你就难免和他陷于同样的错误，把艺术完全看成心里面的活动，把“传达”（这就是一般人所谓“表现”，例如把想好了的诗写出来）完全看成非艺术的活动了。

褚：克罗齐忽视“传达”的毛病我也看得很清楚，不过他的学说有一部分是真理，有一部分是过甚其辞，我们应该分别开来说。在诗的方面，

“传达”有两个意义：一是把心里所想的歌诵出来，使旁人听得见，如民俗歌谣；一是把心里所想的用文字符号记载下来，使旁人看得见，如文人的作品。依克罗齐看，就诗的创造说，“传达”并非绝对必要，必要的是在心里想出一个叫作“诗”的意境（这就是情感意象相融化的有机体），这种“想”就是“直觉”“想象”或“创造”，也就是“表现”。至于把心里想好了的诗用文字媒介传达出来，是后来的第二步的工作，不能算“创造”或“表现”。在大体上说，我是赞成这个意见的。不过有两个重要点我却和克罗齐不同。第一，在想象时，诗人要用他的特殊的传达媒介——文字——来想，和画家及其他艺术家想的方法不同，所以“表现”（即“想象”）和“传达”并不完全是截然两段的事。第二，诗就是一种语言，语言原来就是人与人互相传达情感、思想的媒介。人有做诗的必要，一方面是要流露情思，一方面也是要传达情思，博取社会的同情。想象而预备传达，和想象而不预备传达，心理背景大不相同。想象而预备传达，想象本身就不免多少受社会的影响。这也是证明“表现”和“传达”不可完全分开。诗人决不会永远是“自言自语者”，像克罗齐所说的。

孟：你提起诗人用文字做特殊媒介来传达他的思想，和其他艺术家不同，这又引起另一个疑难了。可想象的不尽是可传达的。有许多颜色上的细微分别不尽能用颜料描绘出来，有许多声音上的细微分别不尽能用乐调谱出来，有许多情绪的细微起伏和思致的细微曲折不尽能用语言形容出来；虽然我们对于这些细微的东西尽可以察觉到或是想象到。再拿各种艺术来比较说，画可以表现诗所不能表现的形色，乐可以表现诗所不能表现的交响的声音节奏，但是诗却可以叙述画和乐所不能叙述的言动事迹。就未传达以前的艺术想象说，诗、画、乐等等艺术的实质（即意境）大致相差总不甚远；就既传达以后的艺术作品说，它们的形式悬殊就很大。这个事实不可以证明实质和形式究竟是两回事么？

褚：你这个问题很中肯，我还有些应该说而未说的话可以趁这个机会补充出来。我说情感、思想和语言平行一致，并非说它们的范围恰相叠合。我承认语言只是情感、思想整个的反应中一部分，从语言见情感、思想，也犹如从面貌姿态等见情感、思想，只是从部分见全体，从缩写字见整个字。意境（情思的整体）只有一部分能见于语言，做诗就要选择这能用语言传达的一部分，拿它来象征或暗示全体。在心里所直觉的可以无限制，经语言传达出来的却须受语言的限制。直觉的阶段是诗可以和其他艺术相同的（这也不必尽然），在所直觉的意象中抉择可用语言传达的一部分，则为诗所以异于其他艺术的。各种艺术有分别，就因为它们在传达媒介上有分别。关于这一层，我很反对克罗齐。他因为看轻传达，便否认艺术可分类。这么一来，心里直觉到一种情趣饱和的意象，便已算是做成一件艺术作品，可以叫作“诗”，可以叫作“画”，也可以叫作任何其他艺术了。

鲁：你这个学说还有一个难点，就是情感、思想不可假造而语言却可假造。心里感到“哈哈！”口里仅可说“哎哟！”情感、思想和语言如何是一致呢？

褚：你所说的“语言可假造”，其实只是说字典中的死文字可任意乱用。小人可以冒充道学家讲仁义道德，冬烘学究可以拉调子哼《诗经》《左传》，说他们在模仿对于他们无正确意义的声响则可，说他们在用语言则不可。心里感到“哈哈”而口里假说“哎哟”时，声调、姿势以及其他情感和思想的“征候”仍必露几分破绽。因为这个道理，我们常可以看出一首诗是否为无病呻吟，看出它所表现的是真纯的情感还是浅薄的感伤。诗的好坏就看它的情感、思想和语言是否一致，看它有没有乱用文字的嫌疑。一首诗的语言肤浅粗俗或是堆砌繁芜时，我们就可以断定作者的情感原来就很平凡，思想原来就很空洞。如果语言和情感、思想不是一致的，我们就无从根据语言推测作者的情感和思想，尤其不能断定他的语言是否恰合宜于他的情感和思想，断定他有无说谎造假的毛病，因为这些只有他自己才能知道。

秦：你这番话又提醒我的另一个疑问。向来批评家都承认诗文在风格上有平淡浓丽的分别。比如就古代作家说，我们都承认陶渊明平淡，温飞卿浓丽；就我们认识的现在作家说，我们都承认周作人平淡，徐志摩浓丽。这种风格上的分别似乎全在语言方面见出。平淡派作家喜欢用平淡的字句，浓丽派作家喜欢用浓丽的字句。如果依你的学说，文学上便不应该有风格上的差别，因为语言都做到恰到好处为止，令人觉到平淡或浓丽，就未免见出语言和情感、思想的裂痕了。

褚：我承认诗文确有风格上的差别，但是否认这种差别全在语言方面，语言方面固然有平淡浓丽的分别，情感、思想方面同时也有这种分别。陶渊明派作家的思想、情感本来就偏向平淡，所以他们的语言自然平淡；温飞卿派作家思想、情感本来就偏向浓丽，所以他们的语言自然浓丽。风格并不是可以矫揉造作的。许多作家的错误就在误信风格可以矫揉造作，不是周作人而要想学周作人的平淡，不是徐志摩而要想学徐志摩的浓丽，捧心效颦，所以令人觉得俗滥。就两种风格来说，假装浓丽比假装平淡较容易，流弊也较大；因为堆砌浓丽的词句就可以假装浓丽；堆砌平淡的词句并不就能假装平淡，它还要一点收敛镇静的功夫。一般人假装，也容易走浓丽的路，好比穷人摆富贵架子究竟比富贵人摆穷人架子较寻常。许多人本不能做诗而要冒充诗人，于是把诗人所常用的漂亮字句偷来堆砌成诗的形式，以为这就是诗了。从前做试帖诗、四六文的人们如此，现在有好些新诗人也还是如此。在我想，创造诗和欣赏诗，第一件要事是认清诗和“修辞”（rhetoric）的分别，不幸得很，许多新诗人所给我们的大半是“修辞”，是穷人摆的富贵架子。

鲁：你这番话我倒十分同意，没有实质而在形式上做功夫，总不能写出好诗。

褚：不过你别误会了我的意思，我并不是说假装平淡和浓丽的人们是实质形式可分开的证据。我的着重点是：他们是在造假，在乱用文字，并不能算是做诗。语言有它的风格，思想和情感也有它们的风格。风格并不全是形式问题，它的好坏只能在实质形式融贯与否见出。

秦：我对于你的学说还有一点不很满意。你似乎太偏重语言而看轻文字，以为语言是活的，文字是死的。你似乎主张做诗文一定要全用白话。从前有许多文学作品都不是用当时流行的语言。但是它们的价值仍然不可磨灭。我们可以说，除着民歌以外（就是民歌是否全用当时流行语言也还是疑问），大部分中国诗都是用已死的古文字写的。如果依你的“情感、思想和语言一致”说，恐怕它们都不能符合你的标准吧？在我看来，你似乎盲目附和白话诗运动。

褚：这个罪名，我实在不敢当。以文字的古今定文字的死活，是提倡白话者的偏见。散在字典中的文字，无论其为古为今，都是死的；嵌在有生命的谈话或诗文中的文字，无论其为古为今，都是活的。我们已经说过，文字只是一种符号，它与情思的关系全是习惯造成的。你惯用现代流行的文字运思，可用它做诗文或说话；你惯用古代文字运思，就用它来做诗文或说话，自亦无不可。从前读书人朝朝暮暮都在古书里过活，古代文字对于他们并不比现代文字难，甚至于比现代文字还更便利，所以古代文字对于他们可以变成活语言。这正如我们学外国文到很熟的地步，有时反觉用外国文发表思想，反比中文较方便一样。不过这只是就作者说，如就读者说，用古代文字做诗文，对于未受古代文字训练的群众自然是一种不方便。这里我们又回到传达与社会影响的问题了。诗既预备传达，就不能不顾到群众了解的便利。

秦：在我看来，文字的古今分别也只是比较的而不是绝对的。我们现在用的文字，大部分还是许慎的《说文解字》里所有的，并且有许多字的用法，现代和两千年前也并没有多大的分别。现在所有的字大半是古代已有的，不过古代已有的字有许多在现代已不流行。古代文字有些能传到现在，有些不能流传到现在，原因一半在需要的变迁，一半也在习惯的变迁。习惯原可养成，所以我想古代文字部分地复活，也并非不可能。你的意见以为如何？

褚：不但可能，而且是语言发展史中所常见的自然现象。欧洲有许多诗学家，都主张做诗在必要时不妨采用古字。比如近代英文诗不但常用古代英文字，有时并且设法使古希腊字和古拉丁字复活。现在中国一般人说话所用的文字实在太贫乏，让一部分古字古语复活，也未尝不是一种救济的办法。

秦：你这番话都专指文字，我想现在做诗时文字的选择固然重要，但是更重要的是文字的组织。像你所说的，文字嵌在有生命的词句中才有生命。古字的采用我们可以赞成，古语的组织法我们是否应该仿效，又另是一问题。你以为我们做诗，是应该用流行语言的组织法，还是可以像复活古字似的，复活古代语言的组织法呢？换句话说，做诗是否应该用白话，或是参用古文？

褚：这也还是思想习惯问题。从前的老先生们惯用古文思想，惯用古文做诗文，现在如果勉强他们用白话写诗文，他们也许反觉不自由。这最好随他们的便。好在这种人在我们的时代中已逐渐减少了。我刚才说过，既传达就不能不顾虑读者了解的便利，我们不应该学周诰殷盘那样佶屈聱牙，那是不成问题的。不过我想提倡白话运动者标出“做诗如说话”的标准也有些危险。日常的情思多粗浅芜乱，不尽可以入诗；入诗的情思都须经过一番洗炼，所以比日常的情思较为精妙有剪裁。语言是情思的结晶，诗的语言亦自应与日常的语言有别，无论在哪一国，“说的语言”和“写的语言”都有很大的分别。说时信口开河，思想和语言都比较粗疏；写时有斟酌的余暇，思想和语言都比较缜密。散文已比说话精练，诗又比散文精练。这所谓“精练”可在两方面见出，一在意境，一在语言。专就语言说，有两点可以注意。第一是文法，说话通常不必句句都谨遵文法的纪律，做诗文则对于文法的讲究比较谨严。第二是用字。说话所用的字在任何国家都很有限，通常都不过数千字，写诗文则字典中的字大半都可采用。没有一个人要翻字典去说话，但是无论在哪一国，受过教育的人读诗文也不免偶尔要翻字典。这简单的事实就可以证明“写的语言”应比“说的语言”较丰富了。“写的语言”比“说的语言”也较守旧，因为说的是流动的，写的就成了固定的。“写的语言”常有不肯放弃陈规的倾向，这是一种毛病，也是一种便利。它是一种毛病，因为它容易僵硬化，失去语言的活性；它也是一种便利，因为它在流动变化中要抓住一个固定的基础。在历史上有人看重这种毛病，也有人看重这种便利。看重这种便利的人总想保持“写的语言”的特性，维持它和“说的语言”的距离。在诗的方面，把这种态度推到极端的人主张诗有特殊的“诗的文字”（poetic diction）。这个论调在欧洲假古典主义时代最占势力。另外一派人看重“写的语言”守旧性的毛病，总想竭力拿“说的语言”来活化“写的语言”，使它们中间的距离尽量地缩短。这就是诗方面的“白话运动”。中国现在还在白话运动期。欧洲文学史上也起过数次的白话运动。最重要的有两个，一个是中世纪行吟诗人和但丁所提倡的，一个是浪漫运动期华兹华斯诸人所提倡的。但丁选定“土语”为诗的语言，同时却主张丢去“土语”的土性，取各地土语放在一块“簸”过一遍，簸出最精纯的一部分，另造一种“精练的土语”（the illustrious vulgar）为诗文之用。我觉得这个主张值得深思。总之，我的意思是：诗应该用“活的语言”，但是“活的语言”不一定就是“说的语言”，“写的语言”也还是活的。就大体说，诗所用的应该是“写的语言”而不是“说的语言”，因为写诗时情思根本就比较精练。我的话已经说明白了没有？

孟：你解释实质和形式，情思和语言的关系的话很透彻，我已经明白了，并且在大体上赞同你的意思。不过你这个学说是否可以用来解释诗的形式以及诗和散文的分别，我觉得还有问题。我希望我们将来有机会再聚谈一次。（褚、秦、鲁都表示同意。）

附录三

诗与散文（对话）

对话者如前：

秦：传统派的代表，主张诗与散文以音律与风格分。

鲁：侧重实质者，主张诗与散文各有特殊的题材。

褚：美学家，主张诗与纯文学同义，形式起于实质的自然需要。

孟：调和派，主张诗为有音律的纯文学，形式不尽是自然的。

褚：诗与散文问题实在还是实质与形式问题的一部分。上次我们已经证明实质和形式平行一致，这次的问题就不难迎刃而解了。

孟：我却没有你那样乐观。头一层，我们的根本问题还没有解决：诗究竟是什么呢？

秦：就形式说，我们很容易定出一个标准来。诗有音律，散文没有音律。它们自然还有其他分别，但是这个是最显著而且最重要的分别。

鲁：这个标准是靠不住的。亚理斯多德老早就说过，诗不必尽有音律，有音律的也不尽是诗。冬烘学究堆砌腐典滥调成五言八句，自己也说是在做诗。章回小说中常插入几句韵文，评论某个角色或某段情节，在前面郑重标明"后人有诗一首"的字样。一般人心目中的"诗"大半是这么一回事。但是我们要知道，诸葛亮虽然穿过八卦衣，而穿八卦衣的不必就是诸葛亮。如果依秦先生的话，《百家姓》《千字文》、医方脉诀以及冬烘学究的试帖诗和打油诗都可以和《诗经》《楚辞》《杜工部集》并驾齐驱，而柏拉图的《对话集》和《旧约》《史记》《汉魏丛书》中许多杰作以及《红楼梦》之类作品反被贬于“非诗”之列了。依我看来，诗的形式空洞不足为凭，最重要的还是实质。虽然褚先生反对实质形式分立，在事实上它们却常分立，《百家姓》《千字文》之类只有诗的形式而无诗的实质，便是明证。

秦：我不相信你能够找出一个精确的标准在实质上分别诗和散文，难道诗有诗的题材，散文有散文的题材么？

鲁：这是不成问题的。有些题材只宜于做诗，有些题材只宜于做散文。就大体说，诗宜于抒情遣兴，散文宜于状物叙事说理。这并非我一个人的私见，许多诗学家都是这样想。比如英国摩越教授（Middleton Murry）是著名的主张诗和散文可交相替代者，也承认诗较宜于言情，散文较宜于说理。他说：“如果起源的经验是偏于情感的，我相信用诗或用散文来表现，大半取决于时机或风尚；但是如果情感特别深厚，特别切己，用诗来表现的动机是占优胜的。我不能想象莎士比亚的十四行诗集可以用散文来写。”至于散文有特殊的题材，他说得更透辟。让我引他的几句结论，如果要知道详细的理由，我们可以读他的《风格论》第三章。他说：“对于任何问题的精确思考，必须用散文，音韵拘束对于它必不相容。”“一段描写，无论是写一个国家，一个逃犯，或是房子里一切器具，如果要精细，一定要用散文。”“风俗喜剧所表现的心情，须用散文。”“散文是讽刺的最合适的工具。”如果拿以往文学作品做一个统计，我们也可以知道摩越教授的话大致不错。极好的言情的作品都要在诗里找，极好的叙事说理的作品都要在散文里找。这种基本的分别在读者的了解方面也可以见出。懂得散文大半凭理智，懂得诗大半凭情感。这两种“懂”是“知”（know）与“感”（feel）的分别。可“知”者大半可以言喻，可“感”者大半须以意会。比如陶潜的“采菊东篱下，悠然见南山”两句诗。就字句说，极其简单，如果问人说：“你懂得么？”凡是识字者大概都说懂得。如果进一层追问他所懂的是什么，他的回答不外两种，一种是很干脆地诠释字义，用白话文把它翻译出来，一种是发挥言外之意。前者是“知”，是专讲字面的意义；后者有时是“感”，是体会字面后的情趣。就字义说，这两句诗不致引起若何分歧；就情趣说，则仁者见仁，智者见智，各各不同了。散文求人能“知”，诗求人能“感”。“知”贵精确，作者说出一分，读者便恰见到那一分；“感”贵丰富，作者说出一分，读者须在这一分之外见出许多其他的东西。因此，文字的功用在诗和散文中也不相同。在散文中，文字的功用在“直述”（state），读者注重它的本义；在诗中，文字的功用在“暗示”（suggest），读者注重它的联想。这个分别罗斯教授（J. L. Lowes）在《诗中的成规与反抗》里说得最明白。

孟：别再引经据典，你的意思我们明白了。你的话在原理上只是大致不差，实在也有很多的反证。老实说，我不相信散文只宜于说理的话。凡是真正的文学作品，无论是诗或散文，里面都有它的特殊的情趣。许多小品文是抒情诗，这是大家都承认的。再看近代小说，我们试想一想，哪一种可用诗表现的情趣在小说里不能表现呢？我很相信摩越教授的话，一个作家用诗或用散文来表现他的意境，大半取决于当时的风尚。荷马和莎士比亚如果生在现代，一定会写小说；陀思妥耶夫斯基、普鲁斯特、劳伦斯诸人如果生在古希腊或伊丽莎白时代，一定会写史诗或悲剧。至于诗不能说理的话比较近于真理，但也有例外。历史上有许多很好的说理的诗，陶潜的《形影神》和朱熹的《感兴》诗都是著例。如果说宽一点，凡是诗，除情趣之外，都有若干理的成分在内，不过情理融成一片，我们不能把理分开来说罢了。你能够说希腊悲剧和莎士比亚的悲剧里面没有“理”么？你能够说但丁的《神曲》和歌德的《浮士德》里面没有“理”么？你能够说《天问》《杜工部集》《白香山集》里面没有“理”么？我可以举一个很简单的例子，来说明同样情理可表现于诗，亦可表现于散文。《论语》里“子在川上曰：‘逝者如斯夫，不舍昼夜！’”是散文，李白的“前水复后水，古今相续流；新人非旧人，年年桥上游”是诗。在这两个实例中，我们能够说散文不能表现情趣或是诗不能说理么？所以我觉得从实质上分诗与散文也有难点。

秦：孟先生的话很有理。宇宙间万事万物经过诗人的心灵妙用，都可以变成诗的材料。从前人以为有些材料不能入诗，那全是迷信。古典派学者都说诗只应表现人类的普遍的永恒的情趣，但是近代诗人往往欢喜写很个别很飘忽渺茫的情趣，也不失其为精妙。德国学者莱辛以为诗不宜描写静止体态，但是中国许多伟大的自然诗人所写的大半是静止体态。摩越教授说诗不宜于讽刺和风俗喜剧，他忘记欧洲以讽刺和风俗喜剧著名的作者，如阿里斯托芬、纠文纳儿、莫里哀、蒲柏诸人大半采用诗的形式。诗和散文的分别不能在实质上见出，这是无疑义的。我还是觉得我的意见不错。诗人所写的情理，一般人还是能经验和了解的，所以不同的，是他能够把普通的情理纳在艺术的形式里去。我在开始时所说的音律是形式的一种，它是最易捉摸的。此外还有一种不易捉摸的形式的成分，就是"风格"。散文的风格要直截了当，明白晓畅。有些人在散文里堆砌华丽的辞藻，假扮兴奋或感伤的声调，以为散文愈像诗，它的风格就愈提高。其实这是穷人摆富贵架子，做散文应该就像说话，要有几分家常便饭的味道，"像诗"是散文的一个大毛病。诗的风格却不能太家常，太家常就令人觉得平凡干枯。它华丽也好，清淡也好，庄严也好，优美也好，却都要保持诗的尊严的身份，不能落入俗套。许多提高风格的技巧，如"拟人格"、华丽字句、精当典故、情感化的声调之类，在散文为大病，在诗则为人所习用。依我看，拿音律和风格合在一起来看，诗和散文的分别是最容易辨明的。

褚：我觉得你这个主张有两大弱点。第一，你误解"风格"的性质；第二，你似乎犯了尊诗卑散文的俗见。先说"风格"，它并不是一种空洞的形式，或是矫揉造作出来的气派。你大概记得布丰（Buffon）的名言："风格即人格。"换句话说，它就是作者性格情趣的特殊模样，理想的风格是情感思想和语言恰恰相称，混化无迹。上品诗和上品散文都可以做到这种境界。所以我们不能离开实质，凭空立论，说诗和散文在风格上不同。诗和散文的风格不同，也正犹如这首诗和那首诗的风格不同，所以风格不是区分诗与散文的好标准。其次，你以为诗在风格上比散文高一级，也是很大的偏见。诗和散文各有妙境，诗固往往能产生散文所不能产生的风味，散文也往往可以产生诗所不能产生的风味。例证甚多，我姑且举两个。

（一）诗人引用散文典故入诗，韵味常不及原来散文的深刻微妙。例如《世说新语》：

> 桓公北征，经金城，见前为琅琊时种柳皆已十围，慨然曰："木犹如此，人何以堪！"攀枝执条，泫然流涕。

一段散文，寥寥数语，写尽人物俱非的伤感，多么简单而隽永！庾子山在《枯树赋》里把它译为韵文说：

> 昔年种柳，依依汉南；今看摇落，凄怆江潭。桓大司马闻而叹曰："树犹如此，人何以堪！"

这段韵文改动《世说新语》的字句并不多，但是它一方面比原文纤巧，一方面也比原文呆板。原文的既真切而又缥缈摇曳的风致，在《枯树赋》的整齐合律的字句中就失去大半了。此外如辛稼轩的《哨遍》一首词，它总括庄子《秋水篇》的大意，用语也大半集庄子的陈句，但是庄子原文的那副磅礴诙谐的气概却不复存在。我们念一段来看看：

> 有客问洪河，百川灌雨，泾流不辨涯涘。于是焉河伯欣然喜，以为天下之美尽在己。渺沧溟，望洋东视，逡巡向若惊叹，谓："我非逢子，大方达观之家，未免长见悠然笑耳！"

这样剪裁配合得巧妙，固然独具匠心，但是它总不免令人起假山笼鸟之感，庄子的雄肆就在这巧妙里消失了。

（二）诗词的散文序往往胜于诗词本身。例如《水仙操》的序和词：

> 伯牙学琴于成连，三年而成，至于精神寂寞，情之专一，未能得也。成连曰："吾之学不能移人之情，吾师有方子春在东海中。"乃赍粮从之。至蓬莱山，留伯牙曰："吾将迎吾师。"刺船而去，旬日不返。伯牙心悲，延颈四望，但闻海水汩没，山林窅冥，群鸟悲号，仰天叹曰："先生将移我情！"乃援琴而作歌：
>
> 繄洞渭兮流澌濩，舟楫逝兮仙不还。

移形素兮蓬莱山，欹钦伤宫仙不还。

序文多么美妙！歌词所以伴乐，原不必以诗而妙，它的意义已不尽可解，但就可解的说，却比序文差得远了。此外如陶潜的《桃花源诗》，王羲之的《兰亭诗》以及姜白石的《扬州慢》词，虽然都是杰作，但就我个人的口味说，它们本身都不如散文序美妙。这些实例很可以证明诗不必尽比散文高，秦先生的“风格”标准不能应用来区分诗与散文了。

鲁：这个问题确实是难了，音律和风格的标准靠不住，实质的标准诸位以为也靠不住，那么，我们不就要根本否认诗和散文的分别么？

褚：依我想，这是唯一的出路。我记不得是谁说的，与诗相对待的不是散文而是科学，科学叙述事理，诗与散文，就其为文学而言，表现对于事理所生的情趣。凡是作品有纯文学价值的都是诗，无论它是否具有诗的形式。我们常说柏拉图的《对话集》《旧约》、六朝人的书信、柳子厚的山水杂记、明人的小品文、《红楼梦》之类散文作品是诗，就因为它们都是纯文学。亚理斯多德论诗，仿佛也是用这种看法。他不把音律看作诗的要素，以为诗的特殊功用在“模仿”。他所谓“模仿”，就是我们所说的“创造”或“表现”。凡有创造性和表现性的文字都是纯文学，凡是纯文学都是诗。雪莱说，“诗与散文的分别是一个庸俗的错误”。克罗齐主张以“诗与非诗”的分别代替“诗与散文”的分别。我很赞成他的办法。

孟：你这番话在理论上原有它的道理，不过就事实说，在纯文学范围之内，诗和散文仍有分别，我们是不能否认的。你的办法不是解决问题而是逃避问题。如果说宽一点，还不仅纯文学都是诗，一切艺术都可以叫作诗。我们常说“王维诗中有画，画中有诗”。其实一切艺术到精妙处都必有诗的境界。我们甚至于说一个人，一件事或是一片自然风景含有诗意。你刚才提起克罗齐，如果我没有误解他的话，他把“诗”“艺术”“语言”都看作同义字，因为它们都是抒情的、创造的。所以“诗学”“美学”和“语言学”在他的学说中是一件东西。在古希腊文中，“诗”的意义是制作，所以凡是“制作”或“创造”出来的东西都可以称为“诗”，无论是文学，是图画或是其他艺术。把诗解作“纯文学”，和把诗解作“艺术”

一样，毛病在太空泛。诗和艺术，诗和纯文学，都有共同的要素，这是我们承认的；但是我们也应该知道：它们在相同之中究竟有不同者在。比如王维的画、诗和散文尺牍虽然都同具一种特殊的风格，而在精妙处，可以见于诗的不必尽可以见于书，也不必尽可以见于散文尺牍。我们正要研究这不同点究竟是什么。在我看，诗是“具有音律的纯文学”。这个定义把具有音律而非纯文学的陈腐作品以及是纯文学而不具音律的散文作品都丢开，只收在形式和实质两方面都不愧为诗的作品，这是一个最寻常的也是最精确的定义。

褚：你这个调和的见解也还有问题。有和无是一个绝对的分别，我觉得就音律而论，诗和散文的分别也只是相对的而不是绝对的。

孟：你是否指诗的音律可以随时变化？

褚：不仅指变化。诗有固定的音律，是一个传统的信条。从前人对它向不怀疑，不过从自由诗、散文诗和多音散文等等新花样出来以后，我们对于这个传统的信条就有斟酌修改的必要了。自由诗出来本很早，据说古希腊就有它。近代法国诗人采用自由诗的体裁的也很多。从“意象派诗人”（imagists）起来之后，自由诗才成为一个大规模的运动。自由诗究竟是什么呢？它的定义很不容易下。据法国音韵学专家格拉芒（Grammant）说，法文自由诗有三大特征。第一，法文诗最通行的亚历山大格每行十二音，古典派分四顿，浪漫派分三顿，自由诗则可有三顿以至于六顿。第二，法文诗通常用abb式“平韵”，自由诗可杂用abab式“错韵”、abba式“抱韵”等等。第三，自由诗每行不拘亚历山大格的成规，一章诗里各行长短可以相间。照这样看，自由诗不过就原有规律而加以变化。不过近代象征派诗人的自由诗，不合格拉芒的三条件也很多，它们有不用韵的。英文自由诗通常比较更自由，让我念一首来看看：

The grass is beneath my head;
and I gaze
at the thronging stars
in the night.

They fall...they fall...
I am overwhelmed,
and afraid.

Each leaf of the aspen
is caressed by the wind,
and each is crying.

And the perfume
of invisible roses
deepens the anguish.

Let a strong mesh of roots
feed the crimson of roses
upon my heart;
and then fold over the hollow
where all the pain was.

(F. S. Flint)

这首诗在章法上没有固定的规律。它好比风吹水面生浪，每一阵风所生的浪自成一单位，相当于一章。风可久可暂，浪也有长有短，三行、四行、五行都可以成章。就每一章说，字行排列也根据波动节奏（cadence）的道理，一个节奏占一行，长短轻重无一定的规律，可以随意变化。照这样看，它似毫无规律可言，但是我们不能称它为散文，因为它究竟还是分章分行，章与章，行与行，仍有起伏呼应的关系。它不像散文那样流水式的直泻下去，却仍有低回往复的趋势。我们可以说，自由诗实在还有一种内在的音律，不过没有普通诗的那样整齐明显罢了。散文诗又比自由诗降一等，它只是有诗意的小品文，或则说，用散文表现一个诗的境界，仍用若干诗所习用的辞藻腔调，不过音律就几乎完全不存在了。从此可知，就音律论，诗可以由极严整明显的规律，经过不甚显著的规律，以至于无规律了。

秦：我不赞成这话，因为像“自由诗”“散文诗”之类的新花样根本就不能叫作“诗”。

褚：这恐怕是你的偏见，艺术是创造的，与时俱新的，不断地打破成规定律的。我们不能拿外在的已成的种类体裁观念，作测量新兴作品的标准。你在脑筋里先假定凡诗都有平整明显的音律，看见自由诗和散文诗不符合你的成见，便根本否认它们是诗，这是走上批评的绝路。无论你承认不承认，自由诗和散文诗的存在，是一件确凿的事实；研究诗学，就不能不接受这件事实。这件事实所告诉我们的是：由有到无，诗的音律多寡有许多程度上的差别。

秦：纵然退一步承认诗可以由有音律到无音律，我们也不能说诗与散文无分别，因为散文是绝对没有音律的。

褚：这更是误解了。我们要知道，诗的起源比散文较早。原始人类凡遇值得留传的事迹或学问经验，都用诗的形式来记载，以便于记忆。到后来，因为诗的形式太笨重板滞，才逐渐设法使它活跃流动有弹性，于是散文才逐渐演化出来。散文由诗解放出来，并非一朝夕之故。在萌芽期，散文的形式都和诗相差不远。比如说英国，从乔叟到莎士比亚，诗就已经很可观，散文却仍甚笨重，辞藻、构造都还不脱诗的习惯。从十七世纪以后，英国才有流利轻便的散文。中国散文的演化史也很类似。秦汉以前的散文常杂有音律在内。随便举几个例来看看：

> 今夫古乐，进旅退旅，和正以广，弦匏笙簧，会守拊鼓。始奏以文，复乱以武。治乱以相，讯疾以雅。君子于是语，于是道古，修身及家，平均天下。此古乐之发也。
>
> ——《礼记·乐记》

> 道冲而用之，或不盈。渊乎似万物之宗。挫其锐，解其纷；和其光，

同其尘，湛兮似或存。吾不知谁之子，象帝之先。

——《老子》

吾有大树，人谓之樗。其大本臃肿而不中绳墨，其小枝卷曲而不中规矩。立之途，匠者不顾。今子之言，大而无用，众所同去也。

——《庄子·逍遥游》

这都是散文，但是都有音律。中国文学中最特别的一个体裁是赋。它是跨诗和散文界线的东西。它流利奔放，一泻直下，似散文，于变化多端之中保持音律，又似诗。我们可以说，隋唐以前大部分散文都没有脱离诗赋的影响，有很明显地用韵的，也有虽不用韵而仍保持诗赋的华丽辞藻与整齐句法的，到唐以后，流利轻便的散文才逐渐占优势，不过诗赋对于散文的影响，到明清时代还未完全消灭。如果我们顾到这个事实，就可见散文绝对无音律的话不可靠了。

秦：你所指的是过去的散文，现在散文已演化到无音律的阶段了，恐怕你的话就不能适用了吧？

褚：你的非难应分两层回答。头一层，我们讨论诗和散文，应着眼全局，应搜罗所有的事实。我们不专论某一时代的诗，也就不能把散文的范围限制到近代。其次，白话文运动还在进行，我们不能预言中国散文，将来是否有一部分要回到杂用音律的路。不过这并非不可能。你不看见欧战后的“多音散文”（polyphonic prose）运动么？弗莱契（Fletcher）说它的重要“不亚于政治上的欧战，科学上的镭的发明”。这虽然是过甚其词，它是一个值得注意的运动，却是无可讳言的。据罗威尔（E. Lowell）女士说，“多音散文应用诗所有的一切声音，如音节、自由诗、双声、叠韵、回旋之类，它可应用一切节奏，有时并且用散文节奏，但是通常不把某一种节奏用到很长的时间。……韵可以摆在波动节奏的终点，可以彼此紧相衔接，也可以隔很长的距离遥相呼应”。换句话说，在多音散文里，极有规律的诗句，略有规律的自由诗句，以及毫无规律的散文句可以杂烩在一块。我想这个花样在中国已“自古有之”，赋就可以说是最早的多音散文，庾信的《哀江南赋》、欧阳修的《秋声赋》和苏轼的《赤壁赋》都可以为例。看到欧洲的“多音散文”运动，我们不能说将来中国散文一定完全放弃音律，因为像“多音散文”的赋在中国有很久的历史和深远的影响，并且中国文字双声叠韵多，容易走上“多音”的路。

秦：这全是揣测之词，恐怕不足为凭。

褚：我的揣测能否成事实并不能影响到我的基本主张。我的基本主张是诗和散文的音律相对论。我们不能画两个圆圈，把诗摆在有音律的圈子里，把散文摆在无音律的圈子里，使彼此间壁垒森严，互不侵犯。诗可以由整齐音律到无音律，散文也可以由无音律到有音律。诗和散文两国度之中有一个很宽的界线，在这界线上有诗而近于散文，音律不甚明显的；也有散文而近于诗，略有音律可寻的。所以我不相信“有音律的纯文学”是诗的精确的定义。

孟：你的推理和证据都很有力，我很愿意放弃我的原来的主张。我向来反对做学问持成见。不过我们通常都觉得自己的成见是无可置疑的真理，到了几个见解不同的朋友们聚在一块仔细讨论，就发现成见往往是偏见。比如我们今天的讨论就破除了几个流行的成见。讨论到这个阶段，秦先生应该放弃“诗和散文以音律风格分”一个成见，鲁先生应该放弃“诗和散文各有特殊题材”一个成见，我也要放弃“诗为有音律的纯文学”一个成见了。我们所得到的结果是：无论就实质说或是就形式说，诗和散文都只有程度上的分别而没有绝对的分别，它们的疆域有一部分是互相叠合的。我们每个人虽然都放弃了自己珍视许久的成见，却也都得到实在可珍贵的收获，所得究竟超过所失，这是大可引以自慰的。

秦：我也愿意宣告放弃我的形式主义，不过问题并没有完全解决。承认了音律不是诗的绝对必要的元素，“大部分诗何以有音律”还是一个重要的问题。

鲁：这话倒很对。我虽然承认诗和散文的疆域有一部分互相叠合，却也不得不承认它们有一部分不互相叠合，不得不承认有音律的一部分诗和无音律的一部分散文究竟有分别。何以有一部分诗有它的特殊形式呢？

褚：我看这个问题倒不难解决。我们在上次已经说明实质形式平行一致的道理，现在就可以拿这个道理来解释何以有一部分诗与散文有分别。为说话方便起见，我们姑且从语言的习惯，把有音律的一部分诗简称为“诗”，把无音律的一部分散文简称为“散文”，诸位同意么？

秦：同意，不过我们要记着我们所讨论的是两极端的部分，所得的结论不必可以应用到诗和散文相邻近的部分。褚先生，让我们听听你的意见吧。

褚：诗的形式——音律——是实质的自然需要。换句话说，某种实质非有诗的形式不能表现出来。诗和散文的分别不仅是形式上的分别，也是实质上的分别。刚才秦先生拥护形式的话和鲁先生拥护实质的话本来各有片面的道理，因为它们都是片面的，所以显得错误。如果我们把这两方面的话合在一块来讲，那就圆满了。就形式说，散文的音节是直率的，无规律的；诗的音节是循环的，有规律的。就实质说，散文宜于叙事说理，诗宜于抒情遣兴。

孟：你忘记我们刚才已证明诗可无音律；散文也可有音律，诗可叙事说理，散文也可抒情遣兴。

褚：那是不错的。我已声明过，我们现在只就有音律的诗和无音律的散文来说，你所说的那些都可列在例外。普通的意义的诗和散文实在起于情趣与事理的分别。事理直截了当，一往无余；情趣则低回往复，缠绵不尽。直截了当的宜用叙述的语气，缠绵不尽的宜用惊叹的语气。在叙述语中事尽于词，理尽于意；在惊叹语中，语言是情感的缩写字，情溢于词，所以读者可因声音想到弦外之音。这是诗和散文的根本分别。

秦：你这番话太抽象一点，请举一两个实例来说。

褚：比如看见一位年轻的美人，你如果把这番经验当作“事”来叙，你说，“我看见一位年轻的美人”；如果把它当作“理”来说，你说，“她年轻，所以健美”。这两句话既说出，“事”就已叙过了，“理”就已说明了，你不必再说什么，旁人就可以完全明白你的意思。但是如果你爱她，你只说“我爱她”却不能了事，因为这句话还只是把情当作事叙，文字声音本身并没传出你的缠绵不尽的情感。做诗就要于文字意义之外，在声音上见出情感。音律的讲究就是这样起来的。比如《诗经·周南·卷耳》：

采采卷耳，不盈顷筐。嗟我怀人，寘彼周行。

陟彼崔嵬，我马虺隤。我姑酌彼金罍，维以不永怀。

陟彼高冈，我马玄黄。我姑酌彼兕觥，维以不永伤。

陟彼砠矣，我马瘏矣，我仆痡矣，云何吁矣！

我们在文字声音上就可以见出作者渴望自慰与失望的心情。她的期望与疲劳一层深似一层，声音也一章凄恻似一章，到最后一章，她的力竭声嘶的嗟叹仿佛在我们的耳里旋转。你拿这诗和"我爱你"式的空头话比一比，就可以感觉到它是真情流露的文字，它的生命就全在它的低回往复的音节上。如用散文来写，它决不能产生这样深刻的印象。再比如《诗经》中：

昔我往矣，杨柳依依；今我来思，雨雪霏霏。

这四句诗如果译为现代的散文，则为：

从前我去时，杨柳还正在春风中摇曳；现在我回来，已是雨雪天气了。

原诗的意义虽大致还在，它的情致却不知走向何处去了。义存而情不存，就因为译文没有保留住原文的音节。实质与形式本来平行一致，译文不同原诗，不仅在形式，实质亦并不一致。比如"在春风中摇曳"译"依依"就很勉强，费词虽较多而含蓄却较少。"摇曳"只是呆板的物理，"依依"却含有浓厚的人情。诗较散文难翻译，就因为诗偏重音而散文偏重义，义易译而音不易译。这些实例都足证明诗的音律起于情感的自然需要。

孟：依你的意思，诗的形式完全是自然的，内在的，与实质有必然关系的，是不是？

褚：那恰是我的意思。

孟：那也恰是我和你有不同意见的。你上次说实质与形式平行一致，我曾经表示怀疑，以为它能否解释诗的形式，还有问题。那时我没有说理由，今天我想把理由说出来。我先提出一个极浅近的事实，然后再进一步讨论原理，比如说李白的：

> 箫声咽，秦娥梦断秦楼月。秦楼月，年年柳色，灞陵伤别。
> 乐游原上清秋节，咸阳古道音尘绝。音尘绝，西风残照，汉家陵阙。

和周邦彦的：

> 香馥馥，樽前有个人如玉。人如玉，翠翘金凤，内家妆束。
> 娇羞爱把眉儿蹙，逢人只唱相思曲。相思曲，一声声是，怨红愁绿。

两首词都是杰作。它们在形式上有无分别呢？

鲁：没有分别，它们都是填“忆秦娥”的调子。但是在情调上它们却大不相同。李白的悲壮，有英雄气；周邦彦的香艳，有儿女气。我还相信空洞的形式无关紧要，要紧的还是实质。

孟：我们现在不讨论实质和形式哪一个较重要，我们要证明的是：形式与实质并非有绝对的必然关系。无论在哪一国，诗的形式都不很多，所写的情趣尽管有无穷的变化。中国正统的诗形式举指头就可数得尽，五古、七古、五律、七律、绝句……难道用这几种形式来表现的情趣意境也就只有这几种吗？请问褚先生。

褚：这倒是事实，刚才我自觉很有把握，现在却有些茫然了。待我想一想，先听你说吧。

孟：根本问题在音律的性质和起源。我们讨论了半天的“音律”，还没有把“音律”的定义下好，什么叫作“音律”呢？

褚：音律就是有规律的音节，音节就是声音方面的节奏。

孟：我们还应追问节奏是什么。

褚：节奏是一切艺术的灵魂，在跳舞则为纵横、急徐相照映，在绘画则为浓淡、疏密、明暗相配称，在建筑则为方圆、长短、疏密相错综，在音乐和语言则为高低、抑扬、长短相呼应。

孟：节奏是自然的还是人为的呢？

褚：它是自然的。人体中各种机能如呼吸循环等等都是一起一伏地川流不息，所以节奏是生理的自然需要。我们常不知不觉地求自然界的节奏和内心的节奏相应和。有时自然界本无节奏的现象，也可以借知觉而生节奏。比如钟表的机轮所作的声响本是单调一律，我们听起来，却觉得它高低长短相间。这也是很自然的。呼吸循环有起伏，所以精力有张弛，注意力有勤懈。同一声音，在注意力紧张时便显得重，在注意力松懈时便显得轻。如果物态的伸缩与注意力的起伏恰相平行，则心理可以免去不自然的努力，这就是诗中所谓“谐”，否则就是“拗”。节奏的快感即起于精力的节省。凡是语言都有它的节奏，都顺着情感思想的节奏前进。

孟：你解释节奏的话很透辟，但是它只能应用到语言的节奏，不能应用到音乐的节奏。语言的节奏是自然的，音乐的节奏则不全是自然的，大半是经过形式化的。你刚才谈声音的节奏时，把音乐和语言相提并论，足见你没有把语言的节奏和音乐的节奏分清楚。

秦：这倒是闻所未闻，请你把这种分别详细解析给我们听。

褚：先分析语言的节奏。它是三种影响合成的。第一是发音器官的构造。呼吸有一定的长度，在“一口气”里我们所能说出的字音也因而有限制；呼吸有起伏，每句话中各字音的长短轻重也因而不能一律。念一段毫无意义的文字，也免不着带几分抑扬顿挫，这种节奏完全起于发音器官的构造，与情感和理解都不相干。其次是理解的影响。意义完成时声音须停顿，意义着重时声音须提高，意义不着重时声音须降低。这种起于理解的节奏为一切语言所共有，在散文中尤易见出。第三是情感的影响。起于情感的节奏虽常与理解的节奏相辅而行，不能分开，实在却不是一件事。它不仅见于高低起伏，在情感所伴的生理变化都可以见出。比如演说，有些人先将底稿做好读熟，然后登台背诵，条理尽管清晰，辞藻尽管是字斟句酌来的，而听者却往往不为所动。也有些人不先预备，临时随情感支配，信口开河，往往能娓娓动听，虽然事后看记录下来的演讲词，它很平凡芜琐。这就因为前一派演说家偏重理解的节奏，后一派偏重情感的节奏。理解的节奏是机械的，偏重意义；情感的节奏是有机的，偏重声音所伴的腔调和姿势。

秦：照你这样分析，音乐的节奏似乎和语言中情感的节奏相仿佛，因为它也随情感起伏。

孟：这是旧乐理学家的看法。例如英国斯宾塞和法国格雷特里（Grétry）诸人都曾经主张音乐起于语言。自然语言的声调节奏略加变化，便成歌唱，乐器的音乐则为模仿歌唱的声调节奏所发展出来的，所以斯宾塞说："音乐是光彩化的语言。"德国大音乐家瓦格纳发挥这个主张，创"音乐表现情感"说，拿无文字意义的音乐和有文字意义的戏剧混合在一起，开近代"乐剧"的先河。但是这一派学说在现代已为多数乐理学家所摈弃，德国乐理学专家华拉歇克（Wallashek）和斯徒夫（Stumpf）以及法国文艺心理学者德拉库瓦（Delacroix）诸人，都以为音乐和语言根本不同，音乐并不起于语言。音乐所用的音有一定的分量，它的音阶是断续的，每音与它的邻音以级数递升或递降，彼此成固定的比例。语言所用的音无一定的分量，从低音到高音一线连贯，在声带的可能性之内，我们可在这条线上取任何音来用，前音与后音不必成固定的比例。这是指音的高低，音的长短亦复如此。还不仅此，语言都有意义，了解语言就是了解它的意义；纯音乐都没有意义，欣赏音乐要偏重声音的形式的关系，如起承转合之类。总之，语言的节奏是直率的，常倾向变化；音乐的节奏是回旋的，常倾向整齐；语言的节奏没有规律，音乐的节奏有规律；语言的节奏是自然的，音乐的节奏是形式化的。

鲁：对不起，我看不出你这番分析语言节奏和音乐节奏的长篇大论和诗有什么关系。

孟：关系大得很。许多讨论音律的人都隔靴搔痒，就因为没有抓住这两种节奏的重要分别。请问诸位，诗的节奏是哪一种节奏呢？

褚：诗还是一种语言，它的节奏自然就是语言的节奏。

秦：我看不然，语言无固定的规律，诗却有固定的规律。所以诗的节奏比较近于音乐的节奏。

孟：你们俩的话都对，诗的节奏是语言的节奏，也是音乐的节奏。

鲁：这话可有些神秘了。依你刚才的分析，语言的节奏是自然的，无规律的；音乐的节奏是形式化的，有规律的；它们本身是背道而驰的，如何能合在一起呢?

孟:“相反者之同一”,像哲学家所说的。诗的难处在此,诗的妙处也在此。做诗和散文不同,散文须完全用语言的节奏,诗则于语言的节奏之外另加上音乐的节奏。所以褚先生的实质形式合一说可应用于散文,不可完全应用于诗。散文的形式是自然的,诗的形式却不全是自然的,有几分是人为的,外来的,习惯的,沿袭传统的。

褚:我还很怀疑你这番话。诗虽常沿用固有的形式,却不能为它所拘束。每个大诗人对于普通的形式都加以若干变化,好迁就他的特殊的情感。所以形式虽是人为的,传统的,在好诗里面却变成自然的,特创的。换句话说,诗虽用音律,却须保留语言的特性。

孟:你这话完全不错,不过不能推翻“诗的形式是人为的,传统的”这个基本原则。你的意思是说,诗的形式在整齐之中要有变化。你要知道,变化须从整齐出发。整齐是音乐的形式化的节奏,变化是语言的自然的节奏。无论如何,你没有方法把有音律诗中的形式化的节奏丢开,而且也绝不能把它看成自然的。你须得承认有音律诗在自然中有不自然,在变化中有规律,在创造中有沿袭,这就是说,在语言的节奏之外还有音乐的节奏。

秦:我完全同意你的主张。不过我还有一个疑问:诗的节奏须在歌诵时才可以见出。语言的节奏和音乐的节奏既不同,它们在歌诵中如何可以并行不悖呢?

褚:你问得非常好,我很可以趁这个机会证明诗的节奏同时是语言的也是音乐的。歌与诵不同。诗在原始时代都可歌唱,都必伴有乐调,所以歌词虽用语言,而语言的节奏则为音乐的节奏所掩。换句话说,歌诗几全用音乐的节奏而很少用语言的节奏,所以一个字在语言意义上原来虽不重要,而在伴乐歌唱时可以提得很高,拖得很长;一个字在语言意义上原来虽重要,而在伴乐歌唱时也可以降得很低,缩得很短。诗到近代已逐渐离开从前所伴的乐调而不复可歌唱,但仍须可诵。诗由歌的变为诵的,语言的节奏便逐渐占优势,但是音乐的节奏也并未完全消失。诵诗在西方已成为一种专门艺术。戏剧学校常把它列为必修功课。公众娱乐以及文人集会中常有诵诗一项节目。诵诗的难处和做诗的难处一样,一方面要保留音乐的形式化的节奏，一方面又要顾到语言的节奏，这就是说，要在呆板的规律之中流露活跃的生气。

秦：我还是不明白这种“相反者之同一”如何可以实现，请举一个实例来说吧。

孟：我不妨就我在欧洲所见到的来说。在法国方面，诵诗法以国家戏院所通用的为准。英国无国家戏院，“老维克”（Old Vic）戏院“莎士比亚班”诵诗剧的方法也是一个标准。此外私人团体诵诗的也很多。诗人蒙罗（Harold Monro）在世时（他死于一九三二年），每逢礼拜四晚，邀请英国诗人到他所开的“诗歌书店”里朗诵他们自己的诗。就我在这些地方所得的印象说，西方人诵诗的方法也不一律。粗略地说，剧场偏重语言的节奏，诗人们自己大半偏重音乐的节奏。有些诗人根本反对戏剧式的诵法。他们以为诗的音律功用在把实际生活联想催眠，造成一种一尘不染的心境，使我们能聚精会神地陶醉于诗的意象和音乐。语言的节奏则太现实，易引起实际生活联想。不过戏剧式的诵读也很流行，它的好处在能表情。有些人设法兼收“歌唱式”与“戏剧式”，以调和语言和音乐的冲突。例如英文中：

Tomórrow is our wédding day.

——流行语言

这一句诗在流行语言中只有两个重音，如上文所标记的。但是就“轻重格”的规律说，它应该轻重相间，有四个重音，如下式：

Tomórrow iś our wédding dáy.

——固定形式

如此读法，则本来无须着重的音须勉强着重，语言的神情就不免失去了。但是如果完全依流行语言的节奏，则又失去音乐的节奏。一般诵诗者于是设法调和，读如下式：

Tomórrow is our wédding dáy.

——折中式

这就是在音乐的节奏中丢去一个重音（is），以求合于语言；在语言的节奏中加上一个重音（day），以求合于音乐。这样办，两种节奏就可并行不悖了。这只是就极粗浅的说。诵诗的技艺到精微处，往往有云行天空舒卷自如之妙，这就不可以求诸形迹，所谓“神而明之，存乎其人”了。

鲁：你所说的是外国诗，中文诗恐怕不能在音乐的节奏中保留语言的节奏吧？

孟：中国人对于诵诗向来不很讲究，所采的大半类似和尚念经的方法，往往人自为政，既不合语言的节奏，又不合音乐的节奏。不过就一般哼旧诗的方法说，音乐的节奏较重于语言的节奏。我们知道，中国诗一句常分几“逗”（即顿），这种“逗”有表示节奏的功用，如法文诗中的“顿”，英文诗中的“节”。“逗”的位置在习惯上有一定的，比如五言句通常分两“逗”，落在第二字与第五字，有时第四字亦稍顿。七言句通常分三“逗”，落在第二字、第四字与第七字，有时第六字亦稍顿。“逗”所表示的节奏大半是音乐的而不是语言的。例如“汉文皇帝有高台”，“文”字在义不宜顿而在音宜顿；“鸿雁不堪愁里听，云山况是客中过”，“堪”“是”两虚字在义不宜顿而在音宜顿；“永夜角声悲自语，中天月色好谁看”，“悲”，“好”两字在语言的节奏宜长顿，“声”“色”两字不宜顿，但在音乐的节奏中，“逗”不落在“悲”“好”两字而反落在“声”“色”两字。再如辛稼轩的《沁园春》：

杯汝来前，老子今朝，点检形骸。甚长年抱渴，咽如焦釜；于今喜睡，气似奔雷。汝说刘伶，古今达者，醉后何妨死便埋。浑如此，叹汝于知己，真少恩哉。……

这首词用对话体，很可以用语言的节奏念出来，但是原来的句读就应该改变。例如“杯汝来前”应读为“杯，——汝来前！”“老子今朝，点检形骸”应读为“老子今朝点检形骸”。“汝说刘伶，古今达者”应读为“汝说：刘伶古今达者”。关于中国诗如何念法，我们还要仔细研究，我不敢说冒昧话，也许调和音乐的节奏和语言的节奏是一条出路。我这里所要证明的是：无论是外国诗或中国诗，除语言的自然的节奏之外，都有一个音乐的形式化的节奏。褚先生的“实质形式平行一致”说，只能适用于语言的节奏，不能适用于音乐的节奏。诗的音乐的节奏是外来的，习惯的，人为的，不是实质所绝对必需的——至少在近代诗是如此。

褚：音乐的节奏既非诗的实质所绝对必需的，然则它是怎样起来的呢？

孟：可能的解释很多。有人以为原始人类用有音律的语言来记载一切值得流传的经验学问，原为它便于记忆。但是我想最大的原因，是在原始时代诗歌、音乐、跳舞是一种混合的群众的艺术。因为诗歌与乐舞不分，它要迁就乐舞的节奏；因为它与乐舞是群众的艺术，固定的形式便于在合作时大家能一致。如果没有固定的音律，你想想看，这个人唱高，那个人唱低；这个人拉长，那个人缩短；不是要嘈杂纷嚷，闹得一塌糊涂么？现在人在团体合作一事时，例如农人踏水车，工人举重载，都合唱一种合规律的“呀，啊啊！”调子来调节工作的节奏，用力就一齐用力，松懈就一齐松懈。诗的音律起源，我想也不过是如此。诗歌现已独立，但仍保留许多应和乐舞的痕迹，例如重叠、和声、衬字、用韵、整齐的句法章法等等。我们可以说，诗的形式大部分是沿袭传统的，不是每个诗人根据他的某一时会特殊的情趣所凭空制造出来的。我最不相信“诗是自然流露”的话。如果诗是自然流露，我们要找真正自然流露的诗，一定要到民歌里去找。但是就形式说，民歌也有它的传统的技巧，也很富于守旧性。它也常填塞不必要的字句来凑数，也常用在意义上不恰当的字来趁韵，也常模仿以往的民歌的格式。这就是说，民歌的形式也还是现成的，外在的，沿袭传统的，不是自然流露的结果。我想没有更好的证据，可以证明褚先生的“实质形式平行一致”说不能应用于诗了。

褚：依你那么说，诗的形式变成像盲肠一类的东西了。现在诗既不应和乐舞，又不是群众的艺术，我们是否可以像割盲肠似的把诗的形式割去呢?

孟：中音律的毒而害盲肠炎的诗人也并不少，对于他们施割的手术也许是一种救济。关于诗的音律问题，我们正可不必武断，要尊重历史的事实。诗的疆域日渐剥削，散文的疆域日渐扩大，这是一件不容否认的历史的事实。荷马用史诗体裁写的东西，索福克勒斯和莎士比亚用悲剧体裁写的东西，现代人都用散文小说写；阿里斯托芬和莫里哀用有音律的喜剧形式写的东西，现代人用散文戏剧写；甚至于从前人用抒情诗写的东西，现代人用散文小品文写。我们现在还有人用诗的形式来写信么？来做批评论文么？我可以数出许多希腊罗马和假古典时代学者，用诗写信，用诗做批评论文。我想徐志摩如果生在六朝，他一定用赋的体裁写《浓得化不开》和《死城》；周作人如果生在另一个时代，也许《雨天的书》变成类似《范石湖诗集》的作品。摩越教授说，一个作家采用诗或散文来表现他的情感思想，大半取决于当时风尚。他以为在我们这个时代，爱好小说是健康的趣味，爱好诗是有几分不健康的趣味。我很赞成他的话。

秦：你如果要提倡废除诗的形式，我可要提出抗议。诗的形式纵然是沿袭传统的，它流传到现在，自然有它的好处。艺术的基本原则是“寓变化于整齐”。诗的音律好处就在给你一个整齐的东西做基础，可以让你变化。散文入手就是变化，变来变去，仍不过是那一种一盘散沙。诗有格律可变化多端，所以诗的形式实在比散文的更繁富。就作者说，迁就已成规律是一种困难，但是战胜技巧上的困难是艺术创造的乐事。同时，像许多诗学家所说的，这种带有困难性的音律，可以节制蛮野的情感和想象，使它们不至一放不可收拾。就读者说，规律可以在心中产生预期。比如读一首平仄相间的律诗，读到平时不知不觉地预期仄的复返，读到仄时又不知不觉地预期平的复返。预期不断地产生，不断地证实，所以发生“恰如所料”的快慰。自然，整齐中也要有变化，有变化时预期不中所引起的惊讶也不可少，它不但可以破除单调，还可以提醒注意力。音律本身伴有一种美感，所以它有存在的价值。

褚：我们见到的音律的功用还不仅此。它还能够把实用的联想“催眠”，使我们聚精会神地观照纯意象。许多悲惨、淫秽或丑陋的材料，用散文写，仍不失其为悲惨、淫秽或丑陋，用诗写，就多少可以把它们美化。比如母亲杀儿子，妻子杀丈夫，女儿逐父亲和儿子娶母亲之类的故事，在实际生活中很容易引起痛恨和嫌恶，但是希腊悲剧和莎士比亚的悲剧中，它们居然成为极庄严灿烂的艺术的意象，就因为它们披上诗的形式，不致使人看成现实，以实用的态度对付它们。《西厢记》《花间集》《清真词》里有许多淫词，读者往往忘其为淫，就因为注意力被引到美妙的意象与和谐的声音方面去了。用美学术语来说，音律是一种制造“距离”的工具，把平凡粗陋的现实提高到理想世界。

孟：诸位的话都很对，如果时间允许，我还可以引许多前人赞美音律的话来补充，不过这大可不必。平心而论，我也很舍不得丢开诗的形式。依我看，诗和语言的关系最密切，语言是生生不息的，却亦非无中生有。语言的文法常在变迁，我们不能否认；但是每种变迁都从一个固定的基础出发。诗的形式应该和语言的文法一样看待。它们原来都是习惯，却也都是做进化出发点的习惯。诗的形式在各国固然都有一些固定的模型，但是这些模型却也随时随地在变迁。每个诗人似乎都宜于在习惯已养成的范围之内，顺着情感的自然需要而加以伸缩。如果我们略研究诗的形式变迁史，也可以看出这是以往历史所走的一条大道。比如在中国，由四言而五言，由五言而七言；由诗而骚，而赋，而词，而曲；由古而律，后一阶段都不同前一阶段，但仍有几分是沿袭前一阶段。所以我主张诗的形式应随时变迁，却也不赞成完全抛弃传统。我相信真正的诗人都能做到“从心所欲，不逾矩”的功夫。

鲁：你刚才提起散文侵略诗的疆域，如果它不退兵，恐怕将来会把诗的国度整个地吞并下去吧？那么，我们对于诗的音律的留恋也就要遭打击了。

孟：我们是现代人，说现代话，谁知道将来？你我都不是预言家，现在已经谈到唇焦舌敝了，将来的事让将来的人去理会吧！

一九三二年

后　记

《诗论》自一九四七年以后，一直没有单独印行。去年，三联书店建议我将《诗论》重版，对他们的盛意我十分感谢。

在我过去的写作中，自认为用功较多，比较有点独到见解的，还是这本《诗论》。我在这里试图用西方诗论来解释中国古典诗歌，用中国诗论来印证西方诗论；对中国诗的音律、为什么后来走上律诗的道路，也作了探索分析。

这次准备重版的过程中，在朋友们的帮助下，发现了几篇我在三十年代中期写的、早已忘记的文章，我将其中两篇：《中西诗在情趣上的比较》和《替诗的音律辩护》增补了进去，分别附于相应章节之后。对过去版本中的一些文字讹错，承张隆溪同志帮助，也一一做了订正。

对朋友们的热心帮助，在此，我一并表示衷心的感谢。

朱光潜

一九八四年四月二十一日

我思，我读，我在

Cogito, Lego, Sum